Reiko Hagita

萩田麗子

ウイグル詩史

集広舎

はじめに

詩は人間の体が持つ熱と魂が混じり合って誕生する。詩は言葉でかたどられた酒杯になみなみと注がれた酒のようなものであり、その芳香によって大地は満たされる。ある社会に存在する詩を理解しようとする行為は、その社会の魂を知るための旅だと言えるだろう。

ئۇيغۇر شېئىرىيىتى تارىخى

これは、私が詩についての教えを乞うたある詩人のことばである。ウイグルの詩を理解しようとする行為は、まさにこの言葉に集約されているように思われる。紀元前からウイグル人の祖先は詩を詠んでいた。その詩はメロディーに乗って人々の口から口へと伝えられ、彼らがまだ文字を持っていなかったときに、漢語に翻訳されて書物に記録された。

この、漢語に翻訳された詩、勅勒歌《ちょくろくか》をスタートラインに置き、二十一世紀に至るまで途切れることなく受け継がれてきたウイグルの詩の流れを追いながら、ウイグルの魂を知るための旅をすることにしたい。

pp.3-8 / Photo by Richard Mortel (https://www.flickr.com/photos/prof_richard/30663911168/), adapted

ウイグル詩史

萩田麗子
Reiko Hagita

6 ナワーイー Mir Alishir Nawayi 一四四〇（四一）―一五〇一

7 フサイニー Husaini 一四三八―一五〇六

8 バーブル Zahir al-Din Muhammad Babur 一四八三―一五三〇

9 サイーディー Sultan Said Khan 一四八七―一五三七（八）

10 ラシーディー Abdurashid khan 一五〇八―一五五九（六〇）

11 アヤーズィー Ayazi 十六世紀後半

12 グムナーム Muhammad Imin Khojam Quli Oghli 一六三四―一七二四

13 ザリーリー Muhammad siddiq zalili 十七―十八世紀

14 マシュラブ Baba Rahim Mashrab 一六五七―一七一一

15 アルシー Khoja Jahan (Yaqub) Arshi 一六八五―一七五六

16 フトゥーヒー Khoja Siddiq Futuhi 一七一四―一七五六

17 フベイダ Khoja Nazar ibn Ghaib Chimiyani Huvaida 十八世紀

18 カランダル Qarandar 一七四?―一八三?

19 ニザーリー Abdurehim Nizari 一七七〇（六）―一八四八（五〇）

20 ムッラー・ビラール Mulla Bilal Nazim bin Mulla Yusuf 一八二四―一八九九

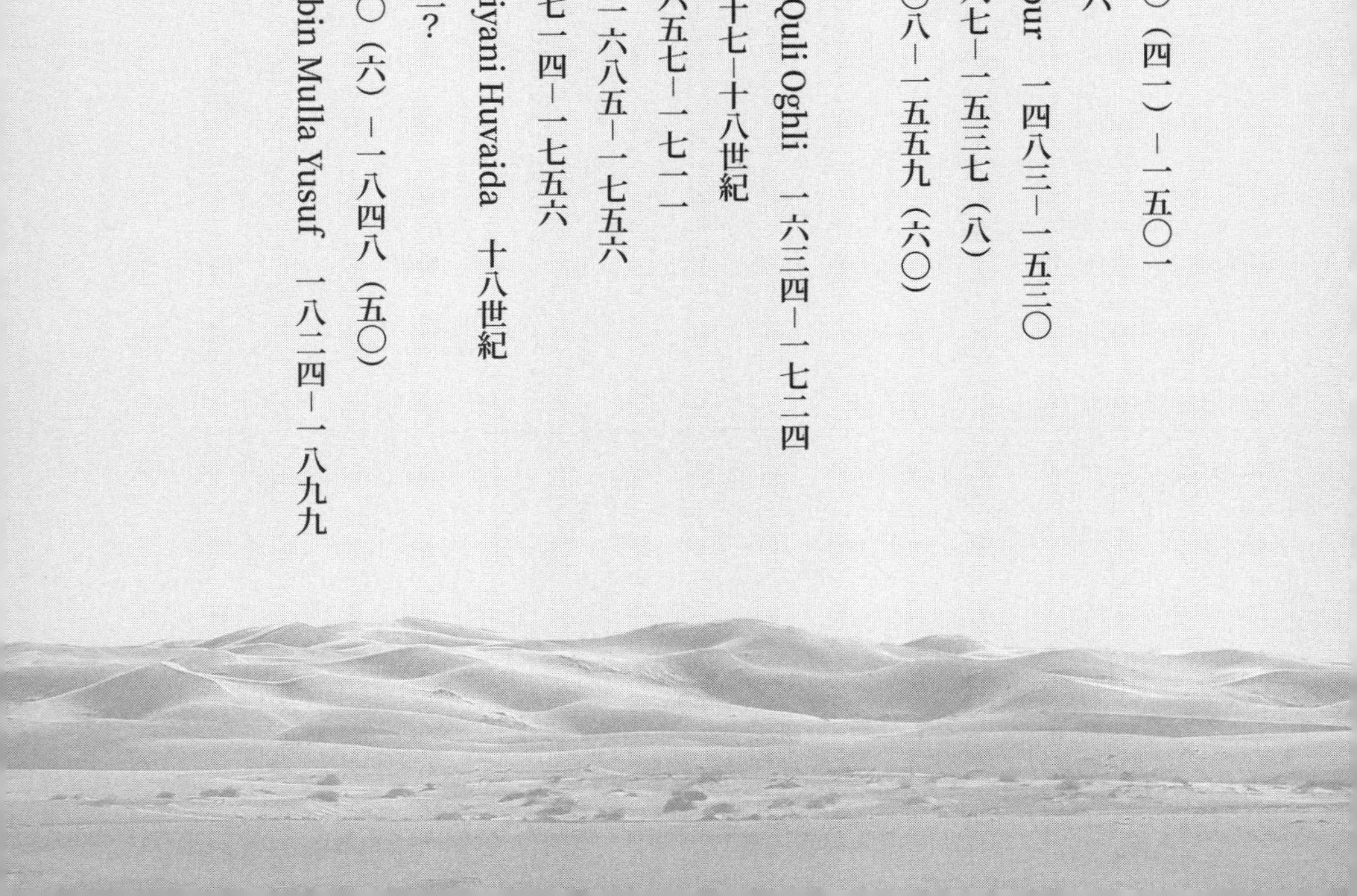

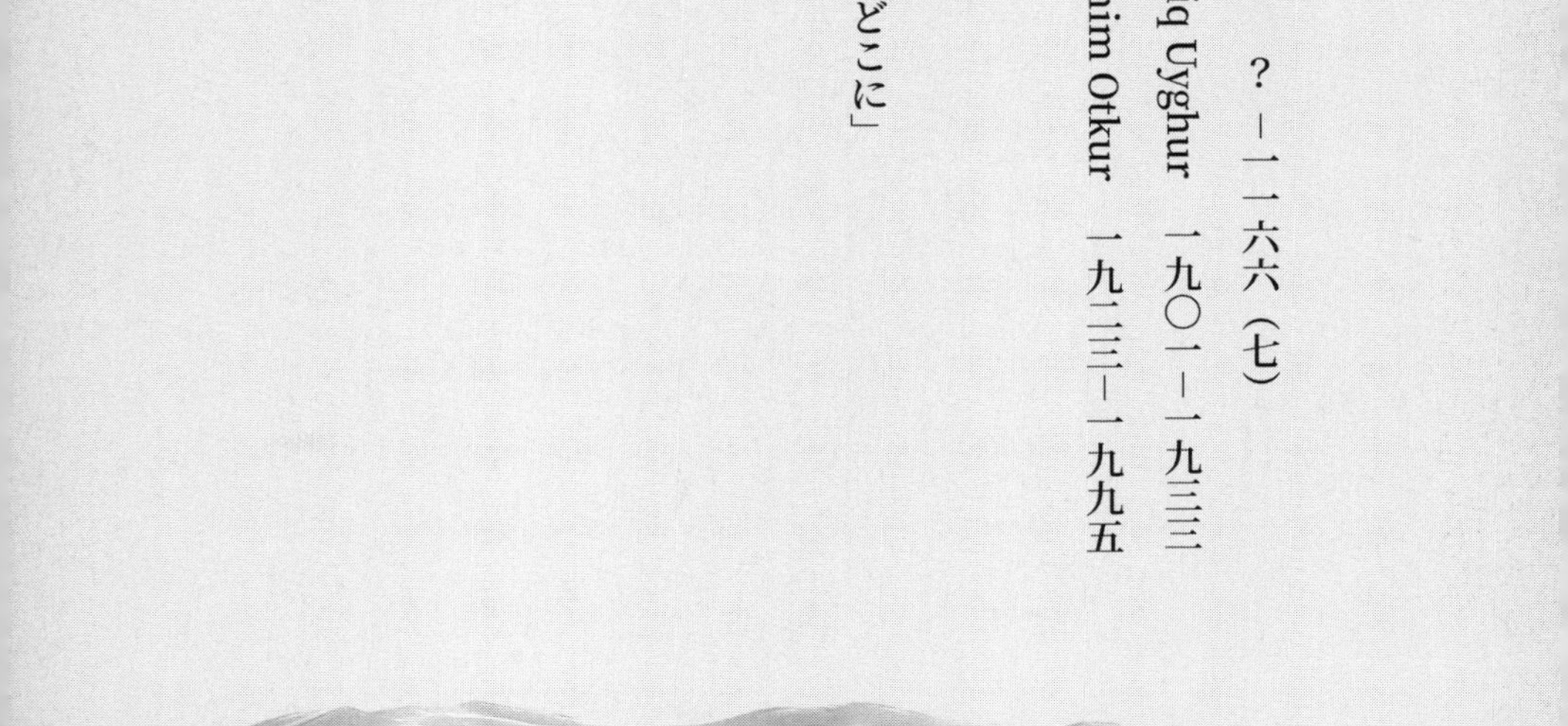

第一章

古代

ئۇيغۇر
شېئىرىيىتى
تارىخى

まずウイグル人の祖先と関係のある匈奴《きょうど》と勅勒《ちょくろく》(1)、そして突厥《とっけつ》につながる歴史を簡単に見ておくことにしよう。騎馬遊牧民族だった匈奴《きょうど》はかなり早い時期からの活動が知られており、紀元前四世紀にはモンゴル高原に強大な国家を作り上げ、徐々に周辺に住んでいたほかの騎馬遊牧民族を取り込み支配するようになっていた。そして遠征を重ね、中央ユーラシア東部にまで届くほどの勢力圏を築き上げていた。

ウイグル人の祖先が属していた丁零《ていれい》は、もともとバイカル湖の南からセレンゲ河流域にかけて住んでいた騎馬遊牧民の部族集団で、草原の砂漠化に伴い南下して広く散らばって居住し、モンゴル高原に住むようになってからは匈奴《きょうど》に服属するようになった。彼らは中国の史書では丁零《ていれい》、丁霊《ていれい》、丁令《ていれい》、勅勒《ちょくろく》、高車丁零《こうしゃていれい》、鉄勒《てつろく》、勅《ちょく》勒《ろく》と時代ごとに異なった呼称で書かれている。

突厥《とっけつ》は高車丁零《こうしゃていれい》の後身である鉄勒《てつろく》の中のアシナ(阿史那)氏に率いられていた部族集団で、突厥《とっけつ》も鉄勒《てつろく》もテュルク(Turk)の音を漢語に置き換えたものである。当時の中国人は違う漢字を用いることによって両者の違いを表していたのである。

丁零《ていれい》諸族が使っていた言語は、現在のウイグル語、ウズベク語、カザフ語、キルギス語、タタール語、クムク語、ノガイ語、バシキール語、トルクメン語、アゼルバイジャン語、トルコ語、トゥバ語、ヤクート語などテュルク諸語の祖となった古代のテュルク語である。匈奴《きょうど》が使っていたことばについては、長いあいだ論争が続けられているが、まだ定説となるものは出ていない。

匈奴《きょうど》は西域諸国も支配下におく強大な国家となり、しばしば漢(前漢紀元前二〇六―後八、後漢二五―二二〇)と領土をめぐって争うほどの力を持っていたが、王国の後期になると王位継承の争いが起こり、紀元四十八年に東匈奴《ひがしきょうど》と西匈奴《にしきょうど》に分裂した。このようなときに力を蓄えていた鮮卑《せんぴ》が二世紀半《なか》ば東匈奴《ひがしきょうど》を追い払い、代わってモンゴル高原を支配するようになった。鮮卑《せんぴ》はかつて匈奴《きょうど》に滅ぼされて東方に逃れていた騎馬遊牧民族、東胡《とうこ》の末裔と言われている。

鮮卑《せんぴ》はモンゴル高原を支配するようになったが、建国者の死をきっかけにして勢力を一つにしておくことができなくなり、三世紀の前半に瓦解した。そして三世紀中頃から各部族がそれぞれに北燕《ほくえん》や前燕《ぜんえん》といった国を興し、漢族風の名前や文化を受け入れ、やがて漢化されていった。その中で拓跋《たくばつ》氏が建てた国が北魏《ほくぎ》（三八六—五三四）と国号を称し、北魏《ほくぎ》は後に唐の建国に影響を与えるほどの力を持つ国になった。

鮮卑《せんぴ》がモンゴル高原を去ったあとにその地を支配したのが柔然《じゅうぜん》である。柔然《じゅうぜん》の起源について確かなことはわからないが、彼らの風俗習慣はテュルク系民族の人々のそれとほとんど変わりはなかったとされている。柔然《じゅうぜん》も強大な国家だったが高車丁零《こうしゃていれい》や北魏《ほくぎ》との戦いを繰り返したのち、五五五年に突厥《とっけつ》の攻撃を受けてモンゴル高原から去っていった。

このようにモンゴル高原では支配者の交代があったが、騎馬遊牧民族の戦いは一般に考えられている戦争とは異なっている点を挙げておかなければならない。騎馬遊牧民はふだんから機動力と軍事力を兼ね備えた軍隊を持って遊牧しているようなもので、平時は遊牧の仕事に携わっている屈強な男たちが、いざ戦闘となると騎兵に早変わりし、女性や老人、子供も後方から馬に乗ってついていき食糧の補給に従事するという体制で戦っていた。女性たちも騎馬と矢を射る技術に秀でていて、経験を積んだ女性は尊敬された。

彼らのリーダーとなる人物には優秀で人望があり、適格な判断力を持っていることが要求された。彼の判断が自分たちの運命を左右するからである。だからリーダーは話し合いで選出された。しかし、どれほど優秀なリーダーであっても戦いに負けることはある。そのときに彼が投降を決めた場合、部族民ともども敵方に服属することになる。また、逃走していった別の場所で新しく生活の拠点を定める者たちもいて、彼らが再び勢力を持つこともあった。

註1　新唐書・列伝一四二上に「回紇，其先匈奴也，俗多乗高輪車，元魏時亦号高車部，或曰敕勒，訛為鉄勒（ウイグルの祖先は匈奴である。彼らは大きな車輪を持つ高い車に乗っていた。元魏のときには高車部、あるいは敕勒、音が転化し鉄勒と呼ばれた。）」と書かれている。

一　勅勒歌《ちょくろくか》

北宋（九六〇―一一二七）の時代に編纂された『楽府《がふ》詩集』(1)の巻八十六・雑歌謡辞四に敕勒歌《ちょくろくか》という楽府《がふ》（民間の歌謡）の歌詞が載せられている。『楽府《がふ》詩集』というのは古今の楽府《がふ》が収集され、曲の種類ごとに分類されまとめられたもので、収集された歌詞は五二九〇首、全部で百巻にもなる大著である。

勅勒川《ちょくろくせん》　陰山下《いんざんか》　天似穹廬《てんじきゅうろ》　籠蓋四野《ろうがいしや》　天蒼蒼《てんそうそう》　野茫茫《やぼうぼう》　風吹草低見牛羊《ふうすいそうていけんぎゅうよう》

「勅勒の人々が住む平原は陰山《いんざん》(2)のふもとにあり、天がまるで穹廬《きゅうろ》の天井のようで、広い平原をおおっている。

空はどこまでも青く、野には草が生い茂り、風に吹かれて草がなびくと家畜の牛や羊の姿が目に入ってくる。」という意味で、穹廬《きゅうろ》は遊牧民が暮らす丸い屋根を持つ移動式住居のことをいう。

勅勒《ちょくろく》とはウイグル人の祖先が属していた騎馬遊牧民族の、中国の史書に書かれている呼称である。この歌についてで『楽府詩集《がふ》』に次のような内容が記されている。

「北斉《ほくせい》の高歓《こうかん》は北周《ほくしゅう》との戦いで玉壁《ぎょくへき》を二回攻めたが大勢の戦死者を出して、結局敗北を喫した。その後高歓《こうかん》は部下を慰労するために一堂に集め、勅勒《ちょくろく》の斛律金《こくりつきん》という名の将軍にこの歌を歌わせ、彼自身もいっしょに歌って心を慰めた。」

この勅勒歌《ちょくろくか》が、もとはテュルク系の言語で歌われていたものの漢語訳ではないかという説がある。(3)中国文学研究家の小川環樹《おがわたまき》氏(4)も勅勒歌《ちょくろくか》を専門的な立場から分析し、この詩がもとはテュルク語の詩だったのではないかという説を出されている。

北齊の斛律金《こくりつきん》(四八八―五六七)がうたった「敕勒の歌《ちょくろく》」は、明・清以来、古詩の選集には必ず収録され、評論家たちはこの詩に高い価値を認めた。ところが、この歌は実は異民族の言語でうたわれたのであって、現在われわれが読むものは漢訳にすぎない。その原語が何であったかにつき、これまでの文学史家は多くの注意を払わなかったと思われる。漢訳された異民族の歌が、すぐれた詩として中国人に強い感動をよびおこしたのは、稀有の例ではないだろうか。私は歌の原語をつきとめようとするうちに、端なくも別個の問題にも出あった。それは単に文学史上の一事件であるにとど

まらず、文化史上の現象としても見のがせない。（小川環樹『風と雲　中国文学論集』、三五〇頁）

鮮卑《せんぴ》族出身の高歓《こうかん》（四九六—五四七）は南北朝時代の北魏《ほくぎ》末から東魏《とうぎ》時代に活躍し、北斉《ほくせい》の基礎を築いた人物である。

斛律金《こくりつきん》の曾祖父、倍侯利《ばいこうり》[5]は、高車丁零《こうしゃていれい》を構成していた有力部族「斛律《こくりつ》」[6]を率いていた指導者で、柔然《じゅうぜん》との戦いに敗れて自軍とともに北魏《ほくぎ》の領域に逃げ、後に北魏《ほくぎ》の将軍となり活躍した人物である。勇敢な曾祖父の血を受け継いでいたのだろうか、斛律金《こくりつきん》も数々の武功を立て皇帝の信頼厚く、子供や孫たちはすべて侯に封じられ、一門からは皇后や皇太子妃を出すという栄華を誇った。

斛律金《こくりつきん》は字《あざな》を「阿六敦（aliudun）」としていたが、これがテュルク語で「金《きん》」を意味するaltunの音訳であることは明らかである。彼は漢語の名を「斛律金」とし、字《あざな》としてもとの名前を残したのだろう。字《あざな》とは中国で男子が成年後、実名のほかにつける別名のことである。

小川氏はさらに七句の勅勒歌《ちょくろくか》を、音節と休止で韻律を作り出す[7]テュルク語の詩の特徴を踏まえ四行に構成し、この詩がもとはテュルクの四行詩だったのではないかと推測された。

勅勒川陰山下	chì lēi chuān yīn shān xià	六音節
天似穹廬　籠蓋四野	tiān shì qióng lú lóng gài sì yě	八音節
天蒼蒼野茫茫	tiān cāng cāng yě máng máng	六音節

風吹草低見牛羊　　fēng chuī cǎo dī jiàn niú yáng　　七音節

……漢訳はできるだけ原歌の音節に合うように訳語を選んだのであろう。つまり訳文も原文と同じ旋律で歌えるようにしたのだと私は想像する。ここにおいてわれわれは六世紀のトルコ〈テュルク〉民歌の忠実な漢訳を——その内容がどれほど厳密に移されているか不明だが、原文の韻律を極めて忠実に守ったものを——得たことになる。音節の数だけから見ると六・八・六・七の形に近い詩が、実際にDiwanの引用する断片中に見出されるからである。（『風と雲 中国文学論集』、三六一—三六二頁）

Diwan《ディーワーン》とは十一世紀のカラハン朝の時代にマフムード・カシュガリーが著した『テュルク諸語集成 Diwan lughat at Turk』のことで、小川氏はドイツの言語学者カール・ブロッケルマン Carl Brockelmann（一八六八—一九五六）のドイツ語訳『テュルク諸語集成』の中で引用されている詩を数え、二二九節の詩のうちの一五〇節以上が七音節の四行詩だったことを挙げ、さらに、「…勅勒の歌は、それよりずっと古く六世紀初めにはすでに唄われていた。そしてこの時代には、中国でも七言絶句の形式は芽生えたばかりだったからである。のみならず、中国の音楽文学の歴史を通じて、一つのきわだった現象として、外来の音楽・歌曲がいつも中国の韻文の新しい形式をうながしたことを思い出す必要がある。（『風と雲　中国文学論集』、三六二—三六三頁）」とも記されている。

七言詩、つまり七音節の漢字で書かれる詩が登場したのは六世紀頃で、七言・四行のかたちを持つ七言絶句《しちごんぜっく》が古典詩の地位を獲得したのは七〇〇年頃だとされている。
斛律金《こくりつきん》が歌った勅勒歌《ちょくろくか》は玉壁《ぎょくへき》の戦いが行なわれた五六四年以前から歌われていたことは確かだが、実はそれよりも古い時代に、このようなテュルクの民俗詩「コシャク」が歌われていた可能性を示す匈奴歌《きょうどか》という楽府《がふ》も残されている。これは紀元前から歌い継がれてきたものだろう。〔『テュルク諸語集成』と民俗詩「コシャク」については第三章と第六章を参照されたい。〕

註1　前漢の武帝が設置した民間歌謡を採集する役所の名称を楽府《がくふ》といっていたが、後に収集された民間歌謡を呼ぶ名称となり、発音が「がふ」と変化した。『楽府詩集』がまとめられたころにはすでに曲のほうは失われてしまっていた。

註2　陰山（陰山山脈）は中国北部の内モンゴル自治区（一部は河北省）にある山脈で、黄河の屈曲した北端の北側に、黄河に沿って東西に走っている。北側はゴビ砂漠に続く山脈で、東西一二〇〇キロメートル、南北の幅五十～百キロメートル、平均標高は一五〇〇～二三〇〇メートル。ウイグル語では「チョガイ」、「チョガイ山脈」と呼ぶ。

註3　中国の白話文学の提唱者胡適《こせき》（一八九一―一九六二）が一九二八年発行の『白話文学史（上海）』で、またトルコの中国学研究家Muhddere. N. Ozerdim（一九一六―一九九一）が、一九五八年発表の論文『The poems of the Turkish people, who ruled in Northern China in 4-5th Century A.D.』Turk Tarih Kurutma Bulleten, XXII-86で、勅勒歌《ちょくろくか》が漢訳されたものだという説を出していることが『風と雲 中国文学論集』の三六五頁に言及されている。

註4　小川環樹《おがわたまき》（一九一〇―一九九三）　文学博士、京都大学名誉教授。中国小説史の研究、唐・宋の詩文、音韻学などの研究で知られる。著書や訳書は共著・共訳・共編著を含めて数十冊にのぼる。

註5　「倍侯利《ばいこうり》」をウイグルの詩人・歴史研究家のトルグン・アルマス Turgun Almas（一九二四―二〇〇一）は「Beg・quli　ベグクリ」の音写だとしている。「ベグ」とは「部族長」の意味。

註6　「斛律」は小川氏によるとOghulの、中国の歴史・文学の研究家李国華氏によるとuyghurの、トルグン・アルマスによるとhogursurの音写だとされている。

註7　音節と休止で韻律を作り出すというのは日本語の俳句や短歌のことを考えると理解しやすいだろう。俳句は五音節・七音節・五音節、短歌は五音節・七音節・五音節・七音節・七音節ごとに自然と休止が入ることによって韻律が生み出されている。音節とはひとまとまりに発音される最小の単位であり、ふつう核となる母音があり、その前後に子音を伴う。

二　匈奴歌《きょうどか》

『楽府詩集《がふししゅう》』の巻八十四・雑歌謡辞二に匈奴歌《きょうどか》という楽府《がふ》の歌詞が収録されている。

失我焉支山　令我婦女無顔色　失我祁連山　便我六畜不蕃息
我らは焉支山《えんしざん》を失った。女たちは顔色を失った。我らは祁連山《きれんざん》を失った。もう家畜を増やせない。

祁連山《きれんざん》は青海省と甘粛省との境界にある山で標高は五五四七メートル、天山山脈の主峰であり、焉支山《えんしざん》は祁《き》連山《れんざん》の支脈の山で甘粛省の北部に位置している。六畜《りくちく》とは馬、牛、羊、豚、犬、ニワトリのことだが、ここでは家畜全般を指している。

この詩には、漢との争いを繰り返していた匈奴《きょうど》が最終的に紀元前一一九年、漢の軍隊に敗北を喫して焉支山《えんしざん》と祁連山《きれんざん》を追われたときのことが詠まれている。『楽府詩集《がふししゅう》』では、祁連山《きれんざん》と焉支山《えんしざん》は水と草原に恵まれ、放牧地としては最高の場所だったと説明されている。

また焉支山《えんしざん》では紅花《べにばな》の栽培が盛んに行なわれていた。紅花《べにばな》はキク科のアザミに似た黄色い花を咲かせる植物で、染料や口紅、頬紅の元になる赤い色素が採れる。匈奴《きょうど》の女性たちは紅花《べにばな》から紅《べに》をつくり化粧をしていた。「女たちは顔色を失った」という句には、故郷を追われた悲しみと憂いでやつれた顔色をしていることと、紅花を失ったことで化粧をすることができなくなったという二つの意味がかけてある。

ここで一つの興味深い四行詩を紹介しておこう。漢語に訳されたと考えられる匈奴歌《きょうどか》をウイグルの詩人で歴史研究家のトルグン・アルマスが現代ウイグル語に再翻訳しているものである。

本書では脚韻あるいは頭韻を示すことが目的の翻字においては、特殊な音を示す符号付きの文字ではなくて、最も近い音を表すローマ字による文字表記を用いることにする。

ayrilip qalghanda tengriteghidin,
awumas bolup qaldi charwa malimiz.
ayrilip qalghanda alchiteghidin,
munglinip sarghaydi qiz, ayalimiz.（Turgun Almas, Uyghurlar, p.93.）

天山から離れたとき
我らの家畜は増えなくなった。
アルチ（焉支）山から離れたとき
女たちは悲しみにやつれた

漢語の詩を見て詩人トルグン・アルマスが脚韻を踏む十一音節の自然な四行詩につくりあげているのがわかる。詩人である彼には匈奴歌《きょうどか》の中に本体として存在しているテュルク語の四行詩が見えて、それを瞬時にコピーしたのではないか、という錯覚を起こさせるほどである。

当時すでに多数の西北民族の歌が漢族のあいだに流入していたであろうことは、『楽府《がふ》詩集』に収録されている楽府《がふ》題を見る限りでも明らかである。勅勒歌《ちょくろくか》や匈奴歌《きょうどか》以外にも、突厥三台《とっけつさんだい》という楽府《がふ》題が挙がっている。これらのほかにも五十三曲の西北民族の歌の楽府《がふ》題が記され、その中で『楽府《がふ》詩集』が編まれた十一世紀には読んで理解できるものが六首あり、理解できなくなっている四十七首のほとんどすべてに「可汗《かかん》」という語が含まれている、という内容の記述がある。[1]〔※可汗（かはん・かかん）は古代北方騎馬遊牧民族のあいだで用いられた君主号カガン kaghan の音を漢字で表したもので、カガンは後にカーン（カン）やハーン（ハン）と発音されるようになった。〕

中国の古典文学研究家羅根澤《らこんたく》氏は、七言絶句は七言の歌謡が数多く詠まれるようになったあと、五言絶句を拡大させるかたちで成立したものだという説を提示し、匈奴歌《きょうどか》については、『楽府《がふ》詩集』には匈奴《きょうど》が漢に追われたときの歌だと書いてあるが、漢書・匈奴伝《きょうど》には歌についての記述がないことから、匈奴人《きょうどじん》が作ったとは言えない可能性もある。しかし、もしこれを信じるとしたら、この歌も七言が流行《はや》っていたときの歌謡であると言える。（羅根澤『羅根澤古典文学論文集』、一九五頁）

また、「新纂浄土宗大辞典」[2]には、「後漢から南北朝にかけては五言や四言の偈《げ》が多く漢訳され、隋からは中国文学の趨勢と歩調をあわせるかのように七言で漢訳される傾向が強まる。」という記載がある。これは七音節・四行で詠まれるテュルク語の詩が、仏教の詩にも影響を与えていた可能性があることを示唆しているものといえる。

ウイグル人の祖先が文字を持たなかったときの四行詩は、漢語を借用してその身なりを整え、漢語の古典詩の発展に寄与しながら、すでに自分が誕生していたことを子孫に伝えたのであろうか。

註1　「……北狄楽其可知者鮮卑、吐谷渾、部落稽三国，皆馬上楽也。後魏楽府始有北歌，即所謂「真人代歌」是也。大都時，命掖庭宮女晨夕職之。周、隋世與西涼楽雜奏，今存者五十三章，其名可解者六章，「慕容可汗」、「吐谷渾」、「部落稽」、「鉅鹿公主」、「白浄皇太子」、「企喩」也。其不可解者，咸多『可汗』之辞。……（楽府詩集・巻二十五・横吹曲辞五・企喩歌辞四曲）」
慕容氏は五胡十六国時代に前燕、後燕、西燕、南燕を建国した鮮卑系の一氏族で、「真人代歌」は拓跋氏や慕容氏など鮮卑系氏族の活動を記録したもの。その中に北魏時代の歌謡が収録されている。『「突厥三台」は楽府詩集』の巻七十五・雑曲歌辞十五に記載がある。

註2　新纂浄土宗大辞典〈http://jodoshuzensho.jp/daijiten/index.php/%E5%81%88〉

三　石碑に彫られた詩

突厥《とっけつ》は柔然《じゅうぜん》に服属していたが、強力な指導者ブミン・カガン（伊利可汗《いりかかん》）（在位五五二—五五三）に率いられ、同胞部族の鉄勒《てつろく》諸部を従えて反旗を翻し、五五二年に独立し、第三代のカガンのときに柔然《じゅうぜん》を滅ぼしてモンゴル高原を征した。突厥《とっけつ》はその後中央部を大カガンが支配し、多くの小カガンが分立して統治していたが、五八三年に西部を統治していた小カガンが独立するというかたちで東西に分裂した。

西突厥《にしとっけつ》はそれから積極的な征西を行ない、西はカスピ海、東はアルタイ山脈、南はタリム盆地まで、広大な地域をその版図とした。しかし七世紀の末に内紛を起こし国力を保つことができなくなり、やがて消滅への道をたどった。

東突厥《ひがしとっけつ》のほうはウテュケン山①とオルホン川②流域を拠点として広大なモンゴル高原の支配者となって勢力を強め、唐の建国時にはそれを援助したのだが、その後、従属していた鉄勒《てつろく》諸部や諸民族が次々と離反すると国力が衰退し、唐との争いにも敗れ、六三〇年に唐の羈縻《きび》支配を受けることになった。羈縻《きび》支配とは、支配される民族や部族の長に唐の官職を与え、もともとの領地の統治を彼ら自身に行なわせるという間接統治の形態のことである。

こうして東突厥《ひがしとっけつ》からカガンがいなくなった。しかし東突厥《ひがしとっけつ》は七世紀末、アシナ氏のクトゥルグが唐に反旗を翻し羈縻《きび》支配から脱して国を再興した。これは歴史上、突厥《とっけつ》第二カガン国と呼ばれている。クトゥルグは六八二年に自らをイルティリシュ（諸部族を集めて国を建てた）・カガンと称し、玉座に座った。

イルティリシュ・カガンが六九一年に亡くなったとき、その息子たち、後に三代目のカガンとなるビルゲ・カガン（六八三―七三四、在位七一六―七三四）とキョルテギン（六八五―七三一）がまだ幼かったことから、イルティリシュ・カガンの弟カプガン・カガン（在位六九一―七一六）が二代目カガンとなった。

そのあとカプガン・カガンが戦死すると、ビルゲ・カガンが三代目の王位に就いた。ビルゲ・カガンの即位にあたっては弟のキョルテギンが大きな役割を果たした。彼は父の死のあとカプガン・カガンが自分たち兄弟から王位継承権を奪ったことを忘れておらず、カプガン・カガンの息子や弟たちを殺し、王位争いに発展する前にその芽を摘んだのである。ビルゲ・カガンは弟キョルテギンをカガンに立てようとしたが、キョルテギンがこれを固辞したので、ビルゲ・カガンが三代目のカガンとなった。

このような突厥《とっけつ》の歴史を後世の人間が知ることができるのは、石で造られた彼らの紀功碑が発見されたからである。それまでも中国語で書かれた史書によって騎馬遊牧民族の歴史研究はなされていたが、この碑文の発見と解読により、歴史上のできごとがより深いところまで知られるようになった。

石碑はこれまでに十基以上発見されており、これからも新たな発見の可能性があるだろう。初期の突厥《とっけつ》碑文はソグド語やサンスクリット語で書かれていたが、後に突厥語《とっけつご》[3]や漢語で書かれるようになった。

碑文の中でキョルテギン碑文とビルゲ・カガン碑文、そして三人のカガンに仕えた顧問官トニュククの碑文は多くの研究者による解読がなされ、現在はインターネット上に公開されていて誰でも読むことができるようになっている。碑文に彫られている文字の転写には、突厥語《とっけつご》の研究者が使用する特殊記号の付いた文字だけではなく、現代トルコ語の文字が使われているものもある。もともとの碑文の文字は風化が進んでいる部分があり、解読者によっては異なった字に読まれているものがあって、それは当然意味の違いを生み出してはいるが、全体の意味を損なうほどにはなっていない。

キョルテギン碑は、戦死した弟キョルテギンの功績を後世に残すためにビルゲ・カガンが建てさせたもので、キョルテギンが戦死した翌年の七三二年に建てられている。ビルゲ・カガン碑は、ビルゲ・カガンが大臣に毒を盛られて亡くなった一年後の七三五年に建てられている。

二人の甥にあたる人物が両方の碑の文章を作成したので、半分以上がほとんど同じ内容で、最初に「天のごとき、天より創られたテュルクのビルゲ・カガン、いまここに王位に就いた（キョルテギン碑：南面一行目）」と高らかに宣言がなされ、そのあと、自分たちが国を再興させるにあたっていかに苦労したか、その結果、どれほどの栄光を得たかということが書かれている。

また、この二つの碑には、愚かな指導者を立てたことによって唐に服従しなければならなくなった屈辱の歴史を繰り返さないように、唐の甘言にはくれぐれも気をつけよ、という子孫への忠告のことばが刻まれているのが、業績を誇るだけの碑とは違っていて興味深い。

ウテュケン山より良い所はない。国を保つべきところはウテュケン山の森だ。
この地に住み我らは唐の民《たみ》とともに和して暮らしていた。
だが彼らは金、銀、絹を限りなく与えた。
彼らのことばは甘く、絹は柔らかだった。

甘いことばと柔らかい絹で欺き、遠いところにいた民《たみ》を近づけ悪知恵を考えた。
真に賢明な者、真に勇敢な者が現われないようにした。
一人でも間違いを犯せば彼らは肉親、一族、部族に至るまで容赦はしない。
甘いことばと柔らかい絹に騙され、多くのテュルクの民《たみ》が死んだ。
テュルクの民《たみ》よ、（そうなったら）汝らは死ぬのだぞ。

（ビルゲ・カガン碑：北面三―四行目、キョルテギン碑：南面四―六行目）

これらの碑文は歴史的な資料として貴重な価値を持っていると同時に、文学的な面から見ても興味深い素材を提供している。碑文は主に散文体で書かれているのだが韻文が随所に挿入されていて、リズミカルな調子が生み出されているのがわかる。

この詩では一行目と三行目、二行目と四行目が同じ韻を踏み、ＡＢＡＢのかたちの脚韻をとっている。

Ilgeru Shantung yazika tegi suledim　［A］　前方（東）は山東平野にまで　軍隊を送った
Taluyka kichig tegmedim　［B］　海にはわずかに　届かなかった
birgeru Tokuz Ersinke tegi suledim　［A］　右方（南）はトクズ・エルシンにまで　軍隊を送った
Tuputke kichig tegmedim　［B］　チベットにはわずかに　届かなかった

（キョルテギン碑：南面三行目）

次の詩では一行目と四行目、二行目と三行目が同じ韻を踏み、ＡＢＢＡのかたちの脚韻をとっている。

Biligin anda oyur ermish　［Ａ］（唐の民《たみ》）は悪知恵を考えた
Edgu bilge kishig　［Ｂ］真に賢明な者
Edgu alp kishig　［Ｂ］真に勇敢な者が
yorutmaz ermish　［Ａ］現われないようにした

（ビルゲ・カガン碑：北面四行目）

途中で自然と息継ぎの休止が入るようなかたちで詠まれているものもある。

Ilgeru kun // toghsuqqa　東方は　日の出の方にまで
Birgeru kun // ortusungaru　南方は　日の真ん中の方にまで
Kurghar kun // batskunga　西方は　日の入りの方にまで
Jurghar kun // ortusungaru　北方は　夜の真ん中の方にまで

（キョルテギン碑：南面二行目）

これらのわかりやすい韻を踏んだ文章以外にも、読むときの調子を生み出すために主語と述語の倒置や同じ単語の繰り返しが見られる。年代と業績を羅列するだけではなく、キョルテギン碑文には弟を失ったことを哀悼するビルゲ・カガンの詠んだ詩が刻まれている。その飾り気のない短い文章からは弟を失った兄の深い悲しみが伝わってきて、碑文に文学的な価値を添えている。

弟（キョルテギン）は逝《い》ってしまった
私は深く沈んでしまった
見るためにある目が
見えないようになった
考えるためにある頭が
考えられないようになった
命をつかさどるのは天だ
人は死ぬために生まれてくるのだ
（キョルテギン碑：北面十行目）

これらの碑文に書かれてある文章は、祖先の雄姿を物語るものとして人々の口から口へと語り継がれていたのかもしれない。その可能性があったことを示す貴重な証拠が、二〇〇八年、モンゴルの西部にある標高三七九六メートルの山の洞窟墓から発見された。それは木製で、竪琴のようにかき鳴らして演奏しただろうと想像される楽器であった。ネックの上部には獣の頭らしいものが彫られ、胴体には突厥《とっけつ》文字が刻まれていた。

推定二十～三十歳の遊牧騎馬戦士の墓とみられる突厥時代（六―八世紀頃）の洞窟墓から発見されたこの琴（ヤトガ）には、突厥文字が刻まれていた。研究者たちによって、楽器の名を古代テュルク語で「旋律」といい、持ち主である騎馬戦士がチュレという名であろうことがわかった。興味深いのは、この楽器が騎馬戦士の頭蓋骨の傍らに埋葬されていたことである。きっと馬上で唄いながら豊かな旋律を奏で、心安らぐひとときを共にする大切な相棒だったのではないだろうか。

（山口裕之・橋本雄一編『地球の音楽』、九十三頁）

共鳴胴の上部には弓を持つ狩人と、獲物である四頭の鹿と一頭の雄ヤギ、それを取り囲む五匹の犬、狩られる危険性のないところに雌の鹿が二頭描かれていた。共鳴胴の上部と絃を張るネックの下に穴の跡があり、ここには肩に掛けたり馬の鞍に固定したり、壁に掛けるための縄が通されていたのだろうと考えられた。

そして、ネックの上部の獣の頭らしい彫り物は、胴体の絵の中央に雄ヤギがいたこと、この楽器が奏でられていた六～八世紀に勢力を誇っていたのが、雄ヤギを自分たちのタムガ（印章・紋章）としている突厥《とっけつ》のアシナ氏であったことから、雄ヤギがかたどられていたのだろうと推測された。

この楽器は研究者や音楽家たちによって復元され、六弦を持つ「アルタイ・ヤトガ（アルタイ・ハープ）」と名付けられ、現在はモンゴルの民族楽器として活躍している。第一章の締めくくりとして、『地球の音楽』モンゴルの項の筆者の記述を引用することにしよう。

……アルタイ山脈周辺のモンゴル諸集団に伝承されるアルタイ賛歌（アルタイン・マグタール）といわれるものがある。英雄叙事詩（トーリ）の語りの前に唄われるのだが、その際、ツォール、トプショール、ドンブラ、ホブズ、イケル、馬頭琴[4]などの楽器が奏でられる。きっと、アルタイ・ヤトガも騎馬戦士によって奏でられながら、叙事詩の語りを盛り上げていたにちがいない。（『地球の音楽』、九十五頁）

註1　ウテュケン（Utkan）山は、現在のモンゴル国にあるハンガイ（Khanggai）山脈に比定される山の歴史的呼称。テュルク系遊牧民族の聖地とされ、たびたび遊牧国家の首都となった。

註2　オルホン（Orkhon）川はモンゴル国を流れるモンゴルで一番長い川。ハンガイ山脈に源を発し北へ流れ、セレンガ川に合流する。

註3　突厥語とは突厥文字を用いて石碑などに書かれた言語のことを指す。突厥文字の由来についてはまだ確定されたものはないが、かつて中東の国際語であった古代アラム語の文字がもとになっているといわれ、紀元前一〇〇〇年代の後半に西南アジア全域で使われ、東方に広まり、五〜六世紀頃に突厥に輸入されてからは字体の整備が行なわれたとされている。

註4　ツォールは指孔が三個ある縦笛。トプショールは丸い共鳴胴を持つ二弦の撥弦《はつげん》楽器。ドンブラは琵琶のようなかたちの共鳴胴を持つ、爪ではじいて演奏する二弦の撥弦楽器。ホブズは三絃、あるいは四絃の撥弦楽器、イケルは四角い共鳴胴を持つ弓でこすって演奏する二弦の擦絃《さつげん》楽器。馬頭琴はモリンホールのことで、二弦の擦弦楽器。ネックの上に馬の頭が彫られているので漢語で馬頭琴と呼ばれている。

附録1／翻訳　トニュクク碑文

突厥《とっけつ》碑文は、騎馬遊牧民が歴史上はじめて、自分たちのことばで自身の歴史を語った記念すべき歴史書であると同時に文学作品でもある。特にトニュクク碑に刻まれている文章はトニュクク自身が書いたもので、自分の功績を誇らし気に語るだけではなく、諜侯《ちょうこう》、つまりスパイを活用して戦略を練る方法や奇襲を仕掛けての戦闘の描写、イルティリシュ・カガンの死のあとに王位継承権を奪ったカプガン・カガンに対する露骨な冷たい表現などが見られ、歴史的史料には違いないが、普通の読み物として読んでもじゅうぶん面白い内容になっている。

トニュククはイルティリシュ・カガンの突厥《とっけつ》第二カガン国の樹立に貢献し、二代目のカプガン・カガン、三代目のビルゲ・カガンのときにも顧問官、軍の司令官として三代のカガンに仕えた人物である。

トニュクク碑文はトラ川上流のバイン・ツォクトという場所にあるので「バイン・ツォクト碑文」とも呼ばれている。直立した二本の石柱に刻まれていて、大きな碑（第一碑）には西から始まって南、東、北に向かって三十五行の文章が、もう一つの碑（第二碑）には内容が引き継がれた二十七行が刻まれている。

トニュククの娘はビルゲ・カガンの妻、カトゥン（王妃）であり、ビルゲ・カガンが仏教を取り入れようとしたときに、遊牧民の生活様式には合わないからやめるようにと助言し、ビルゲ・カガンもそれに従ったと言われていることなどから、ビルゲ・カガンがトニュククをいかに信頼していたかが推し量れる。この碑はトニュククが七二六年に亡くなったあとに建てられたとされている。

どのような内容かを説明するよりは実際の文章を読むほうが、当時の「文学」を味わうことができるのではないかと思われるので、トニュクク碑文の翻訳を附録として付けておく。

〔羈縻《きび》支配に至った状況を語った部分〕

私、ビルゲ・トニュククは唐（タブガチ）の地に生まれた。そのとき突厥《とっけつ》は唐の下にいた。

テュルクの民《たみ》はカガンを得られなかったので唐から離れた。そして自分たちのカガンを戴いた。

だがそのカガンを退けて、唐に服した。

天は言った。

「我はカガンを与えたが、汝らはカガンを棄てて唐に服した」

天はその罰として、殺させた。テュルクの民《たみ》は死んだ、滅んだ、無くなった。

テュルクの民《たみ》の地に氏族は残っていなかった。（第一碑：西面一―四行目）

〔独立への戦いが描写された部分〕

森や荒野に残っていた者たちが集結すると、その数は七百人だった。

三分の二が騎乗し、三分の一は徒歩だった。

七百人を率いる偉大なシャド(1)（後のビルゲ・カガン）がいた。

彼が「加われ！」と言った。私、ビルゲ・トニュククは加わった。

彼をカガンに推すべきであろうか、と考えた。

「痩せ牛と太った牛が遠くで争っていたら、痩せ牛と太った牛の見分けがつかぬ。」と言うではないか。

天は私に智慧を与えてくださった。それで彼をカガンにした。

「ビルゲ・トニュクク・ボイラ・バガ・タルカン(2)とともに、イルティリシュ・カガンになろう」と彼は言った。

そして南で唐の軍隊を、東でキタイ（契丹）を、北でオグズを強力に打ち破った。

彼の参謀で軍の指揮官、それが私であった。


（第一碑：西面四—七行目）

註1　シャド　突厥《とっけつ》ではカガンのもとに、各部族の構成員で編成された左右の軍団があり、西方（右翼）がタルドゥシュ、東方（左翼）がテリスと呼ばれ、タルドゥシュをシャドが、テリスをヤブグが管轄した。

註2　ボイラ・バガ・タルカン　「タルカン」はカガンから与えられる称号で、カガンのそばに常に侍ってカガンの命にしたがってその都度任務を遂行し、軍の司令官や外交官のような役割も果たしていた。ボイラ・バガはタルカンの等級を表す。

〈トクズ・オグズ[3]を討つための遠征〉


そのとき我らはチョガイ（陰山）の北麓カラクム（黒沙）に住んでいた。

我らは野生の動物を食べ、野ウサギを食べて暮らしていた。民《たみ》の腹は満たされていた。

敵が周りを、かまどのかべ[4]のようにとりかこみ、我らはその中の火のようであった。

そのように暮らしているときに、オグズから諜侯（スパイ）が戻ってきた。彼はこう言った。

「トクズ・オグズの民《たみ》の上にカガンが立ちました。カガンは唐にクユ将軍を送り、キタイにトングラ[5]のエスィミを送り、このように伝えたそうです。

『わずかばかりのテュルクが立ち上がりそうだ。そのカガンは勇敢で参謀は賢明な人物だそうだ。

その二人がいれば唐を殺すだろう。東のキタイも殺すだろう。我らオグズも殺すだろうと、私は思う。

唐は南側から、キタイは東側から、私は北から攻め、テュルクの土地には決して行かせず、できることなら完全に彼らを消してしまおう』」

それを聞いて、夜は眠りが来なかった。昼も座っていられなかった。

そこでビルゲ・カガンに申しあげた。

「唐、オグズ、キタイの三者が一つになれば、我らは孤立するでありましょう。

いままさに、自分の力で外からの力に挑むときがきたようです。

『ユフカ[6]に穴を開けるは易《やす》し、細きもの折るは易《やす》し。

ユフカ厚くなりたれば穴を開けるは難《かた》し、細きもの太くなりたれば折ること難《かた》し』と言います。

東のキタイ、南の唐、西にいる者、北のオグズに、二、三千の我らの軍が向かうことができるでしょうか。」

カガンは私、ビルゲ・トニュククのことばを聞いてくれた。

「この軍をお前の望むように連れていけ」と言われた。

私はキョクオン川を渡り、ウテュケン山に向けて軍を率いた。

牛や荷を積んだ家畜とともに、オグズがトラ川に沿ってやってきた。

彼らの軍は三千人、我らは二千人。我らは戦った。

天は我らに味方した。彼らを蹴散らした。彼らは川に落ち、逃げる途中でみな死んだ。

オグズはすべて我らに服した。

テュルクの民《たみ》は私、ビルゲ・トニュククがウテュケンの地に住まいしたことを聞くと、南、西、北、東から加わるためにやってきた。


（第一碑：西面七行目―南面十行目）

註3　トクズ・オグズ　漢字では九姓鉄勒《てつろく》と書かれている。オグズは鉄勒に属する部族で、中国の史料では袁紇《えんこつ》、烏護《うご》、烏紇《うこつ》などと記された。同じ鉄勒《てつろく》に属していた突厥《とっけつ》が興ってからは、鉄勒《てつろく》はオグズ族のみをさすようになり、七世紀までにその中の九部族が連合体を形成して突厥《とっけつ》と対立していた。

註4　かまどのかべ　この部分は解読された文字とその訳語について研究者の見解が分かれていて、これまでに、腱、肉食獣・猛禽類、鳥の群れ、暖床、先端・端・境界、という意見が出されている。（鈴木宏節「突厥トニュクク碑文箚記」、七五頁）

註5　トングラ　漢字では同羅《どうら》と書かれる。当時トクズ・オグズを構成していた一部族。
註6　ユフカ　小麦粉を練り、焼いてつくる薄いパンの一種。

〔このあと、六九七年に突厥《とっけつ》第二カガン国が建てられた。そしてクトゥルグがイルティリシュ・カガンとなった。〕

我らは二千人の兵を持ち、二つの軍隊を持っていた。

テュルクの国が創られカガンが立ってから、山東平野と海にまで到達したことはなかった。

カガン（イルティリシュ・カガン）に申し上げ、軍を送らせた。

山東平野と海までカガンの軍を送った。

カガンは二十三の城市を征した。

街の中では休めなかったので外の天幕にとどまった。　（第一碑：東面一―二行目）

〔唐・キルギス・チュルギシュ三国同盟の知らせが入る。〕

唐の皇帝は敵であった。オン・オク(7)のカガンは敵であった。

さらにキルギスの強力なカガンが敵となった。

三人のカガンが　アルトゥン山の森で会おうと言ったそうだ。相談しあったそうだ。

「テュルクのカガンに戦いを仕掛けよう。さもなくば、いつか必ず我らに何事かを仕掛けてくるだろう。

テュルクのカガン（カプガン・カガンを指す）は勇敢だという、彼の参謀（トニュククを指す）は賢明だという。

いつか何かが起こったら、彼らは殺すだろう。」

チュルギシュのカガンが言ったそうだ。

「私の軍をそこに行かせよう。テュルクはばらばらになっている。オグズもテュルクに不満を持っている。」

それを聞いて、夜は眠りが来なくなった。昼も座っていられなくなった。（第一碑：東面二一五行目）

註7　オン・オク「十の矢」の意味。西突厥のこと。漢字では十箭・十姓とも書かれる。

〈キルギスへの遠征〉

はじめにキルギスに部隊を送るのはどうかと考えた。

キョグメンの道は一本だ。雪に閉ざされているというから、そこを行くのは適当ではない。

私は案内人を探すことにした。チョル(8)のアズ族の男を探して聞いた。

「アズの土地の道はアニ川に沿って…不明…　馬一頭が通れる道がある。」と言った。

一頭ずつで進めば行くのは不可能ではないと考えた。

カガン（カプガン・カガンを指す）に申し上げた。

私は部隊を進めた。騎乗を命じた。アク・テルミルを過ぎて集合させた。

馬の手綱をとり、木につかまりながら徒歩でいくように指示した。

先導の兵士が雪を踏み固めたところで部隊を進め、峠を越えた。

転げ落ちそうになりながら苦労して下った。

十日間、雪の障壁の中を進んだ。

道案内人が道を間違えて、喉を切られた。

カガンはいらだち、「急がせろ！」と言った。

アニ川に着いた。川に沿って下った。

食事をとるために馬から降りた。馬を木につなぎ、昼も夜も急いで進んだ。

我らは昼夜なく、全速力で走った。

キルギス人は眠りに沈んでいた。槍で彼らの眠りを覚ましてやった。

彼らのカガンは部隊を集めた。我らは戦った、槍で戦った。

彼らのカガンを殺した。キルギスの民《たみ》は降伏し、カガンに服した。（第一碑：東面五行目―北面四行目）

註8　チョル　テュルク系の一部族で、漢字では沙陀族と書かれる。

〈チュルギシュへの遠征　七一〇年〉

我らはキョグメンの森を回り、キルギスから戻った。

キルギスから戻ったときに、チュルギシュから諜候《ちょうこう》がきた。彼が言った。

「チュルギシュのカガンがこう言いました。

『東のカガン（カプガン・カガンを指す）に向かって進軍しよう。

その地のカガンは勇敢で、その参謀（トニュククを指す）は賢明だという。

もし我らが進まなければ、彼らは我らを殺すだろう』と。

チュルギシュのカガンは出発し、オン・オクの民《たみ》も残りなく出発したようです。

唐の軍隊もいます。」

これを聞いて、カガンは「自分は本営に戻る」と言った。

カトゥン（王妃）が亡くなっていた。

「追悼の儀式を執り行なう。お前は部隊を率いよ、アルトゥン山の森に留まれ。

軍の総指揮はタルドゥシュ(9)のシャド（後のビルゲ・カガンを指す）とイネル・カガン(10)がとるように」と、

私、ビルゲ・トニュククに言った。

「罰はお前の思うようにせよ。私がお前に何を言えよう。

敵が来たら策を講じよ、来なければそこにいて情報を得つづけよ。」

我らはアルトゥン山の森にとどまった。

急ぎに急いで三人の諜侯《ちょうこう》がもどって来た。

彼らのことばは同じで、チュルギシュのカガンは軍とともに出発した。

オン・オクの軍もすべて出発した。

チュルギシュのカガンは、『ヤリシュの平原で集結しよう』と言った、ということだった。

私はそれをカガンに伝えた。

ボグ・カガン(11)(カプガン・カガンを指す)から返事がきた。

「そこに留まれ。襲われないようにせよ。

偵察と見張りの手を緩めるな」。

アパ・タルカン(12)のほうには秘密の伝言を送った。

「ビルゲ・トニュククは自分勝手なところがあり、ずる賢い。

軍を進めると言っても、従うな。」

それを聞いて私は軍を出発させた。道なきアルトゥン山の森を越え、浅瀬のないイルティシュ川を渡り、夜明けとともにボルチュに至った。

諜侯《ちょうこう》が来た。彼は言った。「ヤリシュ平原に十万人の軍勢が集結しています。」

これを聞いてベグ(部族長)(13)たちが口をそろえて言った。

「引き返しましょう。清廉なる者には謙虚さがいちばんです。」

私は言った。

「我らは今、山を越えてきたのだ。イルティシュ川を越えてきたのだ。

集まった敵は勇敢だと聞いているが、我らには気づいていない。

天とウマイ[14]と聖なる地と水が、私に命じられたのだ。

なぜ逃げなければならぬ。敵の数が多いからといって、恐れる必要があろうか。

我らの数が少ないといって、負けると決まっていようか。私は攻撃するぞ。」

我らは攻め、奪った。

翌日、彼らは火のように熱くなってやってきた。戦った。

彼らの両翼の軍隊は我らの二倍ほどの大きさだった。

天のご加護により　数の多さを恐れることはなかった。

戦った。タルドゥシュのシャド（後のビルゲ・カガン）まで追いかけていって蹴散らした。

敵のカガンを捕らえた。敵のヤブグ[15]とシャドを殺した。五十人ほどを捕虜にした。

その日の夜　彼らの民《たみ》に伝えた。

これを聞き、オン・オクのベグたち、民《たみ》らがすべてやってきて服した
やって来たベグたちや民《たみ》を軍に編制した。

わずかの民《たみ》が逃げたので　オン・オクの軍を出発させ、我らも軍を出した。

（第一碑：北面四行目—第二碑・西面九行目）

註9　タルドゥシュはシャドによって管轄される西方（右翼）の軍団。→註1　シャド

註10　イネル・カガンはカプガン・カガンの長男で小カガンのこと。漢字では移涅可汗と書かれる。

註11　ボグ bogu には「狡猾な、ずるい」という意味があり、トニュククがカプガン・カガンによって最高位のアパ・タルカンではなくなったこと、自分を信用していなかったこと、イルティリシュ・カガンの死のあとに王位継承権をうばったことなどを快く思っていなかったので、カプガン・カガンに対してこのような形容詞を付けたのではないかという説がある。（護雅夫『古代トルコ民族史研究Ⅱ』、六九頁）

註12　アパ・タルカン　ボイラ・バガ・タルカンより上位のタルカン。→註2　ボイラ・バガ・タルカン

註13　ベグ　部族を統率する部族長の称号。時代が下ると、地主や豪族、官吏など支配階級の称号としても使われた。

註14　ウマイ　古代のウイグル人が信仰していた女神の名。ボグダ湖（天上天池）で沐浴すると、ウマイの力で子孫が反映すると言われていた。

註15　ヤブグ　東方（左翼）の軍団を管轄する役割を果たす人物の称号。→註1　シャド

〔ソグディアナ遠征〕

我らはアニ川を渡り、シル川を渡り、ティンシ・オグルといわれる聖なるエクタグ山を越えた。
鉄門まで至った。そこから引き返させた。
イネル・カガンに恐れをなして…不明…

アラブとトカラ…不明…

そこから、スクを頭《かしら》とするソグドの民《たみ》がすべてやってきた。

服した。(16)…不明…

そこに私、ビルゲ・トニュククが至ったおかげで、金、銀、女、ラクダ、家畜を労せずして手に入れた。


（第二碑：西面九行目—南面四行目）

註16　不明の部分は新たに解読されたものが発表されている。原文を見ることができないので、参考のためにこの部分の翻訳が掲載されている本の部分を引用しておく。
「……ソグドの民が皆でやって来た。〔そして恭順の意を表すために〕彼らは稽首敬礼した。三十姓突厥の民が鉄門に、ティンシの息子という山に迫ったことは〔これまで〕まったくなかったという。その土地に、私、ビルゲ・トニュククが〔突厥の民を〕迫らせたために……」（鈴木宏節「トルコ系遊牧民の台頭」、『中華世界の再編とユーラシア東部』、二〇二二年。一二二—一二三頁）

〔これまでの自分の歩みと功績を語る。〕
イルティィリシュ・カガンはその英知と勇気で、唐と十七度、キタイと七度、オグズとは五度戦った。
そこにいたのは彼の参謀、彼の戦いの指導者、私であった。
イルティィリシュ・カガン、テュルクのボグ・カガン（カプガン・カガンを指す）、ビルゲ・カガンの参謀は私、軍の指揮官も私であった。
カプガン・カガンは二十七歳のとき、…不明…の軍で…不明…
カプガン・カガンが即位した。
夜も眠らず昼も座らず　赤い血を流し　黒い汗を流し、私は全力を尽くした。
長距離の偵察隊を送りだした。防壁と監視塔をすべて強化した。
退却する敵に帰順を強いた。カガンとともに遠征に出た。
天のご加護により、このテュルクの民《たみ》の地に
鎧《よろい》を着けた敵を立ち入らせなかった
敵の焼き印を押した馬を　走らせなかった
イルティリシュ・カガンの勝利が無ければ
私の勝利がなければ　国も民《たみ》もなかっただろう
彼が勝ったから　そして私が勝ったから
国は国となり　民《たみ》は民《たみ》となった
私は年老いて弱ったが　このような(有能な)カガンを戴く国はどこであれ、何の困難が起ころうか。
テュルクのビルゲ・カガンの民《たみ》のために
私　ビルゲ・トニュククがこれを書かせた。
イルティリシュ・カガンの勝利が無ければ、彼の存在が無ければ

私、ビルゲ・トニュククの勝利が無ければ、私の存在が無ければ
カプガン・カガンと突厥《とっけつ》の民《たみ》の地に　いかなる部族も民《たみ》も人も　無かったであろう。
イルティリシュ・カガンとビルゲ・トニュククの勝利があったから
カプガン・カガンとテュルクの民《たみ》はこのようであった
テュルクのビルゲ・カガン、テュルクの民《たみ》とオグズの民《たみ》を治め養うものなり。

（第二碑：南面四行目―北面四行目）

※本翻訳はインターネットアーカイブに掲載の Orhun Abideleri の、現代トルコ語に翻字された突厥語をもとにした。
また、デンマークの言語学者トムセン Vilhelm Thomsen（一八四二―一九二七）によるデンマーク語版トニュクク碑文翻訳の英訳を参考にした。
トムセンはデンマークの言語学者、テュルク学者で、突厥碑文の解読に成功したことで有名だが、言語学界において多大な貢献をなした人物としても広く知られている。

第二章

西ウイグル国の時代

（天山ウイグル国）

ئۇيغۇر
شېئىرىيىتى
تارىخى

一時期は隆盛を誇った突厥《とっけつ》第二カガン国は、トニュククが七二六年に亡くなり、七三一年にキョルテギンが戦死し、七三四年にビルゲ・カガンが亡くなると、ビルゲ・カガンの長子イネル・カガン（伊然可汗　在位七三四）が、続いて次子のテングリ・カガン（登利可汗　在位七三四—七四一）が跡を継いだ。しかしこのころから内部での政権争いが激しくなり、加えて服属していたトクズ・オグズとカルルク（葛邏禄）、バシュミル（抜悉蜜）の連合軍に攻撃され敗北した。

トクズ・オグズは中国の史書では九姓《きゅうせい》、鉄勒九姓《てつろくきゅうせい》、九姓鉄勒《きゅうせいてつろく》と書かれ、キョルテギン碑文やビルゲ・カガン碑文にもその名がたびたび登場してくる。「鉄勒《てつろく》の九（トクズ）の部族」が集まった部族連合という意味になるのだが、九つの部族がどの部族を指すのかについてはまだ定説がない。

この部族連合は早期にはトクズ・オグズと呼ばれていたが、その中の一部族、ウイグル（回紇）部を率いていた氏族、ヤグラカル氏が全体の指導者となったため、トクズ・オグズ全体がウイグルと呼ばれるようになった。中国の史書における漢字表記は後に回鶻と変わった。

ウイグル、カルルク、バシュミル連合は突厥《とっけつ》第二カガン国を倒したあと、バシュミルの指導者をカガンに擁立し体制を整えたが、このカガンはウイグルとカルルクによって殺されてしまった。その後にウイグルのクトゥルグ・ボイラがカガンとなり、ウイグル・カガン国が成立した。七四四年のことである。

カルルクは後にウイグル・カガン国から離れて西方に移動した。突厥《とっけつ》碑文の中にはウイグル・カガン国の第二代カガンであるバヤン・チョル（磨延啜）（七四七—七五九）の紀功を記したシネウス碑文(1)と呼ばれているものがあり、これには国家をいかにして堅固にしたかという歴史が書かれている。

モンゴル高原の覇者となったウイグル・カガン国は、唐で起こった安史の乱の鎮圧に力を貸したことから、その見返りとして毎年唐から莫大な量の絹を得ることができた。そのほか唐との絹馬《けんば》貿易や東西貿易の中継基地であることから得られる利益で経済は大いに潤った。大都市がつくられ芸術や文化が発展した。しかし、このように繁栄を誇ったウイグル・カガン国では、建国後百年あまりが過ぎたころに内部の争いが起こり、加えてキルギスからの攻撃や天災に見舞われ、国家を維持することができなくなり、三人の王子に率いられた三つの集団が別天地への移住を開始した。

南へ向かった集団は唐に支援を求めたが果たせず、北からキルギスの、南から唐の攻撃を受け、内部分裂を起こして消滅してしまった。西に向かった集団の一つ、パン（厖）テギンに率いられた一団は移動を開始してから一年後にクムル（哈密《ハミ》）のバリクルに到達した。そして自分が王位に就くことをパンテギンが宣言したとき、カラシャール（焉耆《えんぎ》）を首都とする新しい国家がつくられた。後に夏の首都がビシュバリク（北庭《ほくてい》）、冬の首都が高昌《こうしょう》に定められた。

これが歴史上、西ウイグル国、または天山ウイグル国と呼ばれている国である。この一行から分かれてさらに西方へ向かった集団は、おそらくはカルルクに迎え入れられてカラハン朝を作ったのではないかと言われている。

西ウイグル国が建てられた土地には、丁零《ていれい》が南下したときにこの地に至っていた丁零《ていれい》諸部族や、柔然《じゅうぜん》と闘って西に逃走した高車丁零《こうしゃていれい》の諸部族など、同胞部族が多く住んでいた。また、かつて高昌《こうしょう》を中心として建てられていた高昌国《こうしょうこく》は、八二〇年にチベットと唐、ウイグル・カガン国三者が締結した条約により、ウイグル・カガン国の領土に組み込まれていた。パンテギン一行がこの地に移動してきたのは必然的なことであった。

騎馬遊牧民族だったウイグル人が定住を果たしてつくった西ウイグル国には、ウイグル人だけでなく、トカラ人、ソグド人、漢人が住んでいて、それぞれが自分たちのことばを話し、さらに複数の言語を用いて生活していた。東から西へ、西から東へと文物が運ばれていく途中にあった都市には、国際都市としての活気がみなぎっていた。

註1　シネウス碑文はモンゴルのセレンゲ県にあるシネウスという土地で発見されたのでこの名前で呼ばれている。シネウスはかつてウイグル・カガン国の首都があったカラバルガスンと同じ地区にある。シネウス碑文は突厥《とっけつ》文字で記されている。

一　古ウイグル語による仏典翻訳

西ウイグル国では突厥《とっけつ》やウイグル・カガン国の時代と同じく、ソグド語が交易の際の重要な言語として用いられていて、商取引の契約書や賃貸の証書などはソグド語で書かれていた。ソグド人は商人として活動しただけではなく、政治経済の中枢でも重要な役割を果たすようになっていた。

このソグド文字を参考にして、西ウイグル国ではウイグル人が自分たちのことばを書き表すことのできる文字を創り出した。これが古ウイグル語と呼ばれるものである。そして古ウイグル語でも多量の文書が書かれた。敦煌やトルファンから発掘された文書の中には、マニ教に関するもの、土地の売買契約書や奴隷身分の者の売買契約書、農作物や金銭の貸借契約書、養子縁組の契約書、行政上の指令書や帳簿類などが見られる。

これらの文書類の中に百篇以上の仏教関係のものも含まれていた。ウイグル人の祖先はもともと自然崇拝を基とするシャマニズムの信仰を有していたが、ウイグル・カガン国でマニ教が信仰されるようになり、マニ教は国教となってそれが西ウイグル国でも引き継がれていた。西ウイグル国は宗教に寛容で、仏教徒やゾロアスター教徒、マニ教徒のほかに少数ながらネストリウス派のキリスト教徒が隣り合って暮らしていた。このようにさまざまな宗教や文化が混じり合っていた西ウイグル国では、新しい文化を柔軟に受け入れる土壌ができあがっていたのである。

西ウイグル国にはトカラ人や漢人の仏教徒が多く住んでいたので、徐々にウイグル人たちのあいだにも仏教が浸透していった。ウイグル人が仏教へ改宗するのに力を発揮したのが、仏典の翻訳を精力的に行なったトカラ人、そして漢人の訳経僧たちである。トカラ語の仏典や註釈書の古ウイグル語への翻訳が始まり、漢語経典からの翻訳も始まった。文化や芸術の分野では、今まではなかったものを受け入れるときに大きな変化が起こり、さらに高次元のものを生み出すというのはよく知られていることである。ウイグルの詩、文学の世界でもこの時期に同様のことが起こった。

翻訳に携わったトカラ人や漢人の訳経僧たちは、仏教の普及のために自分の持っている文学的な能力を大いに発揮した。彼らは仏典のことばを古ウイグル語に機械的に置き換えるというような翻訳ではなく、いかにしてわかりやすく仏教の教えを理解させるか、ということに重点を置いていた。彼らのそのような努力の跡が認められる多くの文学作品が遺されている。

1　弥勒《みろく》との邂逅《かいこう》　Maitri simit

一九五九年にクムル近郊の村で、一人の牧夫が小さな祠《ほこら》を偶然目にした。日干しレンガで入口がふさがれたこの祠の中を見ると、フェルトの布で包まれた紙の塊があった。紙は縦四十七・五センチ、横が約二十センチで、二九三枚の紙の表裏に三十行から三十一行の文字が書かれていた。七行目と九行目に直径四・六センチの円形の空白部分があり、その中央に五ミリのひも通し穴が開けられていた。これが古ウイグル語で書かれた仏の教えの書、弥勒《みろく》との邂逅《かいこう》であった。

この書は、アーリヤチャンドラ・ケシ・アジャリ（聖月尊師阿闍梨）がサンスクリット語の仏典をもとにして創ったトカラ語の戯曲「ナータカ弥勒《みろく》との邂逅《かいこう》（Maitreyasamiti nataka）」を、プラジュニャーラクシタ・ケシ・アジャリ（智護尊師阿闍梨）という人物が古ウイグル語に訳したものだということがわかっている。プラジュニャーラクシタ・ケシ・アジャリは古ウイグル語への翻訳に際して、戯曲ではなく語り物のように体裁を作りかえている。弥勒菩薩《みろくぼさつ》が未来に仏となってこの世にやってきて衆生を救ってくれるという信仰はウイグル人のあいだに大いに受け入れられ、富裕層は仏像を造らせ壁画を描かせて寺院に奉納し、祖先や家族、子孫の天上での幸福を祈った。発見されたこの書も奉納されたもので、書き出しでチウ・タシ・イゲン・トトクという人物が、弥勒《みろく》菩薩《ぼさつ》の絵を描かせ、この書を書写させたことの功徳を、仏法の神々、西ウイグル国の王、国家、民衆に回向《えこう》すると述べている。

もとが戯曲だったこともあり、前半では登場人物の会話で物語が進んでいく。後半になると、仏教の教義を説明するために、弥勒菩薩《みろくぼさつ》が悟りを開こうとして瞑想の行を行なっている描写が続き、菩薩《ぼさつ》の思考の流れが詳細に丁寧に描かれている。

いかなる法則で老死があるのか
死は何ゆえに起こるのか
老は肉体の力を削ぎ　鋭い感受性を吸いとる
老は人の情緒、美貌、若々しい体を滅ぼす
雹《ひょう》に打たれた蓮華《れんげ》のようにしてしまう。

（耿世民『回鶻文哈密本 弥勒会見記 研究』、三七二頁）

死は　はかない命の人間に
ときを選ばずまとわりつく炎のようなもの
若く力のある肉体と　美しい容貌を奪いとる
老と死は　いったいどこから来たのか。（三七三頁）

人間にとって永遠のテーマである生と死の問題を解決するために弥勒菩薩《みろくぼさつ》は瞑想を続けた。そしてついに悟りを開き、人々の前に姿を現わした。

（弥勒菩薩《みろくぼさつ》は）
春の日の二月八日
まさに夜が明けようとするとき
すべての煩悩を消滅させ
完全な智慧の光で大地を照らし
太陽のような仏としてこの世に出現された。
褐色の大地が震え、須弥山が震え
海と川の水があふれでるほどに揺れ
国土、木々、草木までもが喜び着飾り
十万の光が射しこみ　天の音楽　太鼓が響き
風が吹きわたり　空に芳香を放つ小雨が降り
金銀、瑠璃《るり》、水晶、蓮華《れんげ》、珊瑚《さんご》の花が次々と降ってきた。
（三八〇―三八一頁）

弥勒仏《みろくぶつ》は高いところに座っておられた。
全身からは金色の光が放たれていた。
衆生がこの光を浴びたとき
三千大千世界が水上の小舟のように揺れた。
（四四三頁）

弥勒仏《みろくぶつ》が光とともに出現するという描写はほかにも何か所か見られる。おそらくこれらの表現を使うことで、マニ教徒であるウイグル人の、仏教に対する親近感を作り出そうと考えたのだろう。善悪二元論の教義を持つゾロアスター教の影響を受けて成立したマニ教では、光（＝善）は闇（＝悪）との対立関係にあり、光は強力な力を持っているのである。

中国では弥勒《みろく》信仰とほぼ同時進行のようにして、念仏を唱えれば阿弥陀《あみだ》仏の力で極楽浄土に往生できるという阿弥陀《あみだ》信仰が興り、やがて阿弥陀《あみだ》信仰のほうが盛んになっていった。しかしウイグル人仏教徒のあいだでは弥勒《みろく》信仰は長く続き、イスラム教を受け入れるまで彼らの精神世界を支えた。

弥勒菩薩《みろくぼさつ》についての漢語の経典は、現存しないものも含めて十六部あったことがわかっているが、未来仏《みらいぶつ》である弥勒菩薩《みろくぼさつ》が実際に悟りを開いて仏となる瞬間を書いたものは古ウイグル語で書かれたこの本だけしかない。この点から見ても弥勒《みろく》との邂逅は仏教研究における貴重な資料であると言える。

2　金光明最勝王経《こんこうみょうさいしょうおうきょう》　Altun Yaruk

大乗《だいじょう》仏教の経典、金光明最勝王経《こんこうみょうさいしょうおうきょう》は日本でもよく知られている仏典の一つで、古ウイグル語だけでなく、漢語、チベット語、満州語、モンゴル語などに訳されて東アジアに広く普及した。大乗《だいじょう》仏教とは起源前後ごろからインドに起こった仏教の一分派で、「自ら仏道修行をして悟りを得ることを目指すとともに、他人に仏法の利益を得させることに努め、両者を完全に両立させた状態を理想としている」とされる一派である。

この経典を古ウイグル語に翻訳したのがシンコ・シェリ・トゥトゥン[1]で、十世紀末から十一世紀初頭に活躍したウイグル仏教の初期を代表する訳経僧である。ビシュバリク（北庭）地区を統括する高僧であると同時に、優れた翻訳者として多数の漢訳仏典を古ウイグル語に翻訳している。金光明最勝王経《こんこうみょうさいしょうおうきょう》のほかにも玄奘三蔵の伝記、大唐大慈恩寺三蔵法師伝の翻訳がよく知られている。

彼の翻訳は、ウイグル人にいかにして仏の教えの真髄を理解させるかに重点が置かれていて、一般に考えられる翻訳の常識を超えた、かなり自由な表現が用いられている。

金光明最勝王経《こんこうみょうさいしょうおうきょう》は四世紀ごろに成立したとみられる仏典で、その中で語られる故事のいくつかは日本でもよく知られている。中でも、前世における釈迦が、飢えた虎の母と子に自分の肉体を布施するという「捨身飼虎《しゃしんしこ》」の話は有名で、金光明最勝王経《こんこうみょうさいしょうおうきょう》から採られている説話である。

王子（前世の釈迦）が虎に食われて亡くなったことを知らされた母親の嘆きのことばは二連の四行詩で訳されている。（原文「禍哉愛子端厳相、因何死苦先来逼、若我得在汝前亡、豈見如斯大苦事（金光明最勝王経二十一巻第十 捨身品第二十六）」）

何という恐ろしいこと
かわいい愛しい我が子よ
なぜ死の苦しみが
お前のところにやってきた

私が早く死にたかった
私の太陽よ　私の月よ
これほどの大きな苦しみが
襲ってくる日を見たくはなかった　（李国華「維吾爾文学史」、五三―五四頁）

漢語の七言の経文と比べると、子を失った母親の嘆きがより深く伝わってくるようである。釈迦が自分の肉体を虎に差し出そうとしたまさにそのときの状況は、シンコ・シェリ・トゥトゥンの手にかかると次のように翻訳される。（原文「時大地六種震動、如風激水、涌没不安、日無精明、如羅睺障、諸方闇蔽、無復光輝、天雨名華及妙香末、繽紛乱墜、遍満林中」）

突然、おだやかだった大地が六種震動《ろくしゅしんどう》を起こした。
風が荒れ狂ったように吹き、
湖や川の水が湧き上がり上下に揺れ、あふれんばかりになった。
太陽は明るさを失い、ラーフ(2)のせいなのか暗くなり光も色もなく、
天は瞬時に雲と霧に包まれた。
すると空から無数の花と香末がつぎつぎと降ってきて、草原に満ち満ちた。（五二頁）

六種震動《ろくしゅしんどう》とは、仏や菩薩《ぼさつ》に関するめでたいことが起こることを知らせる瑞相《ずいそう》として、大地が六種に揺れ動くことを言う。シンコ・シェリ・トゥトゥンの文章は壮大な映画やドラマの一場面を彷彿させ、原文が仏典だったことをまったく感じさせないほどの翻訳になっている。

シンコ・シェリ・トゥトゥンは漢語経典からの古ウイグル語訳を行なった人物であるが、トカラ語から古ウイグル語の翻訳を行なった訳経僧として名前が知られているのがシーラセーナ（Silasena）である。彼は経典の注釈書の翻訳だけでなく、一般人に向けてわかりやすく十善業道《じゅうぜんごうどう》(3)の教えを説いた十業道《じゅうごうどう》物語 Dashakarma-pathavadanamala の翻訳を行なった。

その他にも、漢語から古ウイグル語に翻訳された仏典として天地八陽神呪経、無量寿経、観音経（妙法蓮華経の一部）、千眼千臂観世音菩薩陀羅尼神呪経、千手千眼観世音菩薩大国満無礙大悲心陀羅尼経、妙法蓮華経玄賛、善悪二王子経、仏陀伝、妙法蓮華経などの名が挙げられている。

註1　シンコ・シェリ・トゥトゥン　Shingqo Shari Tutung　漢語は勝光闍梨都督。これまで彼の出自について議論されていたが、「漢人であるという見方がほぼ固まりつつある」、という説が提出されている。（森安孝夫「西ウイグル仏教のクロノロジー」、二一頁）

註2　ラーフ　Rahu　インド神話に登場する魔族で、ラーフが太陽や月を飲み込むことで日食や月食が起こると信じられていた。漢訳は羅睺《らごう》。

註3　十善業道とは「十悪」を犯さないで行動すること。十悪とは、殺生・盗み・邪淫・妄言・綺語（でまかせを言う）・悪口・両舌（仲たがいさせることを言う）・貪欲・瞋恚（怒りや憎しみを持つ）・邪見、を指す。

3　無明羅刹集《むみょうらせつしゅう》の仏教説話　Chashtani Ilig Beg　チャシタニ・イリグ・ベグ

チャシタニ・イリグ・ベグは無明羅刹集《むみょうらせつしゅう》という経典の一部をもとに翻訳されたもので、翻訳者は不明である。一九一三年から一四年にかけてトルファンで発見された。西ウイグル国の時代にはすでにトカラ語から漢文に翻訳されていて、それが古ウイグル語に翻訳されたものだということがわかっている。

仏教のさまざまな教えをわかりやすい物語に仕立てて説くことは、仏教成立の初期段階から行なわれていたことで、チャシタニ・イリグ・ベグもそのような説話文学の範ちゅうに加えられる。

原典となった無明羅刹集《むみょうらせつしゅう》の該当部分の内容は、国内に疫病を引き起こしているのが羅刹《らせつ》(1)だとわかった折吒王《せったおう》が、羅刹《らせつ》たち（実は十二因縁《じゅうにいんねん》(2)が具象化されたもの）のもとを次々と訪れ、最後に疫病の根本原因となっていた無明《むみょう》羅刹《らせつ》を成敗するという説話である。

チャシタニ・イリグ・ベグはこの折吒王《せったおう》を主人公にして書かれたものである。最初に漢文の無明羅刹集《むみょうらせつしゅう》で折《せっ》吒王《たおう》が登場する冒頭部分を紹介しよう。

　その昔、ユジャナ国に折吒王《せったおう》という王がいて、まじめに身を修めていた。彼は勇猛果敢な男で、母牛が子牛を慈しむように、国民のことを思いやるとてもやさしい王であった。当時、国に疫病が流行して多くの者が死んでいった。通りには人が少なくなりキツネや狼といった野獣がうろつき家に入り込むようになった。死体が積み重ねられていた。王は人々が死んでいくのを見て、まるで戦いに巻き込まれているように心を悩ませ、悲しみと恐怖、怒りでいっぱいになった。王は夜の静寂の中で一人、計画を練った。体に毒消しの薬を塗り、如意《にょい》の鎧《よろい》を身につけ、剣を手にして門から出た。

（無明羅刹集巻上）

漢文のこの冒頭部分がチャシタニ・イリグ・ベグのほうではすべて省略され、いきなり、「チャシタニ・イリグ・ベグはユジャナの国の西辺をしっかりとした足取りで歩いていた。」と始まる。これは短編小説の導入部といってもいいような書き出しで、その次に「そのとき、王は四つ辻に鬼たちがいるのを目撃した。」と続く。これからいったい何が起こるのか、と思わせる展開になっている。

無明羅刹集《むみょうらせつしゅう》では、羅刹《らせつ》たちが人肉を食べている状況が綿密に書かれているが、チャシタニ・イリグ・ベグでは、羅刹《らせつ》のおどろおどろしい形相がさらに詳しく付け加えられている。

彼らは狂暴な顔をしている。
荒々しい声を上げ、三叉《さんさ》の鉾《ほこ》と幟旗《のぼりばた》を持ち、
黒い大きな山のような体をまっすぐに伸ばし、
燃え盛る火のような長い髪を肩に垂らし、
毒蛇を体に飾って街の中を歩き回っていた　（李国華「維吾爾文学史」、五七―五八頁）

無明羅刹集《むみょうらせつしゅう》では問答のようなかたちで淡々と王と羅刹たちのやりとりがくり返されるが、チャシタニ・イリグ・ベグでは、王と羅刹《らせつ》たちが生き生きとした会話をしている。仏教説話であることを忘れさせるくらいに現実感を伴ったセリフが次々と繰り出されていて、まるで一篇の武侠小説を読んでいるような気分にさせられる。この作品は古ウイグル語における最古の短編小説と位置付けてもいいのではないかと思われる。

註1　羅刹《らせつ》は大力《だいりき》で足が速く、人肉を食うという悪鬼。のちに仏教の守護神となる。

註2　十二因縁は十二縁起ともいう。「①無明《むみょう》＝無知　②行《ぎょう》＝身体・口（舌）・意（心）によって為した善悪すべての行ない　③識《しき》＝認識作用　④名色《みょうしき》＝認識の対象となるもの　⑤六処《ろくしょ》＝目・耳・鼻・舌・体・心　⑥触《そく》＝外界との接触　⑦受《じゅ》＝感受作用　⑧愛　⑨取《しゅ》＝執着　⑩有《う》＝存在　⑪生《しょう》　⑫老死」の十二が互いに因果関係を持ってつながっていることで人間の苦悩が生み出されるのだから、苦しみを断つためには根本的原因となる無明から順番に滅されなければならない、という仏教の教え。

二　頭韻詩の出現

トルファンで発見されたマニ教に関する文書の中には、マニ教徒が頭韻で作った賛歌が含まれていた。十〜十一世紀ごろに書かれたものだとされている。頭韻詩とは語頭を同じ音でそろえて詠まれる詩のことである。頭韻を持つ詩は突厥《とっけつ》碑文の中にもわずかに見られていたが、西ウイグル国の時代になると、古ウイグル語で書かれた仏教の経典中に数多くの頭韻詩が見られるようになった。

シンコ・シェリ・トゥトゥンが翻訳した金光明最勝王経《こんこうみょうさいしょうおうきょう》の中にも、頭韻で詠まれた仏典中の詩、偈《げ》が含まれている。頭韻詩とはどういうものか、その例を挙げておこう。

edgu nomlug yidlaring　善き仏法の香りは
erte kokar yiparcha　麝香《じゃこう》のごとき香りなり
erush ukush asiglar　その限りなき恩恵は
ertmez tukemez mengiche　永遠に消えず。

(Nurdan Besli, *Anlambilim Açısından Eski Uygurca Şiirler*, p490.)

ochug kekig kiterip　恨みと憎しみを壊し
ovke tulukin sergurup　怒りを抑え
ogug kangig tapinu　両親に仕え
ozte uluglarig ayanglar　長老を敬うべし。(p.476)

詩はもともと声に出して詠まれるものであり、仏への賛歌などは一定の調子を保ちながら唱えると覚えやすいこともあり、頭韻詩が好んで作られたものと思われる。頭韻詩はモンゴル帝国の時代になると、モンゴル語に翻訳された仏典の中にも数多く見られるようになった。古ウイグル語に採り入れられたトカラ語、ソグド語、漢語の仏教用語はそのままモンゴルの仏教にも導入されたことが研究によって明らかになっている。当時の言語状況がわかりやすく説明されている一文を引用しておこう。

西ウイグル王国は十世紀以降、マニ教から仏教に改宗したが、東西交易の中継地であったという地理的な要因も影響し、東西の諸要素が混在した独自の仏教文化圏を形成するに至った。西ウイグル王国の公用語であったウイグル語は、トカラ語・ソグド語・漢語などより借用した仏教用語を豊富に含み、仏教の高度な概念・思想を表現しうる言語に既に成長していたのである。また、当時モンゴル帝国の東部においてリンガ＝フランカとなっていたのはおそらくテュルク語であり、モンゴル語でもペルシャ語でもなかった。モンゴル語を母語とする人でも、同時にテュルク語を理解するバイリンガルは多かったと想像されるし、しかもそれは容易であったに違いない。（中村健太郎「ウイグル語仏典からモンゴル語仏典へ」、八一頁）

このような状況の中でモンゴル語の仏典に頭韻詩が多く含まれるようになったのは当然の流れであったと言えるだろう。（引用論文中の「ウイグル語」は本書で取り上げている「古ウイグル語」を指している。）

三　英雄叙事詩　オグズ・ナーメ

西ウイグル国は豊かなオアシス都市を抱え、独自の文字を作り出し、経済的、文化的な発展を遂げていたが、十二世紀のはじめにモンゴル高原から中央アジアに来たキタイ（遼）に攻撃され、臣従を余儀なくされた。キタイはその後カラキタイ（西遼）を建国し、精力的に中央アジアの各地を征服して領土を広げていった。ところが十三世紀の初めごろになるとカラキタイは内部闘争の激化で内政が乱れてしまい、西ウイグル国はこの機にチンギス・ハン Chingis Khan（在位一二〇六―一二二七）率いるモンゴル帝国に帰順することを決めた。現在、オグズ・ナーメとして知られている英雄叙事詩が古ウイグル語に書き採られたのは、東トルキスタン[1]がこのような状況下にあったころのことである。

文字によって記述される文学が登場する以前、口から口へと伝えられ長い命を保ってきた口承文学があった。文字の使用が始まってからもそれは存続し、その内容も神話、伝説、昔話、民謡、英雄物語など多岐にわたっている。

パリの国立図書館に「所蔵番号 Supple.turc.1001」として分類されている写本が保存されているが、これがオグズ・ナーメで、縦十九センチ、横十三センチの二十一枚の紙の両面に書かれている。各頁は九行で、全部で三七八行のこの写本は、最初の部分と後ろの部分が欠けていて、もともとどのようなタイトルが付けられていたのかはわかっていない。しかし名前がないものを扱うのは不便だということで、オグズ・ナーメ（Oghuz name）というタイトルが付けられた。name はペルシャ語で、書簡・記録文書・書かれたもの、などの意味を持つ単語で、オグズ・ナーメはオグズについて書かれた書、というほどの意味になるだろうか。命名者はルザ・ヌールとラドロフ[2]である。

この写本がいつどこで書かれたか正確なことはわからないが、用いられている単語、つづり字の変化、オグズ・カガンの諸国征服の内容などが研究された結果、原本はモンゴル帝国の後継王朝である元の時代、十三世紀の初頭から十四世紀の半《なか》ばにトルファン地方で書かれたもので、パリの国立図書館に保存されている写本のほうは十五世紀ごろにカザフスタンのエッテスで書き写されたものであろうと考えられている。

この写本のほかにも、オグズ・カガンを主人公とした複数の物語が遺されている。[3]口から口へと伝わっていくうちに語り手によっていろいろな脚色がなされたこともあるが、書き採られたものが、新たなストーリーに書き改められて遺されたからである。

イスラム教を受容する前と後ではその内容に違いが生まれ、為政者の意向に沿う内容に書き改められたもの、創作されたものなどがある。それらについてはすでに詳細な分析や研究がなされてきているので、本章ではオグズ・ナーメの文学的な内容について紹介することにする。

オグズ・ナーメの中では、ウイグル人の始祖伝説にある「青い狼」が、オグズ・カガンを導く重要な役割を果たす場面でたびたびその姿を現わしているが、ウイグル人の始祖伝説とはどのようなものなのか、まず『魏《ぎ》書《しょ》』の中からその部分を抜き出してみよう。

匈奴《きょうど》の単于《ぜんう》(匈奴の君主の称号)には二人の娘がいた。二人はとても美しく人々は神だとみなしていた。

単于《ぜんう》は言った。「我が娘たちをどうして人間と結婚させることができようか。天と結婚させることにしよう。」

そこで国の北部の人のいない土地に高殿を作り、娘たちをそこに置き「天に請うて迎え入れよ。」と言った。三年が経ち、母親は彼女たちを連れもどしにいきたいと言ったが、単于《ぜんう》は言った。

「だめだ。まだ終わっていない」

それから一年後、老いた狼がやってきて昼夜を問わず高殿を護って呼びかけ、下のほうに穴を掘りそこに長いあいだ留まった。

妹が言った。「父が私をここに置いたのは天と結婚させたいと思ったからです。それでいま狼が来ました。これは天が使わされたのかもしれません。」

妹はそう言って狼のもとに降りようとした。

姉は驚いて言った。「これはけものですよ。両親を侮辱することになります!」

しかし妹は従わず狼の妻となった。息子を産み子孫が繁栄し国となった。

ゆえにその国の人々は、まるで狼の吼《ほ》える声のように、声を長く響かせて歌うことが得意である。

（魏書・列伝第九十一・高車）

突厥《とっけつ》にも狼が関係する始祖伝説がある。

（突厥《とっけつ》の）祖先の国は西海にあり、隣国に滅ぼされ男も女もすべて殺されてしまった。しかし、ただ一人残った男児を殺すに忍びなく、足を切断し、腕を切り落として草木の茂っている湿地に捨てたままにしておいた。そこに一匹の雌の狼が、いつも肉を持ってきて与え、彼はそれを食べて生き延びた。その後、彼は狼と交わり、狼は身ごもった。

隣国の者は使者を送って彼を殺させた。そのとき彼のそばに狼がいるのを見た使者は、その狼も殺してしまおうとしたが、狼はまるで神がとりついたように東海に飛んでいき山の上に立った。

その山は高昌国《こうしょうこく》の西北にあり、下のほうに洞窟があった。狼が中に入っていくと、そこには二百余里にわたる平坦な草の茂った土地があった。その後、狼は十人の男児を産んだ。その中の一人がアシナ氏であった。彼は最も優れていたので君主の座に就いた。自分の始祖を忘れないでいるということを示すために、本陣には狼の印のついた旗を立てた。（隋書・巻八十四列伝第四十九・北狄）

狼が父親となるか母親となるかの違いはあるが、共に狼が重要な役割を果たしている。オグズたちは狼をトーテム、つまり自分たちと神秘的・象徴的な関係で結びついている神聖な存在として崇めていたことがわかる。オグズ・ナーメは、神格化されたオグズ・カガンが各国を征服して王者となる国造りの物語で、実際に行なわれたオグズの諸カガンたちの中央アジア、西アジアへの遠征が下敷きになっているが、単なる英雄物語ではない。この時代の人々がトーテム信仰を持っていただけでなく、自然界のあらゆるものに魂が宿ると信じるアニミズムの世界に生きていたことを証明する、民俗学的に貴重な資料ともなっている。

オグズ・カガンの妻となる二人の女性は、一人は光の中から、もう一人は樹木の中から現われた。彼女たちが産んだ息子たちには日、月、星、空、山、海、という名前が付けられた。

またオグズ・ナーメには彼らがシャマン（巫師・祈禱師）を媒介として霊的存在との交渉をする宗教様式を持っていたことをうかがわせる記述もある。

右方に四十グラチの長い棒を立てさせた。
上に一羽の金のニワトリを吊るさせた
下に一頭の白いヒツジをつながせた
左方に四十グラチの長い棒を立てさせた
上に一羽の銀のニワトリを吊るさせた
下に一頭の黒いヒツジをつながせた　（四一頁361―366）

（グラチは両手を広げた長さで、だいたい一・五メートルほどとされる。）

ウイグル人を含むテュルク系の人々の祖先は、青という色に対しても特別の意味合いを持たせている。青い空、青い天を「最も偉大な神の住むところ」と考え、古代においては青に色としての意味だけではなく「天・神」の意味を含ませていたという説もある。(4)「青い狼」は天から使わされたものと考えられるのである。

オグズ・ナーメには調子良く語るのに効果的な韻を踏んだ部分が多数挿入されていて、この物語がかつて伴奏楽器を手にした「語り手」によって伝えられていたことは容易に推測できる。

Kirik kundun song　四十日が過ぎた
Bedukledi　大きくなった
Yurudi　歩いた
Oynadi　遊んだ　（二頁11―12）

Bu chagda　そのときに
Bu yerde　その場所に
Bir chong orman bar erdi　一つの大きな森があった　（三頁18―19）

Ya birle　弓で
Oq birle　矢で
Shunkarni olturdi　ハヤブサを殺した
bashin kesti　頭を切った　（五頁42―43）

強調したい部分では四行詩や二行詩が用いられている。

オグズ・カガンがウイグルのカガンとなり、これから世界征服へと向かうことを宣言する場面は次のように詠まれている。

我はなんじらのカガンとなった
弓と盾を手に取れ
我らにとって　タムガが幸運とならんことを
我らにとって　青き狼が鬨《とき》の声とならんことを　（一一頁97―99）

鉄の槍を　林のごとくせよ
狩場に野の馬を　走らせよ
さらに海を　さらに大河を
太陽を旗印とし　空を天幕とせよ　（一一頁99―一二頁103）

タムガ（印章・紋章）は氏族によって異なった図形が使われていて、家畜の所有者を示すために焼き印としても使われていた。そして氏族の象徴として旗印などにも刺しゅうされ、守り神のようにも考えられていた。さらに、青い狼が雄叫びを上げるとき、それは鬨《とき》の声のように戦士の士気を高め、戦意を高揚してくれる。この行からは、青い狼が戦士たちを鼓舞する存在になってくれ、と祈る気持ちが伝わってくる。

多くの勇士たちが槍を手にして馬にまたがっている姿は、まるで槍の林が出現したようである。征服した土地では野の馬が走り回っている。海を越え、大河を渡ったところにも征服地はある。旗印にするのは常に変わらぬ光を放つ太陽で、空を天幕とする、つまり住まいは空に覆われた大地だというのだから、オグズ・カガンが目指している征服の範囲には果てがない。天幕とは解体して持ち運びのできる組み立て式の住居のことをいう。

オグズ・ナーメの全体を通して、オグズ・カガンの征戦は神の力によって行なわれている、ということがたびたび強調されている。

ウルムの国との戦いの前に、青い狼が出現してこう言う。

おい　オグズ　お前はウルムを攻めようとしているな
おい　オグズ　お前たちの道案内をしてやろう　（一六頁143―一七頁144）

その後もたびたび青い狼は姿を現わし、オグズ・カガンの手助けをしてくれる。そして最後にオグズ・カガンが息子たちに国を譲る場面では、八音節で八行の詩が挿入されている。

おお　息子たちよ　わしは長く生きた
多くの戦《いくさ》を見てきた

弓で多くの矢を放った
馬に乗って長い道のりを行った
敵を嘆かせた
味方を幸せにした
天に対して義務を果たした
いま国を　お前たちに譲ろう

オグズ・ナーメは、いろいろな角度から研究されているが、いまなお多くの研究者の興味を引きつけている。この英雄叙事詩が、それほどの価値と魅力を持っているということであろう。本章の後に、パリ国立図書館に所蔵されている古ウイグル語で書かれたオグズ・ナーメの翻訳を付けておく。

註1　東トルキスタン　トルキスタンとは今日テュルク系民族が居住する中央アジアの地域を示す歴史的名称で、「テュルク人の住むところ」を意味するペルシャ語に由来する。東トルキスタンは現在の中国・新疆ウイグル自治区一帯を指す。現在のウズベキスタン、キルギスタン、トルクメニスタン、タジキスタン、カザフスタン南縁が西トルキスタンに含まれる。

註2　ルザ・ヌール Riza Nur（一八七九―一九四二）は医者・作家で、後に政治の世界に入った人物で、トルコ共和国が成立したあとトルコを離れ、パリで創刊されたフランス語とトルコ語の『Revue de Turcologie（トルコ学誌）』をアレクサンドリアで発行していた。トルコ共和国の初代大統領アタテュルクの死後トルコに戻り、一九四二年に雑誌『Tanrıdaghı（天山）』を発行し、トゥラン主義、汎トゥ

ラン主義を支持した。ラドロフ Friedrich Wilhelm Radloff（一八三七―一九一八）はドイツ・ベルリン生まれのロシア人で、一八五九年から一八七〇年の間に十回にわたってシベリア、アルタイ、トルキスタンに旅行して調査を行い、突厥語の碑文やウイグル文書などの古代トルコ語資料の研究を含む多くの業績を残し、トルコ学の創始者と言われている。

註3　オグズ・ナーメのほかにも、デデ・コルクトDede korkutが語るという設定で構成されている英雄叙事詩「デデ・コルクトの書」の中にオグズ・カガンの物語が含まれている。また十三世紀後期から十四世紀初期に書かれたと思われるチャガタイ語による『Nazmi oghuzname（オグズ・ナーメのナズム（韻文・詩））』がトルコで発見されている。

歴史書などの中に挿入される形でテキストが遺されているものとして、次のようなものがある。

● チャガタイ語で書かれたもの。
『Shajere-I Turuiu（テュルクの系譜）』、十七世紀、ヒバ・カン国
『Shejerei Tirakiye（トルコマンの系譜）』、十七世紀、ヒバ・カン国
『Kissasul gharayip（不思議な話）』、十九世紀中頃、ヤルカンド
『Tarihiy kashghar（カシュガルの歴史）』、十九世紀初め、カシュガル

● ペルシャ語で書かれたものとしては、十四世紀初め、イル・ハン国で書かれた『Jami al-Tavarikh（集史）』や、ティムール朝の第四代君主ウルグ・ベグ Ulugh Beg（一三九四―一四四九）が編集に関わっているとされる『Tarih abira ulus（四ウルス史）』などがある。

註4　Turgun Almas, Uyghurlar, p.133.

附録2／翻訳　オグズ・ナーメ

本翻訳は『W. Bang・G.R. Rahmeti, *Oğuz Kağan Destani*（オグズ・カガンの物語）』のラテン文字に翻字された古ウイグル語をもとにし、同書に記載の英訳とウイグル語版の『*Oghuz Name*』のウイグル語訳を参考とした。

カッコ内は原文部分のページと行の番号で、行は通し番号。

…（不明）…になるように」と人々は言った。
その姿はほら〔動物の絵〕このようだ。
そしてみんなは喜んだ。　（一頁1―2）

ある日のことアイ・カガンの目が輝いた
男の子が生まれたのだ
その子の顔は青かった　口は火のように赤かった
目は深紅　髪と眉は黒かった。
天人よりも美しかった。
母親の胸から初乳を一口飲んで　それ以上は飲まなかった

生肉　スープ　酒を欲しがった　言葉を話しはじめた　（一頁3―二頁11）

四十日が過ぎた　大きくなった　歩いた　遊んだ
足は雄牛《おうし》のような足　腰は狼のような腰
肩は黒貂《くろてん》のような肩　胸は熊のような胸
体は全身　毛で覆われていた
家畜を見張り　馬に乗り　狩りをした
いくつもの昼が過ぎ　いくつもの夜が過ぎ　大人になった　（二頁11―三頁18）

そのときに　その場所に　一つの大きな森があった
たくさんの流れがあった　川があった
やってくる獣は多かった　飛んでくる鳥は多かった
森には大きなクアトがいた
家畜を襲い人間を襲っては食らう　大きくて恐ろしい獣だった。
みんなをさんざん苦しめていた　（三頁18―25）

オグズ・カガンは勇敢で　これを退治しようと考えて

ある日のこと　狩りに出かけた
槍を持ち　弓と矢を持ち　剣を持ち　盾を持って馬にまたがった
鹿を一頭捕らえ　柳の枝で木に縛りつけた　（三頁25―四頁30）

次の日の　夜明けと共にその場に行ってみると
クアトが鹿を取っていったのがわかった
熊を一頭捕まえて　金の帯で木に縛りつけた
次の日の　夜明けとともにその場に戻ってみると
クアトが熊を取っていったのがわかった
そこで木の下で待っていると
クアトが突進してきた　オグズの盾を突いた
オグズは槍をクアトの頭に突き刺し　殺した
剣で頭を切り落として　持って帰った
再びそこに戻ってみると　ハヤブサがクアトの内臓《はらわた》を食っていた
弓で　矢で　ハヤブサを殺した　一千頭を切った
ほら　ハヤブサの姿は　ほら〔鳥の絵〕このようだ　（四頁31―五頁44）

クアトは鹿を食った　熊を食った
クアトが鉄のように硬かろうとも
我が槍はクアトを殺した
ハヤブサはクアトを食った
ハヤブサが風のように速かろうとも
我が矢は　ハヤブサを殺した(1)
こう言って立ち去った
クアトの姿はほら〔一角獣の絵〕このようだ　（五頁44―六頁49）

註1　この部分では、槍が接近戦、弓矢が遠距離戦に用いる武器であり、オグズ・カガンの威力を誇示しているという解釈を、フランスの東洋学者ペリオ Paul Eugene Pelliot（一八七八―一九四五）が提出している。ペリオは中央アジアの探検家でもあり多くの敦煌文書をフランスにもたらした人物である。

ある日のこと　ある場所で
オグズ・カガンは天に祈っていた
あたりが暗くなった
空から一筋の　青い光が差してきた
太陽より明るく　月より明るかった

オグズ・カガンが光に近づいてみると
光の中に　娘が一人で座っていた
とても美しい娘だった
額《ひたい》には火のように光り輝く痣《あざ》があり
まるで金の杭《くい》(2)のようだった
娘はとても美しかった。
娘が笑えば天もつられて笑い、娘が泣けば天も泣くほどの美しさ。
オグズ・カガンは娘を見るや我を忘れた。
好きになった　願いがかなった。
共に寝た　連れて帰った。
娘は身ごもった。
何度かの昼が過ぎ　何度かの夜が過ぎ　輝いた。
三人の男の子が生まれた
長男を日　次男を月　三男を星と名付けた。（六頁49―八頁69）

註2　古代のウイグル人は北極星のことを「金の杭」と表現していた。「伝統的なトルコ・モンゴルの考え方では、北極星は世界の魂とみなされており、オグズ・カガンがこのような女性と結婚することで、世界の支配者になることを象徴的に表現している。」という解釈もなされている。（Jonathan Ratcliffe,

Turfan Oguz Name: Preliminary English Translation, Introduction and Commentary.）

ある日のこと　オグズ・カガンは狩りに出かけた
前方の湖の真ん中に　木が見えた。
木の幹の空洞に　娘が一人で座っていた
とても美しい娘だった
目は空よりも青く　髪は川の流れのよう　歯は真珠のようだった。
見た者はだれでもが「ああ　もうだめだ　死んでしまう！」というほどの美しさ
乳がクムズに変わってしまうほどの美しさだった(3)
オグズ・カガンは娘を見るや我を忘れた。心臓に火が付いた。
好きになった　連れて帰った
一緒に寝た　願いがかなった
娘は身ごもった。
何度かの昼が過ぎ　何度かの夜が過ぎ　輝いた
三人の男の子が生まれた
長男を空　次男を山　三男を海と名付けた　（八頁69―一〇頁88）

註3　クムズは馬の乳を発酵させてつくる酒、馬乳酒のことで、ここではあまりの美しさに酔ったように
ぼーっとしてしまった、というほどの意味になる。

オグズ・カガンは盛大な祝宴を開くことにした
人々に　来るようにとの命令を出した
人々は話し合ってやってきた
四十の卓　四十の腰かけを作らせた。
みんなは数々の料理を食べた
幾種もの酒を飲んだ
祝宴のあと　オグズ・カガンは大臣と民《たみ》に命を下した　（一頁89―一一頁96）

我はなんじらのカガンとなった
弓と盾を手に取れ
我らにとって　タムガ（印章・紋章）が幸運とならんことを
我らにとって　青き狼が鬨《とき》の声とならんことを　（一二頁97―99）

鉄の槍を　林のごとくせよ

狩場に野の馬を　走らせよ
さらに海を　さらに大河を
太陽を旗印とし　空を天幕とせよ　（一二頁100―103）

オグズ・カガンは使者に命令の書を持たせ
四方に送り出した
命令の書にはこう書いた　（一二頁103―105）

我はウイグルのカガンである
世界のカガンとなるべき者である
お前たちが服従することを求める
受け入れる者には贈り物をもって　友情を結ぼう
受け入れぬ者には怒りをもって　敵となろう
我が兵士たちはすぐさま攻め込み
汝らをすべて滅ぼすであろう　（一二頁106―一三頁115）

このとき　右の方の土地（西）にアルトゥン[4]という名のカガンがいた

アルトゥン・カガンはオグズ・カガンに使者を送り
大量の金銀　大量の赤い宝石を献上し服従の意を示した。
オグズ・カガンは立派な贈り物で友情関係を結び
アルトゥン・カガンと　友人になった（一三頁116—一四頁123）

註4　アルトゥン altun は「金」の意味で、ここでは十二世紀前半に女真族が立てた金王朝を指しているとみなされている。

左の方の土地（東）にはウルム[5]という名のカガンがいた。
ウルムの軍の兵士は多く　街は多く
ウルム・カガンは命令を受け入れなかった。
そんな話にいちいちかまっていられない　と従わなかった。
オグズ・カガンはこれに怒って兵を出すことを決め
旗を掲げ　兵を率いて進んでいった（一四頁124—一五頁133）

註5　ウルム urum は東ローマ帝国を指しているとみなされている。

四十日後　ムズタグ（氷の山）という名の山のふもとに着いた。
その場に天幕を張らせ　オグズ・カガンはぐっすりと眠った
まさに夜が明けようとするそのときに
天幕の中に一筋の光が射しこんだ
光の中から青い毛　青いたてがみの雄の狼が現われた
狼はオグズに　こう言っていた
おい　オグズ　お前はウルムを攻めようとしているな
おい　オグズ　お前たちの道案内をしてやろう　（一五頁134―一七頁145）

オグズ・カガンは天幕をたたみ　出発した
見ると兵士たちの前を　青い毛　青いたてがみの
大きな雄《おす》の狼が歩いていた。
狼のあとに従って進んでいった。　（一七頁146―153）

数日後　青い毛　青いたてがみの狼が立ち止まっていた。
オグズも兵士たちと共に立ち止まった。
そこにイティル川（ボルガ川）という大きな川があった。

イティル川のほとり、カラタグ山のふもとで戦いが始まった
弓矢で　槍で　剣で戦った。
兵士たちのあいだには多くの戦いがあった
民《たみ》のあいだには多くの嘆きが生まれた
戦いは激しく　すさまじく
イティル川の水が真っ赤になった。
オグズ・カガンは攻めた　ウルム・カガンは逃げた
オグズ・カガンは国をとった　民《たみ》をとった。
大量の命のない戦利品　命のある戦利品（捕虜）が
オグズ・カガンのオルドゥ(6)に入った　（一八頁154―二〇頁172）

註6　オルドゥ Ordu は遊牧民の君主が居住する天幕のことで、「宮殿」と訳されることもある。ここでは、戦利品がオグズ・カガンの所有するところとなった、という意味。

ウルム・カガンに弟がいた
その名をウルス・ベグ(7)といった。
ウルス・ベグは　山の上の

周囲を深い堀に囲まれている堅固な城塞都市に
息子を送り出して言った。
お前は街を護らねばならぬ
戦いが始まっても街を護らねばならぬ　（二〇頁172―179）

註7　ウルス urus はロシアを指しているとみなされている。ルスあるいはルーシはロシア、ロシア人のもととなった東スラブの種族の呼称。

オグズ・カガンは街に攻めいった
ウルス・ベグの息子は多くの金銀をオグズ・カガンに贈って言った
おお　あなたは私の主君です
父はこの街を　私に与えて言いました
お前は街を護らねばならぬ
戦いが始まっても街を護らねばならぬ　（二〇頁180―二一頁186）
もし父がこの状況に怒ったとしたら
私はどうなるでしょうか

私はあなたの命令に従います
我らの繁栄はあなたの繁栄
我らの実はあなたの枝になる実
天はすべての土地をあなたに与えると命じています
私の首と運はあなたのものです
私はあなたに贈りものを続け
友情に背くことはありません
オグズ・カガンは若者の言葉が気に入った
喜んで笑って言った
お前はたくさんの黄金を贈り　街をよく守った
それで若者をサクラプ(8)と名づけ　友情を結んだ　（二一頁187―二三頁202）

註8　サクラプは「スラブ」あるいは「ボルガ・ブルガル」を指しているのではないかとされているが、定説とはなっていない。原文はsaqlapでsaqla-は動詞「守る」の語幹。

オグズ・カガンは軍を率いてイティル川にやってきた
イティル川は大きな川だった。オグズ・カガンは川を見て言った

イティル川をどのようにして渡ろうか
軍の中にウルグオルドゥ・ベグという優れたベグがいた
彼は知恵のある…(不明)…男だった
見ると岸辺に柳の木が…(不明)…
ウルグオルドゥ・ベグは…(不明)…切った
そして、乗って渡った
オグズ・カガンは喜んで笑って言った
おい　お前はここのベグになれ
そしてキプチャクと名乗れ(9)　(二三頁202—二四頁214)

註9　木の幹にある空洞をテュルク語で qipchaq と言っていたことからの命名と考えられるが、ここでは不明の部分があるので、関連性は明らかではない。ラシードゥッディーン Rashid al-Din（一二四九—一三一八）が編纂した『集史』には、妊娠中の女性が木の幹の空洞の中で産んだ子供がキプチャク族の始祖になったという伝承が記録されている。

そしてオグズ・カガンが進んでいると
また青い毛　青いたてがみの狼が見えた
狼はオグズ・カガンに言った。

今から軍を連れて　ここから出発せよ
民《たみ》とベグたちを率いて行け
お前に道を教えよう　（二四頁215―二五頁221）

夜が明けたとき　狼が軍隊の前をいくのを見て
オグズ・カガンは喜んだ
進軍を続けた　（二五頁222―225）

オグズ・カガンは　よくまだらもようの雄の馬に乗っていた
この馬をかわいがっていた
その馬が途中で見えなくなった
そこに大きな山があった
上方には凍土と氷があって　頂上は寒くて真っ白だった
それでその山の名は　ムズタグ（氷の山）といった
馬は　ムズタグの中に逃げていったのだ
オグズ・カガンはとても悲しみ心配していた　（二六頁226―二七頁235）

軍の中に　大きくて勇敢な男がいた。
何ものも恐れぬ大胆な男だった
戦闘での試練に耐えられる男だった
男は馬を捜しに山に入った
九日後　オグズ・カガンのもとに馬を連れてきた
ムズタグはとても寒く　雪にまみれて真っ白になっていた
オグズ・カガンは喜んで　笑って言った
おい　お前はここでベグたちのベグになれ
これからお前の名をカルルク(10)とせよ
そして多くの宝石を与えた。（二七頁236―二八頁247）

註10　カルルク「雪（kar・qar）のある、雪を持った」という意味になる。

オグズ・カガンは先へと進んでいった
道の途中　一軒の大きな家が見えた
壁は金　窓は銀　扉は鉄でできていた
扉は閉まっていて　鍵がなかった

軍の中に　とても賢い男がいた
名をトムルド・カグル(11)といった
彼に命じた
「お前はここに残れ　扉を開けよ
開けたあとで本陣に戻って来い」
そして彼をカラチ(12)と名づけた。　（二八頁247—二九頁256）

註11　トムルド・カグル（tomurud qagul）の意味としては鉄の枝、鉄の棒、ヤナギの枝でくくられた鉄製の柵・棚、などが示されている。

註12　カラチ qalach は「残る」の命令形 qal と「開ける」の命令形 ach が合わさったもの。現在イラン西北部に住んでいるKhalaj（ハラジ）族の祖とみなされ、彼らの言語には古いテュルク語の特徴が保持されていると言われている。

また先へと進んでいった。
ある日　青い毛　青いたてがみの狼が止まった
オグズ・カガンも止まって天幕を張った
そこは開墾されていない土地で　チュルチト(13)と呼ばれていた
民《たみ》の数は多く　土地は広かった。

馬　牛や仔牛《こうし》、金銀、宝石が多くあった
ジュルジト王と民《たみ》はオグズ・カガンに対抗してきた
戦いが始まった　オグズ・カガンが勝った
ジュルジト王は殺され首をはねられた
チュルチトの民《たみ》はオグズ・カガンに服従した　（二九頁257—三十頁270）

註13　チュルチトChurchit（Jurjit）はJurchinともいい、中国では「女真《じょしん》」と書かれる。十二世紀に金王朝を建てたが十三世紀にモンゴル帝国によって滅ぼされた。↑13頁116　アルトゥン・カガン

戦いの後　オグズ・カガンの軍や家来や民《たみ》は大量の戦利品を得た。
あまりにも多くて運ぶのに馬、ラバ、牛が足りなかった
軍の中に　頭の良い器用な男がいた
名をバルマクルグ・ヨスン・ビッリグ(14)といった。
この器用な男は　大きな荷車を作った
荷車の上に命のない戦利品を載せた
荷車の前に命のある戦利品（捕虜）を付け
引かせて進んでいけるようにした　（三〇頁270—三一頁279）

註14　バルマクルグ・ヨスン・ビッリグ barmaqluq josun billig には「道の行き方を知る者、解決の手立てを知る者」という意味がある。

家来たちや民《たみ》はみなこれを見て驚いた
みなもそれぞれ　荷車をつくった
荷車が進むたびにカンガ、カンガと音を立てた
それで荷車にカンガという名を付けた
オグズ・カガンはカンガを見て笑って
カンガで命のない戦利品を運ばせよ。
カンガルクをお前の名にし　カンガを示せ[15]と言った　（三〇頁279―三二頁288）

註15　カンガ qkangha には「大きな荷車」という意味があり、カングリ qangli とも発音される。カンガルクはカンガを持っている者、という意味。唐代からモンゴル帝国、元代まで活動したテュルク系民族で、中国の史書では「康里（kangli）」と表記されている。現在のカザフスタン、ウズベキスタン、キルギスタンなどにも kangli という部族名を有する人々がいる。

それからオグズ・カガンは再び
青い毛、青いたてがみの狼とともに

シンド、タングート、シャーガム[16]の方に進んでいった
多くの戦い　戦闘のあと
それらの土地を征服し
自分の国の領土に加えた　（三三頁289―293）

註16　シンドSindはインドを、タングートtanghutは六世紀から十三世紀ごろまで中国北西辺境で活躍したチベット系の民族を、シャーガムshaghamはシリアを指しているとみなされる。タングートは中国語で西夏《せいか》と書かれる。

忘れてはならぬことがある
知っておかねばならぬことがある　（三三頁294―295）

南にバルカン[17]というところがあった
大きくて豊かで暑い土地だった。
多くの動物　たくさんの鳥がいた。
多くの金　銀　宝石があった
住人の顔は真っ黒で　王の名はマサルといった。
オグズ・カガンは攻め入った、

激しい戦いだった
オグズ・カガンが攻めた　マサル王は逃げた
オグズ・カガンはマサルの国を征服した
オグズ・カガンの友は喜び　敵は嘆き悲しんだ
無数の財産と家畜を手に入れ　国を豊かにした　（三三頁295―三五頁309）

註18　バルカン barqan が何を指しているのか複数の説が出されていてまだ定説とされるものはないが、カラキタイを指すのではないかという説が有力である。

忘れてはならぬことがある
知っておかねばならぬことがある　（三五頁310―311）

オグズ・カガンのかたわらに
白いあごひげ　灰色の髪の
経験豊かな老人がいた
賢明で温厚な宰相であった
その名をウルグ・テュルク（偉大なテュルク）といった。

ある日のこと夢を見た
金の弓と三本の銀の矢が夢に出てきた
金の弓の端は日の出から日の入りまで届いていた
銀の矢の先は夜（北）を指していた　（三五頁311―三六頁320）

夢から覚め　オグズ・カガンに言った
ああ　我がカガンよ
御身《おんみ》の命の長からんことを
ああ　我がカガンよ
御身《おんみ》に幸運がもたらされんことを
国が正しい法によって治められんことを
征服した土地を子孫に譲るようにと
天が夢でお告げを下されました　（三六頁321―三七頁328）

オグズ・カガンはウルグ・テュルクの話を気に入った
助言を求め　そのようにした　（三七頁328―330）

次の日　夜が明けると
兄たち（先に生まれた三人）　弟たち（後に生まれた三人）を呼んで言った
ああ　狩りをしたいが年をとって力がなくなった
日よ　月よ　星よ　お前たちは夜明けの方へ行け
空よ　山よ　海よ　お前たちは夕暮れの方へ行け
（兄たち）三人は夜明けの方へ向かった
（弟たち）三人は夕暮れの方へ向かった　（三七頁331―三八頁339）

日、月、星は多くの獣を狩ったあと
道の途中で金の弓を見つけた
持ってきて父親に差しだした
オグズ・カガンは喜んだ
金の弓を三つに折って言った
おお　兄たちよ　この弓はお前たちのものとしよう
弓のように　空に矢を放て　（三八頁339―三九頁346）

空　山　海は多くの獣と鳥を狩ったあと

道の途中で三本の銀の矢を見つけた
持ってきて父親に差しだした
オグズ・カガンは喜んだ。
矢を三人に分け与えて言った。
おお　弟たちよ　矢はお前たちのものとしよう。
弓は矢を放つ　お前たちは矢のようになれ(18)　（三九頁347—四〇頁355）

註18　「弓に従うように」つまり兄たちに従うように、との意味が含まれている。

そのあとオグズ・カガンは大きなクリルタイ(19)を召集した
家臣と民《たみ》を呼んだ。彼らはやってくると話し合った
オグズ・カガンは大きな天幕の中にいて
……………（不明）……………　（四〇頁355—360）

註19　クリルタイとはモンゴル語で「集会」の意味。モンゴル民族など北方遊牧民族が、大ハンの推戴や開戦、講和、法令の公布など国家的な重要な議題を協議するために、王侯、将軍、首領、貴族などを召集して開かれた。

右方に四十グラチの長い棒を立てさせた。
上に一羽の金のニワトリを吊るさせた
下に一頭の白いヒツジをつながせた
左方に四十グラチの長い棒を立てさせた
上に一羽の銀のニワトリを吊るさせた
下に一頭の黒いヒツジをつながせた　（四一頁361―366）

右方にブズクたちが座った
左方にウチオク[20]たちが座った
　四十日間　昼も夜も祝宴が続いた
みんなは食べて飲んで楽しんだ　（四一頁367―四二頁370）

註20　ブズクは「壊れたもの」で弓を三つに折ったことからきたと考えられ、年長の三人の息子たちのことを、ウチオクは「三本の矢」の意味で、弟たちを指している。彼らの一人一人から生まれた四人の息子たち、二十四人が、オグズ族を構成する氏族の祖となったという伝承がある。ラシードゥッディーンは『集史』でブズクをブズ・オク（ボズ・オク）「灰色の矢」としている。

オグズ・カガンは息子たちに
こう言って国を譲った。
おお　息子たちよ　わしは長く生きた
多くの戦《いくさ》を見てきた
弓で多くの矢を放った
馬に乗って長い道のりを行った
敵を嘆かせた
味方を幸せにした
天に対して義務を果たした
いま国を　お前たちに譲ろう
……（不明）……
……（不明）……（四二頁371―378）

『*Oğuz Kağan Destani*（オグズ・カガンの物語）』の著者ウィリー・バン Willy Bang（一八六九―一九三四）はドイツのテュルク学、言語学、東洋学の専門家で、古代ペルシャ語の碑文の解読や突厥語、古ウイグル語の碑文や古文書の研究で大きな業績を上げた人物である。

もう一人の著者アラト Reshit Rahmeti Arat（一九〇〇―一九六四）はベルリン大学でウィリー・バン

について学んだタタールスタン出身の言語学者。『*Oğuz Kağan Destani*（オグズ・カガンの物語）』は、一九三二年に二人の共著としてベルリンで出版された『*Die Legende von Oghuz Qagan*（オグズ・カガンの伝説）』のドイツ語の部分がアラトによってトルコ語に翻訳され、一九三六年にイスタンブル大学から出版されたものである。

第三章

カラハン朝の時代

ئۇيغۇر
شېئىرىيىتى
تارىخى

西ウイグル国を建国したパンテギンに率いられた一団とは別に、さらに西へと移動した一団は先住していたカルルクに迎え入れられ、西ウイグル国が建国されたとほぼ同じころに、カラハン朝の基盤を作ったとされている。カラハン朝の起源についてはまだ定説とされているものはないが、突厥《とっけつ》のアシナ氏の末裔が新たな部族連合を形成したものが起源となったという説もある。

カラハン朝では匈奴《きょうど》の時代から引き継がれている東部と西部を分けて統治する政治体制が取られていて、東部のバラサグンを中心とする地域を大ハンが、西部のタラスを中心とする地域を小ハンが統治していたが、九世紀の終わりごろに中央アジアに成立した最初のイラン系イスラム王朝であるサーマーン朝（八七五—九九九）によって西部のタラスが占領されると、小ハンはカシュガルに移って統治を続けることになった。

カラハン朝ではイスラム教徒の商人の流入やスーフィー（イスラム神秘主義者）たちの布教活動が盛んに行なわれイスラム教への改宗者が増えていき、やがて王族の改宗を受けてイスラムを信奉する国家となった。

カラハン朝ではこのあと聖戦と称してホータンとクチャへの進軍を開始し、仏教徒であった人々にイスラム教への改宗を迫った。イスラム教への改宗を拒んだ人々は他国へ亡命するか、カラハン軍に対抗して戦い、戦死した。カラハン軍は続いて西ウイグル国にも数度の進軍を試みたが、こちらのほうは反撃にあって成功しなかった。

その後、カラハン朝内部での権力争いが激化し、アフガニスタンのガズナに興ったトルコ系イスラム王朝であるガズナ朝（九七七—一一八六）との関係が複雑に絡み合って、結局十一世紀半《なか》ばにカラハン朝は完全に東西に分裂した。

東カラハン朝のほうは再び分裂し、バラサグン、カシュガル、ホータンを大ハンが、タラスを小ハンが支配するという体制をとることになった。そして一〇五五年ごろ、小ハンであったタブガチ・ブグラハンがカシュガルを獲得したことで、十一世紀には東カラハン朝の再統一がなされた。その後カシュガルは国際的な交易都市として大いに栄え、文化と経済の中心地となっていた。それまでは古ウイグル語の文字で書かれていたウイグル語は、イスラム教を受け入れたことの当然の結果としてアラブやペルシャの文化の影響を受け、アラビア文字が徐々に使用されるようになった。

一　クタドゥグ・ビリグ　Qutadghu Bilig　幸福になるための知識

イスラム暦四六二年（一〇六九—一〇七〇）、アラビア文字で書かれた最古のテュルク・イスラム文学、『クタドゥグ・ビリグ』と題された長編詩がカシュガルで書きあげられた。原本は残っておらず、カイロとフェルガナで発見された二冊の写本がエジプト国立図書館に、ヘラートで発見された写本がオーストリア国立図書館に保存されている。ヘラートで発見されたものは、一四三九年、ティムール朝時代に古ウイグル語で作成されたものである。

作者はバラサグン出身のユースフ Yusf という人物で、書きあげた本をタブガチ・ブグラハン(1)に献呈したことでハース・ハージブ Khas Hajib（侍従）という位《くらい》が与えられた。

『クタドゥグ・ビリグ』は君主や貴族の子弟を読者と想定して書かれているので、理想的で模範的な君主のあり方を教えるために書かれた「鑑文学」の範ちゅうに入る。アラビア文学においては八世紀前半からこの種の書は多数書かれていたが、ペルシャ文学では一〇八二年に、イラン北部の小王朝の君主だったカイ・カーブースが息子のために書いた教訓書『カーブース・ナーメ（Qabus name）』が最初の鑑文学の作品だと言われているので、『クタドゥグ・ビリグ』はそれより少し早い時期に執筆されたことがわかる。

本のタイトルにあるBiligは「知識」という意味で、直訳すると「幸福になるための知識」となるが、アメリカのテュルク学者ロバート・ダンコフ[2]は、qutには「幸福、幸運」のほかに、「神からの恩寵により支配者が身につけたカリスマ性」という意味も含まれているとして、自分が英訳した本に「Wisdom of Royal Glory（王家を栄光に導く知恵）」という題名を付けている。本の内容を知らせるという点ではわかりやすいタイトルとなっている。

『クタドゥ・ビリグ』はマスナヴィー（↑第一項参照）という詩型を用いて書かれた、本文と補稿を合わせて一万三二九〇行に及ぶ長詩で、作品を完成させるのに十八か月が費やされたとされている。

『クタドゥグ・ビリグ』には主要な登場人物として四人の名前が挙げられている。王にはキュントグドゥ（昇った太陽）、宰相にはアイトルドゥ（満ちた月）、宰相の息子にはオグデュルミシュ（讃えられた者）、スーフィーの修行者にはオドゥグルムシュ（目覚めた者）という名前が与えられているが、ユースフ自身が、王は「正しい法」、宰相は「幸運」、宰相の息子は「知性」、修行者は「終末」を象徴しているものであるという説明をしている。

内容を簡単に紹介しておこう。

キュントグドゥ王は国政を一人で行なうのは大変だと感じていたので、優れた宰相がいないかと探し求めていた。それで信頼する侍従が推薦するアイトルドゥを召し抱えた。宰相となったアイトルドゥは王と幸福や幸運、正義、言葉の長所についてさまざまな対話をし、王は彼に深い信頼を寄せるようになった。

しかしどれだけ優れた宰相でも死を免れることはできない。彼は病の床に伏し、王に息子を託してこの世を去った。宰相を失って悲しみに沈んでいた王であったが、宰相の息子オグデュルミシュを養育し、やがて知性のある若者となった彼を臣下としてそばにおいた。

オグデュルミシュは知性を持って王に仕え、王の信頼を勝ち得てさまざまな助言をするようになり、宰相、司令官、侍従、門番、使者、秘書、会計係、料理人、サーキー（酒の酌をする者）などさまざまな廷臣の資質と職務について語った。

王がオグデュルミシュに、もう一人、信頼できる人物をそばにおいておきたいと言うと、オグデュルミシュは、一人の修行者を紹介する。王は彼を召し抱えたいと招聘の手紙を書くが、修行者は王の依頼を断る。

修行者は仕官を説得にきたオグデュルミシュに、自分は世の中のこと、特に王室の習慣や儀礼について無知であることを訴える。そこでオグデュルミシュは、王に仕える作法や社会のさまざまな階層（廷臣、平民、学者、医者、占い師、夢占い師、占星術師、詩人、農民、商人、畜産家、職人、乞食）との付き合い方を長々と指導する。さらには、妻を選び子供を育てること、家庭を管理すること、客を招待する者、客として招かれる者の振る舞いなどを教えてやる。

最終的に修行者は、神と王の両方に仕えることはできないと仕官の話を拒否するが、王の再三の頼みを聞き入れて一度だけ会いにいく。王との対話を続けたが、結局王に仕えることはなかった。

時が過ぎ、修行者も病の床に伏してこの世を去ってしまう。修行者の死を深く悲しんでいたオグドゥルミシュだったが、王からの慰めのことばを受け入れ、王との対話を通して再び自分の仕事に励むことを決心する。こうして「正しい法」をもって治められたキュントグドゥ王の世は、「知性」を持ったオグデュルミシュの支えを受けて繁栄したのであった。


『クタドゥグ・ビリグ』は、登場人物を設定し、彼らの対話、問答が繰り返されることによって物語が進んでいくという構成をとっており、これはそれまでの鑑文学には見られないユースフ独特の手法だと言える。誰が誰に向かって話しているのかを説明する短い文が挿入され、さらに「王が言った」、「宰相が答えた」というような書き出しのあとに詩が続くので、詩がまるでセリフのように聞こえてきて、舞台上に二人の人物がいて会話をしている図が浮かんでくる。会話以外の部分は、作者が舞台の袖から姿を見せずに語っているかのようで、ときどき登場する侍従や修行者の弟子がこの「舞台」に動きを作り出すのに一役買っている。

『クタドゥグ・ビリグ』には哲学や宗教の話と、実践的な知恵の話がごった煮のように詰め込まれているのだが、その内容を見ると、前半が国家、国民に対して統治者の果たすべき役割は何であるか、といった国政に関することがらが中心となっているのに対して、後半になると、国政を動かすために必要な諸々の世俗的なことがらと、心の平安を願って宗教の世界に救いを求める個人の立場との対立関係がテーマとして書かれていることがわかる。

王の手紙を携えてきたオグデュルミシュに対して、修行者はこの世の欠点を述べ、自分は離れたところで修行を続けるために王の招聘を拒絶するという意志を示す。それに対してオグデュルミシュは反論を述べる。そのあとに続く二人の問答はこの長編詩の中では最も熱を帯びていて、これまでの部分が導入部とするために書かれていたのではないかと思わせるほどである。

若く知性にあふれていたオグデュルミシュも年を取り、これまでの人生を振り返ってこれからどう生きればいいのかと悩む。答えを求めて修行者に会いにいくと、修行者は「お互いにとって、今いる場所で生きることがいちばんいい」と忠告する。この部分と、本文が終わったあとに書き足されている補稿の内容を合わせて考えると、ここに作者ユースフが『クタドゥグ・ビリグ』全編を通して言いたかったことが書かれているのではないかと考えられる。

世俗と宗教は対立するものではなくて、互いに補完し合わなければならない存在であり、国家の柱は正しい法と知性である、と作者は告げているのである。

補稿は三部あり、第一部では失った若さについて後悔し嘆き、老いについて考え最終的には神の許しを乞う。しかし書き足りなかったのか第二部を書きはじめ、時代の腐敗に憤り、信頼していた友人や知人、親戚たちから受けた裏切りを語り、神に庇護してくれと祈る。作者ユースフはここで、自分の言いたかったことをすべて吐露したいと思っているかのように、筆を走らせている。

さらに第三部を書き、この本を書いたことの意義を再確認し、最後の時を迎える心の準備をせよと自分に言い聞かせている。

ユースフ・ハース・ハージブとはいったいどういう人物だったのか。バラサグン出身であること以外、確かなことはまったくわかっていない。彼が生まれたのは一〇一〇年代後半だと推定されている。そのころのカラハン朝はアフマド一世（九九八―一〇一五）の世だったが、アフマド一世の死後にカラハン朝内部では権力争いが激化し、十一世紀半《なか》ばには東西に分裂した。ユースフがバラサグンを離れたのがカラハン朝の東西分裂の前か後かはわからないが、彼は安定を求めてカシュガルにやってきたのではないかと思われる。

『クタドゥグ・ビリグ』で、アイトルドゥが王に召し抱えられることを求め、何かの役に立つだろうと金や銀、高価な品々を用意し、故郷を離れて都へ行く場面がある。彼は頼る者のない異郷の地で苦労するが、幸運にも「善行」を象徴する人物と知り合ったおかげで、キュントグドゥ王に召し抱えられることになる。この部分は、彼自身か、あるいは近しい人の体験ではなかったかと思わせるほどリアリティーを持って描かれている。

ただ、ユースフは貴族ではなかったが、彼が考える「一般庶民」でもなかったことは確かである。（詩のあとの数字はアラト[3]の校訂本テキストの番号）

大衆の気質はまったく別もの
知識、知性、性格は独自のもの　（四三二〇）

一般庶民というものには品性がない
集まるときの　決まりも礼儀もない　（四三二一）

とは言え　彼ら無しでは　何事も為《な》せず
ことばは優しくあれ　だが友にはなるな　（四三二二）

これらの詩を読むかぎり、彼が自分を一般庶民とは意識していなかったことは明らかで、おそらく自分は支配者側にいると考えていた人物であろう。

妻を娶《めと》ろうと思ったら　下位の家から選べ
人生の日々が楽しく過ぎるように　（四四八一）

美くしさを見るな　性格を見よ
気立てがよければ　お前を明るくしてくれる　（四四八二）

信心深い誰かを　探しだしたら
善き人よ　機会を逃さず　すぐに娶《めと》れ　（四四九八）

彼自身の結婚観が現われているような詩で、これらのほかにも金と地位と美貌だけを見て結婚したら苦労するぞと、まだ結婚していない若者たちに忠告している詩がある。

『クタドゥグ・ビリグ』は教訓書なのでまじめな内容のものがほとんどだが、一か所だけ雰囲気の異なる部分がある。それは宴会の席で酒を運び、酒の酌をするサーキーに関する部分である。

それは少年でなければならぬ　その顔は満月のようで
ほっそりとした体　黒い髪　絵のような美しさ　（二九一四）

腰は細く　肩幅は広く
肌は白くて　薄紅いろのほほ　（二九一五）

緑、青、黄色、バラ色のトンを着て
膳《ぜん》を運んで歩く姿は　美しい　（二九一六）

トンというのは男性が着る丈《たけ》の長い上着のことで、絹地で光沢のある緑、青、黄色、バラ色の上着のすそをひらひらさせて、宴会の席を歩き回る美少年たち。それを見つめる男性たちの視線まで読み取れる。『クダドゥグ・ビリグ』の中で、この部分だけが華やかな雰囲気をかもし出している。

サーキーを詠んだ詩とは反対に、まったく色のない部分もある。戦いに関するもので、当然、戦いにおいて必要とされるのは勝利するための作戦だけである。

軍の指揮官には頭脳が必要　大胆さが必要
勇気が必要　寛大さが必要　（二二八二）

多くの兵士は要らぬ　優れた兵士が必要
優れた兵士には　選び抜かれた武器が必要　（二三三二）

敵を油断させるのに努めよ　そして夜襲をかけよ
闇の中では　こちらの数は誰にもわからぬ　（二三六一）

『クタドゥグ・ビリグ』の中には含蓄に富んだ、現代人にも理解できるような内容の詩もある。老齢になってカシュガルに移住してきたユースフがどのような経験をしたのかは何もわかってはいないが、補稿には信頼していた人たちから裏切られたことなどが書かれている。おそらく物心両面での苦労を味わっていたことと思われる。

彼の忠告は、現代を生きる読者にとっても記憶にとどめておく価値はあるだろう。

知識について

人間の心は　底のない海のようなもの
知識は海にある　真珠のようなもの　(二一一)

海から採りださない限り
真珠は河原の石と同じ　(二一二)

「私は知っている」と言う者は　知識から遠く離れている者
知識有る人々の中で「無知な者」とみなされよう　(六六〇八)

ことばについて

ことばは人を価値あるものにし　人に幸運をもたらす
ことばは人を侮辱し　人の首を切る　(一六三)

ことばには益が多いが　害も多い
ときには称賛され　ときには罵倒される　（一七七）

人から人へ　ことばは遺《のこ》される
遺されたことばを覚えていれば　益は多い　（一九〇）

人生について

若さを失ったことを悲しみ　私は後悔している
だが後悔は何の役にも立たぬ　もう何も言うまい　（三六三）

人生を生きて四十年を超すと
「若さ」が人に別れを告げる　（三六四）

「五十歳」が私に手を触れた
カラスのような頭を白鳥に変えた※　（三六五）

（※黒髪が白髪になったことの比喩）

若さは逃げていく　人生は飛んでいく
夢のようなこの世界から　人は急いで消えていく　（二三二）
見よ　この世にどれだけの人間が生まれてきたか
見よ　わずかな時を生きて　いなくなってしまった　（二三四）

註1　タブガチ・ブグラハン Tavghach Bughra Khan はアブー・アリー・ハサン・ビン・スライマーン Abu Ali Hasan bin Slaiman（一〇七四（五）―一一〇二（三））の称号で、献呈されたときは小ハンであった。

註2　ロバート・ダンコフ Robert Dankoff（一九四三―）はアメリカにおけるテュルク・イスラム学研究の第一人者で、『クタドゥグ・ビリグ』や『テュルク諸語集成』など多数の訳書、解読書や論文、評論文、著書を発表している。

註3　アラト Rehit Rahmeti Arat（一九〇〇―一九六四）は、タタールスタン出身の言語学者。トルコにおける言語学の創始者だと言われている。彼は発見された三冊の写本を比較・検討して最も正しいと思われる形に校訂したラテン文字転写の校訂本を、一九四七年にトルコ言語協会の出版物として出版した。この校訂本をもとに各国で翻訳が出版された。『*Oğuz Kağan Destani*』の共著者でもある。本文中の詩の翻訳にはM・S・カチャリン Mustafa S. Kaçalin（一九五七―）がラテン文字に翻字した『Yûsuf Hâs Hâcib (Hazirlan: Mustafa S Kaçalin), *Kutadğu Bilig (metin)*.』を用いた。

1 マスナヴィー masnavi

『クタドゥグ・ビリグ』はイラン起源のマスナヴィーという詩型で詠まれている。マスナヴィーは脚韻を踏む二行の詩が連なった詩型を持ち、この二行をベイト（beit）と呼び、行をミスラ（misra）と呼ぶ。ベイトはウイグル語では「アルーズで詠まれる二行の詩」という意味になり、「対句」と日本語訳されることもある。ミスラは「詩の一行」という意味で、二つのミスラで一つのベイトになる。またミスラは「半句」と日本語訳される場合もある。『クタドゥグ・ビリグ』は六六四五ベイト（＝一万三二九〇ミスラ）で構成されている。

マスナヴィーでは一つのベイト、つまり二つのミスラが脚韻を踏んでいれば、ベイトをいくつでも続けて詠むことができるので、長詩を詠むときには都合のよい詩型である。サーマーン朝とガズナ朝の時代に活躍したペルシャの詩人フィルドウスィー（九三四―一〇二五）作の『シャー・ナーメShaname（王書）』もマスナヴィーで書かれていて、ユースフが『シャー・ナーメ』に影響を受けてこの詩型を採用したことは大いに考えられる。

（『シャー・ナーメ』は神話時代からのペルシャ歴代の王・英雄の物語を詠んだ叙事詩で、ガズナ朝のスルタン・マフムードに献呈されている。約六万ベイト（＝十二万ミスラ）に及ぶ大作で、完成には三十年以上の歳月が費やされたとされている。）

マスナヴィーで詠まれる長詩の一般的な形式に則り、『クタドゥグ・ビリグ』でも祈りと神への賛美、預言者への賛辞、春の描写と王への賛歌などが本文の前に置かれている。王への賛歌の前に春の描写をするのは、「王家が末永く繁栄するように」との意味が含まれていて、王やパトロンを讃えるためのカスィーダqasida（頌詩）にも用いられる手法である。

『クタドゥグ・ビリグ』ではブグラハンへの賛歌の部分に春の描写がなされているので、その中から三つのベイトを並べてマスナヴィーの脚韻の例を示しておこう。同じ音を含む単語が末尾に置かれているのがわかる。

ベイト　第一ミスラ　yaghiz yer yipar toldi kafur kitip
　　　　第二ミスラ　bezenmek tiler dunya korkin itip　（六四）
雪が消えさり大地は香りに満たされた
世界は美しく飾られることを願う

ベイト　第一ミスラ　Kurimish yighachlar tonandi yashil
　　　　第二ミスラ　bezendi yipun al sarigh kok kizil　（六七）
枯れていた木々の枝が緑の衣をまとった
紫、緑、黄、青、赤の色で飾られた

ベイト　第一ミスラ　tumen tu chechekler yazildi kule
　　　　第二ミスラ　yipar toldi kafur ajun yid bile　（七〇）
色とりどりの花が微笑《ほほえ》んで咲いた
世界がさまざまな香りで満たされた

2　アルーズ　aruz

詩を成立させるためには韻律が必要である。韻律とは詩において音楽的な調子を生み出すための規則のようなもので、どの言語の詩にも韻律は存在している。

アルーズとはアラビア語の詩に用いられる韻律のことである。長い歴史を持つアラビア語の詩の世界では、八世紀にはそれまでに詠まれていた詩の韻律の研究・分析がなされて十六種のアルーズが認められていた。最初にアラビア詩の韻律学を確立したのは言語学者のハリール・ビン・アフマド al Khali b. Ahmad（七一八—七八六）で、彼はアラビア語の最初の辞書をつくった人物としても知られ、アルーズの中の十五種を発見している。

アルーズがペルシャ語の詩に応用されてからは、ペルシャ語の詩を詠むのに適した派生形や独自のアルーズも生まれ、その数は増えていった。アルーズでは、音の長短の原理に基づいて韻律が定められている。ところがウイグル語を含むテュルク語の詩では音節[1]と休止でできあがる韻律、バルマク（barmaq）が用いられていたので、アルーズを採り入れるためには工夫が必要であった。

ここでバルマクという韻律について少し説明しておこう。バルマク[2]は音節と休止の組み合わせによって韻律を作りだす方法で、日本語の俳句や短歌の作り方を考えると理解しやすいかもしれない。わかりやすい例としてかな書きで一文字が一音節になるものを例にとって示すと、江戸時代の俳人松尾芭蕉《まつおばしょう》（一六四四—一六九四）が詠んだ「古池や　蛙《かわず》飛び込む　水の音　fu ru i ke ya　ka wa zu to bi ko mu　mi zu no o to」は、五音節・七音節・五音節の三行が連なった詩だと考えられ、行の区切りで休止を入れることによってある種の韻律が生み出されていることがわかる。短歌も同様に五・七・五・七・七の音節で構成される行の区切りで休止が入ることによって、独特の詩的な響きやリズム、余韻などが生み出される。

バルマクで詠まれたウイグル語の四行詩を見てみよう。この詩はすべての行が七音節でできていて、声を出して読んでみると、行の終わりで自然に休止が生まれて調子が整えられていることがわかる。

Be•ring mang•a soz•ki•ya
Mang•lik qa•ra tuz•qi•ya
Yel•win tu•tar koz•ki•ya
Mung•um ma•nig bi•ling•a

私に約束のことばをくれ
黒いほくろのある人よ
人を惹きつける目をした人よ
どれほど苦しんでいるかを知ってくれ

バルマクで詩を詠んでいた詩人たちは、音の長短で韻律を生み出す新しい響きを持った詩の存在を知ったとき、自分たちもその韻律を利用してみようと考えた。そして試行錯誤の末、アルーズを用いた詩を詠むことができるようになった。

註1　音節（syllable）とはひとまとまりに発音される最小の音声の単位のこと。ふつう核となる母音があり、その前後に子音を伴う。

註2　バルマクとは指という意味を持つ単語でもあり、韻律名のバルマクは指で音節数を数えながら確かめたことに由来する。

3　ムタカーリブ　mutaqarib

『クタドゥグ・ビリグ』にはムタカーリブというアルーズが用いられている。これは「短長長・短長長・短長長・短長」という音の並びで作られていて、テュルク語では短の部分に開音節（母音で終わる音）を、長の部分に閉音節（子音で終わる音）をあてはめることによって韻律を合わせるよう工夫された。

ブグラハンへの賛歌で、春の風景を描写している部分（六四）では次のように、開音節、閉音節が並べられていることがわかる。

yaghiz yer yipar toldi kafur kitip　→　ya•ghiz•yer yi•par•tol di•kaf•ur ki•tip
bezenmek tiler dunya korkin itip　→　be•zen•mek ti•ler•dun ya•kor•kin i•tip

雪が消えさり大地は香りに満たされた
世界は美しく飾られることを願う

日本語の音節は大部分が開音節で、「ン」と促音「ッ」で終わる音節が閉音節である。それで、「タ・タン・タン/タ・タン・タン/タ・タン・タン/タ・タン」と唱えてみると、ムタカーリブ[1]に近い響きが感じられるだろう。アルーズには多くの種類があるが、やはりテュルク語の単語が使いやすいもの、詩人の好みに合うものがよく採用され、ムタカーリブは人気のあるアルーズの一つとなっている。

『クタドゥグ・ビリグ』にはムタカーリブを使ったマスナヴィーの詩型以外にも、ユースフ自身が詠んだと思われるものも含め四行詩二百篇近くが挿入されている。文化や芸術の分野では新しいものを受け入れるときに大きな変化が起こり、高次元の作品を生み出すことについては第二章の一「古ウイグル語による仏典翻訳」のところで述べたが、カラハン朝でも、イスラム教やアラブ・ペルシャ文化を受け入れたこの時期に、『クタドゥグ・ビリグ』という傑作が生まれた。カラハン朝でイスラム教が受容されたのは十世紀半《なか》ばのことなので、それから百年後にはすでに文人たちが工夫を重ね、異文化をこのようなかたちで見事にテュルクの文化に融合させていたことの証明ともなる作品である。

『クタドゥグ・ビリグ』の研究は世界中で行なわれていて、日本語や英語、ロシア語、ドイツ語、トルコ語などで書かれた書籍が出版され、数多くの論文が発表されている。二〇一九年にインターネット上で公開されたKutadgu Bilig in Kronolojik Kaynakchasi（『クタドゥグ・ビリグ』の年代順参考文献）には一一一八篇という膨大な数字が挙げられている。

註1　ムタカーリブには数種の派生形があり、『クタドゥグ・ビリグ』のマスナヴィーに使われているのはムタカーリブ・ムサンマン・マフズーフ mutaqarib musamman mahzuf である。

二　テュルク諸語集成　Diwan Lughat al-Turk

『クタドゥグ・ビリグ』と並んでカラハン朝における偉大な文化遺産として挙げられるのが、マフムード・カシュガリーが著したテュルク語・アラビア語辞書、『テュルク諸語集成』である。十一世紀に書かれたこの本は、二十世紀の初めまで誰にも気づかれることなく、イスタンブルの古書店で眠りつづけていた。もしアリ・エミリ（Ali Emiri 一八五七―一九二四）という人物がこの本の存在に気づき、オスマン・リラの金貨三十三枚[1]を出して買い求めなかったら、さらに長く眠りつづけ、やがて人知れずこの世から姿を消してしまったかもしれない。アリ・エミリはオスマン帝国時代の一官吏で、転勤をしながら実直な財務官として働き、そのかたわら歴史の研究を続けていた人物である。

彼は古書店でこの本を見たとき、これが大金を出してでも手に入れる価値があると直感したのだろう、手持ちの金が足りないからと家に金を取りに帰ったのだが、その間に他の客が買いに来ないように店を閉めさせたという逸話が残っている。

アリ・エミリが古書店で手に取ったのは原本ではなく、マフムード・カシュガリーの没後に書き写されたもので、その日付は一二六六年七月一日となっている。三一九枚の大判の紙に書かれたこの本はばらばらになっていて、ページの順序もそろっていなかった。鑑定を依頼されたキリスリ・リファット（Kilisli Rifat 一八七四―一九五三）は写本が本物であると結論を出し、彼の指導のもとで『テュルク諸語集成』は整えられ、復刻版が刊行された。そして一九一五年から一九一七年にかけてキリスリ・リファットによって三巻本として編集され出版された。[2]

著者マフムード・カシュガリーについては、カラハン朝の王家と関係があったとされているが、生没年やそのほかの詳しいことはわかっていない。(3) 彼は各地をめぐり歩き、土地のことばを収集し、バグダッドに到った。この頃のバグダッドは実質的にはテュルク系の王朝セルジューク朝(一〇三八—一一九四)の影響下にあったが、依然としてイスラム文化の中心地であった。

マフムード・カシュガリーはアラブ人の学者たちと交流し、彼らがテュルクとその言語に大きな関心があることを知り、辞書の必要性を感じたとされている。彼は一〇七二年に『テュルク諸語集成』の執筆にとりかかり、一〇七五年から九四年にかけ、四回の書き直しを経て完成させた。

この中にはテュルク諸語、テュルク民族の歴史、地理、民俗学にとって重要な情報が多く含まれている。特にテュルク諸語の分化に関する記述は、十一世紀当時の状況を解明するために多くの研究者によって利用されている。また地名、部族名、固有名詞、階級、称号などが詳しく取り上げられている。

文法に関する記述もかなり詳しくなされている。「私は(単語を)アルファベット順に並べ、知恵のことば、的確なことば、ことわざ、詩、散文で飾り、粗い部分をなめらかにし、くぼみを平らにした。それぞれの単語を正しい場所に配置し、曖昧さをなくすために長年の労力を費やした。これにより、それを探している者が正しい区画の中で探し当て、規定どおりの並びの中でそれを見ることができるだろう。(Mahmud Kashgari, Kitab-I Divan-I lugat-It-Turk, Kilisli Rifat.ed. Vol.1. p.3.)」と、マフムード・カシュガリーはこの本が自分の労作であることを誇らし気に書いている。

完成した『テュルク諸語集成』はセルジューク朝と同盟したアッバース朝の第二十七代カリフのムクタディー

Al-Muqtadi（一〇五六―一〇九五）に献呈された。

興味深いのは、この『テュルク諸語集成』に挿入されている世界地図に、日本ではないかと思われる地名が書かれていることである。マフムード・カシュガリーが考えた世界が二つの円で描かれている。円の上部が東の方向になっていて、一つの円の中央には彼の出身地とされているバラサグンが書かれ、周囲に各都市が配置されている。そしてその同じ円の頂上あたりに「ジャーバルカー（Jabarqa）」と書かれた小さな丸印があり、「テュルク諸語について」の項には「ジャーバルカーの人々の住んでいるところは遠くにあり、大きな海がマーシーン（中国）との間にあるので彼らのことばはわからない。（ibd., p.29）」という記述がある。

マフムード・カシュガリーがどのようにして日本のことを知ったのか。そしてなぜ「テュルク諸語について」の項にジャーバルカーをわざわざ書き入れたのか。この答えが得られることはないだろうが、この世界地図が、ひょっとしたら世界に日本の存在を知らせた最古のものかもしれない。

アラブ人のために書かれた辞書なので見出し語の並べ方が日本で一般的に考えられる辞書の方式とは異なっていて辞書として使いこなすには難しいが、この中に含まれている情報量は膨大で「民俗学大百科事典」というタイトルを付けてもいいほどである。採られている単語は約七五〇〇語で、特に単語の説明のあとに付け加えられている多数のことわざや格言、四行詩は、著者自身が述べているように、『テュルク諸語集成』を華やかに飾りたてているような感さえある。

まずことわざと格言をいくつか紹介しよう。（カッコ内の数字は詩が掲載されているキリスリ・リファット編・三巻本における巻・ページ・行を示す。）

風が黒雲を開く、金《かね》が役所の扉を開く。（一・二九六・7—8）
地獄の沙汰も金しだい

空に向かって唾を吐けば、顔に落ちる。（二・六八・4）
天に唾する

目から離れると、心からも離れる。（三・二七一・3）
去る者　日々に疎《うと》し

死が近いネズミは、猫の金玉をかじる。（三・二〇〇・8）
窮鼠《きゅうそ》　猫を噛む

急ぐブヨはミルクの中に落ちて死ぬ。（二・一二一・14）
急《せ》いてはことを仕損じる

一つ一つが千となり、一滴一滴が池となる。（三・二六六・12）
塵《ちり》も積もれば山となる

運のない者が井戸に落ちると、上から砂が降ってくる。（一・三八一・12）
踏んだり蹴ったり

動物は臭いで　人は会話で相手を知る。（三・七三・9）

浅瀬のない急流はない。（難局を乗り切る手段は必ずある。）（一・三二七・4）

大草原で狼が吠えると、家にいる犬が心を痛める。（三・一九二・12—13）

水面を見る前に、長靴を脱いではならぬ。（慎重に行動せよ。）（三・三一四・15）

財産を持つ者は神を恐れぬ　親戚の息子をも絞め殺す。（一・八〇・9）
時は過ぎるが人は気づかず　人は永遠には生きられず（一・四六・15—16）

カラスの中の年寄りを 誰が見分けられようか

人の中の秘密を誰が知ることができようか　（一・三五六・7―8）

いかにも騎馬遊牧民族ならではのことわざだと思わせるものもあり、また現代の日本人にも理解できるものもある。これらを見ると、時代と場所が変わっても人間そのものはあまり変わってはいないのだと感じさせられる。

さらに『テュルク諸語集成』を特徴づけているものの一つが、挿入されている四行詩の数の多さである。まず自然を詠んだものが多い。それは当然のことで、自然とともに生きていた騎馬遊牧民族の人々にとって季節の変化を観察することは、次の行動を決めるためには非常に重要なことだったのである。

色とりどりの花が咲いた
敷きつめられた錦のじゅうたんのよう
天国が目に映った
もう寒さは戻ってこない　（一・九八・9―10）

山の頂きが緑の色に変わった
枯れ草を新しい草が覆った
湖は水であふれそうになった

牝牛も雄牛もそれを見て喜びの声を上げた　（二・六六・1―2）

キズィル川の岸辺には赤や黄色の花が咲き乱れ
緑の香り豊かな草がとりかこみ
それぞれが絡《から》み合っている
人々はそれを見て　感嘆の声を上げる　（一・三三一・6―7）

イティル川（ボルガ川）は流れていく
岸辺の足もとにぶつかりながら。
あふれた水がつくった池には
魚とカエルが満ちている　（一・七〇・8―9）

鳥も虫も　みんなが元気になった
オスとメスが一緒になった。
群れを作って　散らばった
もう巣には戻らない　（三・四・11―12）

これらは春になった喜びを詠んだものだが、自然を詠んだ詩の中には、夏と冬が詩を詠み合って対決するというものがある。それぞれが自分の長所と相手の短所を言い合うというもので、これはデイシメ（deyshime）に用いられた四行詩である。デイシメについては第六章「ウイグルの民俗詩　コシャクの世界」を参照されたい。

（夏が言う）寒さが来て世界を覆った
幸運の夏に嫉妬した
雪が降って地面が隠れた
蟻《あり》が這うように体が震えた　（一・三八五・15―16）

（冬が言う）冬には雪が降り湿気があり
そのおかげで夏に穀物が育つ
私の季節に敵は休むが
お前の季節には敵が動く　（二・一六一・15―16）

（夏が言う）お前から小鳥は逃げていく。
私の中でツバメは休む
ブルブルはいい声でさえずる

鳥たちがつがいになる　（三・一三四・9—10）

（冬が言う）お前の季節には
サソリ、ハエ、ブヨ、ヘビが
何千、何万という数で
しっぽを立てて襲ってくる　（三・二七一・11—12）

「ブルブル」という鳥の名前が出てくるが、この鳥は英語でナイチンゲール（nightingale）、日本語で小夜啼《さよなき》鳥《どり》、夜鶯、などと訳されている。字を見ると誤解されるかもしれないが、夜だけではなく昼間も美しい声で鳴き、分布している範囲は広く種類も多い。その美しい鳴き声が人々に愛され、詩に詠みこまれることが多かった。古典詩においてはよくバラの花といっしょに詠まれ、バラが恋人、ブルブルがそれに想いを寄せる者の比喩として使われる。

続いて、恋心を詠んだ詩を拾い上げてみよう。

私の足が痛んでいる
隠された罠を踏んでしまったから
長い間苦しんでいる

愛する人よ　どうか治しておくれ　（一・四六・15―16）

私を惹きつける　酔ったようなその目
ほんのりと赤い頬の　そのほくろ
あなたの顔から　美しさがこぼれ落ちてくる
私を虜にしてしまい　そして逃げていく　（一・五八・14―15）

あの人の目は魔法使い
あの人の心は旅人
月のようなその顔に
私の心はばらばらになって乱れた　（三・二五・5―6）

私に約束のことばをくれ
黒いほくろのある人よ
人を惹きつける目をした人よ
どれほど苦しんでいるかを知ってくれ　（三・二六六・3―4）

目の中の光（恋人）は行ってしまった
私の魂を抜き取って　行ってしまった
いったいどこにいるのか
いまや眠りは　去ってしまった　（一・四八・9—10）

『テュルク諸語集成』には、戦いを詠んだ詩も多く見られる。

愚か者が正気を得るように
子ヒツジと狼が並んで歩けるように
いい国となって治まるように
我らは剣で道を切り開こう　（一・九八・9—10）

馬が駆けた
ひづめから火花が出た
枯れ草に付いいた
燃え上がった　（二・一〇五・16—17）

戦士たちの首が転がった
それを見た敵の怒りの火が弱まった
彼らの力も弱まった
刀の血糊で　鞘《さや》に収めるのに苦労した　（一・四六・15—16）

いま敵は眠りから覚めた
投降しなかったことを悔いた
あのような者たちに
私以外の誰が勝てよう　（一・一七四・4—5）

（殺された兵士の描写）
投げられた皮袋が破れ
ぶどう酒が流れ出るように
血がどくどくと流れ出てきた
彼の太陽はいま沈みかけている　（二・一〇一・15—16）

（戦死した勇士を悼む）
彼は陣地から敵を追い出した男
どのような困難も成し遂げた
だが時代の死の矢が
彼に当たってしまった　（一・四二九・17—18）

短い詩の中にも、戦いが起こる理由あるいは口実、実際の戦争の状況、悲惨さが詠みこまれているのがわかる。

「戦い」の詩の中には、テュルクの英雄アルプ・エル・トゥンガを詠んだものもある。彼は『シャー・ナーメ』ではイランの大敵であるトゥーラーン（Turan）の王として登場する。トゥーラーンとは「トゥールの土地」という意味で、トゥールはアムダリヤ川以北に住むイラン人と対比される民族を指していたが、後にテュルク民族を指すようになった。

アルプ・エル・トゥンガは死んだのか
悪の世が残ったのか
時代が復讐したのか
心は張り裂ける　（一・四四・11—12）

ベグ（部族長）たちは馬を走らせてきた
馬は疲れ果てた
彼らの顔は悲しみでやつれ
サフラン色になった　（一・四〇三・7―8）

男たちは狼のように吼え
襟を引き裂き　大きな声で叫び
嘆きの旋律のように声を震わせ
目が見えなくなるほど涙を流した　（一・一六四・14―15）

第一章「古代」において、古代のテュルク語の四行詩が、漢詩七言の四行詩の発展を促したのではないかと推測されていることを述べた。音源がないためそれ以上に踏み込んで検証することはできないが、突厥《とっけつ》碑文や金光明最勝王経《こんこうみょうさいしょうおうきょう》の古ウイグル語訳、英雄叙事詩オグズ・ナーメの中にも四行詩は登場し、マニ教の影響を受けて作られた頭韻詩にも四行詩を見いだすことができる。そしてこの『テュルク諸語集成』に採られている数多くの四行詩を見ると、四行詩がウイグルの詩の基盤をしっかりと固めていることがわかる。

註1 オスマン・リラは一九二二年十一月一日までオスマン帝国で使用された公式通貨で、二〇〇七年二月二十一日付のトルコRadikal紙によると、一九一七年にオスマン国営信用銀行から一枚あたり十オスマン・リラの株券を取得した人物の遺族が起こした訴訟の裁判で、十オスマン・リラは二〇〇七年当時の金額に換算すると四七七・八七トルコ・リラとなるという裁定が下された。これで計算すると当時の三十三オスマン・リラは約一五七七トルコ・リラになる。

註2 一九二八年にカール・ブロッケルマンCarl Brockelmann（一八六八—一九五六）がことわざ、民俗詩、テュルク文学と言語に関連する部分のドイツ語訳を出版。一九四〇年にベスィム・アタライBesim Atalay（一八八二—一九六五）によって現代トルコ語訳が出版された。一九八二年、一九八四年、一九八五年にロバート・ダンコフRobert Dankoffとジェームズ・ケリーJames Kellyによる索引付きの英訳三巻本が出版され、現代ウイグル語訳が一九八一年、一九八三年、一九八四年、そのあと中国語訳が二〇〇二年に出版された。

註3 マフムード・カシュガリーの本名はマフムード・ビン・アル・フサイン・ビン・ムハンマド・アル・カシュガリーMahmud bin al-Husayn bin Muhammad al-Kashghariで、直訳すると「カシュガルのムハンマドの息子であるフサインの息子、マフムード」となり祖父の名がムハンマド、父の名がフサインだということがわかる。祖父の「ムハンマド」が東カラハン朝の君主「ムハンマド」ではないかと考えられており、一〇五七年に王位争いに巻き込まれて父が毒殺されたあと、マフムードは身の危険を感じて国を出て、各地を数年間にわたって転々としながらバグダッドに到った、と言われているが、真偽のほどはわからない。

第四章

古典詩の時代

ئۇيغۇر
شېئىرىيىتى
تارىخى

一　チャガタイ語について

かつて仏教文学の発展において貴重な役割を果たした西ウイグル国は、十二世紀前半にモンゴル高原から移動してきたキタイ（遼）の攻撃を受け、その後キタイの王が建てたカラキタイ（西遼）に服属することとなった。しかしカラキタイから派遣されてきた総督を殺害し、モンゴル高原を統一していたチンギス・ハンに帰順の意を示し、チンギス・ハンの娘婿という地位を得て王族に準じる地位を得ることができた。この時代にはウイグル人の官僚や文化人がモンゴルの宮廷で活躍し、帝国を動かす重要な役割を果たしていた。

西ウイグル国はこのような状況の中でしばらく命脈を保っていたのだが、中央アジアで勢力を拡大したチンギス・ハンの三男の息子カイドゥ Qaidu（?—一三〇一）が、チンギス・ハンの四男の息子が建てた元《げん》と抗争を始めたことで、両勢力の争いに巻き込まれることになった。その結果西ウイグル国の王家は東方へ追われて、永《えい》昌《しょう》（甘粛省にある都市）に移住し、永昌《えいしょう》地方の王家としてその歴史を終えた。

一方、カラハン朝でも、十一世紀に地方政権の争いが激化して十二世紀にはカシュガルを首都とするカラハン朝東部の政権がカラキタイに併合されてしまった。十三世紀にはサマルカンドを首都とする西部の政権もホラズム・シャー朝[1]によって滅ぼされ、カラハン朝は滅亡した。

その後カラキタイは、チンギス・ハンに敗れてモンゴルから逃げてきたナイマン[2]の王子によって王国を奪われたが、ナイマンの王子がわずか七年後にチンギス・ハンの配下によって殺害されると、領民と領土はチンギス・ハンの支配下に置かれることになった。そして征服によって領土を拡大したチンギス・ハンが息子たちに領地の分配を行なうことになったとき、東部のカラハン朝が統治していた領域は次男チャガタイに与えられた。これがチャガタイ・ハン国の始まりである。

チャガタイ・ハン国ではテュルク化、イスラム化、定住化が進んだが、一三四〇年には東西に分裂し、東部はモグーリスタン・ハン国と呼ばれるようになった。西部のチャガタイ・ハン国では支配権をめぐる権力争いの末、最終的にティムール Timur（一三三六―一四〇五）が政権を掌握し、のちに広大な領地を支配することになるティムール朝（一三七〇―一五〇〇）を興した。ティムールの死後は息子たちによって帝国は分割され、十五世紀後半にはヘラートとサマルカンドの二政権が残った。

この強大な力を誇ったティムール朝の時代に、文書を書くときに使用される言語、チャガタイ語ができあがったのである。テュルク語をペルシャ式のアラビア文字を用いて表記し、アラビア語、ペルシャ語の語彙《ごい》、そしてペルシャ語の構文法を採り入れてできあがったものである。ウイグル文学史ではチャガタイ・ウイグル語と呼ばれることもある。

西ウイグル国の時代、仏教説話や仏典をトカラ語や漢語から翻訳する作業を通して、ウイグルの文学はその内容と形式を豊かなものにしていったが、それと同じように、この時代にチャガタイ語で詩が詠まれるようになったことで、ウイグルの詩は多彩な詩の形式を手に入れることができた。

チャガタイ語はペルシャ文学の影響を強く受けて誕生した言語であるが、ペルシャ文学もイスラム文化とアラビア文学の影響を受けて、その内容を充実させてきた歴史を持っている。七世紀半《なか》ばにササン朝ペルシャがイスラム教徒のアラブ軍に敗れ、アラブの支配下に置かれることになると、アラビア語が公用語となった。この時期ペルシャ文学は一時期停滞期を迎えたが、イスラム化が強化された九世紀半ばごろから、イランに地方の民族王朝が相次いで樹立されると、宮廷詩人が現われるようになり、東部イランと中央アジアを支配したサーマーン朝ではペルシャ文学の再興に力が入れられるようになった。

アラビア詩におけるアルーズ韻律とアラビア語の語彙がペルシャ詩の中に採り入れられるようになったが、すべての韻律が使われたわけではなく、ペルシャ語に合うものだけが採用され、ペルシャ語に合わせて少しずつ派生形が誕生した。そしてこの時代にペルシャの詩人フィルドウスィーによって叙事詩『シャー・ナーメ』が書かれ、後のウイグルの詩人たちにも大きな影響を与えることになったのである。

十一世紀から十五世紀末まではイランの土地を統治していたのはペルシャ人ではなくテュルク系やモンゴル系の民族だったが、支配者となった彼らはペルシャの文化を受け入れ詩人たちを保護したので、ペルシャ文学が廃《すた》れることはなかった。ガズナ朝のスルタン・マフムード Sultan Mahmud（九七一―一〇三〇）の宮廷には四百人もの宮廷詩人がいたと伝えられている。セルジューク朝の時代になると宮廷詩人のほか、地方王朝の宮廷詩人の活躍も顕著になり、この時代にスーフィズム（イスラム神秘主義）の思想を詠みこんだ詩も詠まれるようになった。

イランと中央アジアを支配したティムール朝でもやはりペルシャ文学は主流であったが、チャガタイ語でも優れた作品が次々と生み出されるようになった。チャガタイ語の詩人たちはアルーズ韻律を用いたガザル（ghazal）やムラッバ（四行詩 murabba'）、ムハンマス（五行詩 mukhanmas）、ムサッダス（六行詩 musaddas）、ルバーイー（四行詩 rubai）[3]という詩型で詩を詠むようになった。

註1　ホラズム・シャー朝（一〇七七―一二三一）　アムダリヤ川下流域ホラズムの地方政権として興り、モンゴル帝国に滅ぼされるまで中央アジアからイラン高原までの広大な地域を支配したテュルク系のイスラム王朝。

註2　ナイマンとは、モンゴル高原西北部のイルティシュ川上流からアルタイ山脈にかけて住んでいたテュルク系の遊牧民で、後にモンゴル化した部族集団。

註3　ムラッバ（murabba'）は四行でAAAA・BBBA・CCCA……の脚韻を踏む。ムハンマス（mukhanmas）は五行でAAAAA・BBBBA・CCCCA……の、ムサッダス（musaddas）は六行でAAAAAA・BBBBBA・CCCCCA……の脚韻を踏む。ただし、これらの詩型では例外も多く見られる。ルバーイー rubai はペルシャ詩の中から生まれた詩型で二つのベイト、つまり四つのミスラからなり、AABAの脚韻を踏む。

二　詩型　ガザル　ghazal

いくつかある詩型の中でウイグルの詩人たちに好んで用いられたのがガザルである。ガザルはもともとアラビア語で「恋愛詩」という意味のことばであって詩型を指すものではなかったが、カスィーダ（頌詩）の冒頭部分が独立したかたちで誕生し、詩型の名称となった。

ガザルはマスナヴィーと同じくベイトの連なりで構成されているが、その数はだいたい五から十二ほどで、厳密に定められているわけではない。最初のベイトは二つのミスラが共に脚韻を踏み、次のベイトからは二番目のミスラのみが脚韻を踏む。押韻の例を次に示しておこう。

第一ベイト　第一ミスラ　↓　mening raz-dil-i-zarim ferawandur bitip bolmas
第二ミスラ　↓　ki ishq efsanesini defter uzre sherh etip bolmas
我が心の嘆きの秘密は多く　書きつくすことはできぬ
書きとめたところで　愛の話を解釈することはできぬ

第二ベイト　第一ミスラ　↓　tikensiz gul sedefsiz durr musheqqtsiz huner yoqtur
第二ミスラ　↓　riyazet chkmegunche yar weslige yetip bolmas
とげのないバラ　殻のない真珠　労せずに得られる技はない
苦難に耐えずして　恋人との逢瀬を果たすことはできぬ

第三ベイト　第一ミスラ　↓　khedengi tiyri mizganing tegip siynemghe jah boldi
第二ミスラ　↓　konghul zekhmin achip biderdlerge korsetip bolmas
お前のまつげの矢が　我が胸を貫き居座った
だが痛みとは何かを知らぬ者に
心の傷を開いて見せることはできぬ

第四ベイト　第一ミスラ　↓　ushundaq mustefani usbu alemdin fena qildi
第二ミスラ　↓　khudagha bu sebebdin ey berader behs etip bolmas
友よ　あれほどの預言者さえこの世から去った
それについて　神と論争することはできぬ

第五ベイト　第一ミスラ　↓　uzaq ermish ushul ziyba senemning qesri ey Mashrab
第二ミスラ　↓　eger ming yil jedel qilsang u menzilge yetip bolmas
ああ　マシュラブよ　あの美しい人の宮殿は遥《はる》か彼方《かなた》
たとえ千年訴えつづけようとも　そこに到ることはできぬ

(Abduraop Teklimakaniy, *Uyghur On Ikki Mmuqami Tekistliri ustide Tetqiqat*, p.395.)

ガザルのベイトは基本的に独立した詩であるとみなされているので、連続した意味を持たせる必要はない。しかしだいたい同じような雰囲気を持つベイトが連結されることが多い。

例に挙げたガザルでは最後のベイトにこのガザルを詠んだマシュラブ（Mashrab）という詩人の名前が挿入されているが、これはペンネームのようなものでタハッルス（takhallus）と呼ばれる。

ガザルで詠まれるのは「愛」で、それも、激しく求めているのに得ることが困難な「愛」が主題となる。詩人はガザルの中でひたすら恋人に自分がどれほど愛しているかを、さまざまな言葉を連ねて訴える。詩で使われる言葉には比喩と象徴の役割が担わされ、ガザルにおいても定番ともいうべき比喩と象徴の表現ができあがっている。バラの花が美しい恋人、ブルブルと呼ばれる美しい声でさえずる小鳥が、恋い焦がれる者に例えられる。ロウソクの炎とその周りを飛び回る蛾も、わかりやすい組み合わせとしてよく使われている。ほかにも、まつげは恋人を傷つける矢、目は相手を酔わせるもの、髪は恋人をからめとるもの、という意味で使われる。

最初のうちは人間が恋愛の対象であったが、しだいにそれ以外のもの、故郷や国家、民族、自由、独立といったものも愛を捧げる対象となった。ガザルにおけるこの現象はスーフィー詩人の働きによるところが大きい。スーフィズム（イスラム神秘主義）というのは、権力と結びついて世俗化したイスラム教、権威主義に陥り、教条主義に傾いた聖職者に反発するかたちで生まれた一種の宗教改革運動のようなものであった。スーフィーたちは現行の宗教儀礼を排し、修行というかたちをとって忘我の境地を手に入れ、ファナー（fana）、神との神秘的合一体験を得ることを最終的な目標とした。彼らは「神」を恋人にたとえたガザルを詠み、人々にスーフィズムの思想を広めた。「神」が恋人とされているガザルを聞いても、表面上はそれが既存の宗教に反するものであるとはまったくわからない。ガザルでよく使われる「wisal（逢瀬《おうせ》）」という恋人同士が会うことを意味する単語が、人間の恋人と会うことを意味するのか、神との逢瀬《おうせ》、つまり神との合一を意味しているのか、その判断はガザルを聞く者、読む者に任されているのである。

ガザルはイランや中央アジアだけでなく、イベリア半島や北アフリカ、南アジア、マレーシアにも広がっていき、その地方のことばで詠まれ、歌われた。さらに、ドイツの詩人ゲーテは『ハーフィズ詩集』(1)に触発され、晩年『西東詩集《せいとうししゅう》』(2)を発表し、スペインの詩人ガルシア・ロルカ（一八九八―一九三六）はガザルの詩型を模した詩を書き『タマリット詩集』(3)を発表している。これはガザルという詩型とガザルで詠まれる内容が、異なった言語を用いる詩人にとっても非常に魅力的であったことを示す一例だと言えるだろう。

註1　ハーフィズ Hafiz（1325/1326-1389/1390）はペルシャ詩のガザルにおける最高の詩人として尊敬され、『ハーフィズ詩集 Diwan-e Hafiz』はイランの各家庭に必ずあると言われているほど人気がある。

註2　原題は『West-ostlicher Divan』。ゲーテ Johann Wolfgang von Goethe（一七四九―一八三二）は『ハーフィズ詩集』のドイツ語訳を読んで感銘を受け、当時の恋人との心の交流を詠んだ詩や、恋愛や人生について詠んだ詩を詩集に収めたと言われている。

註3　原題は「Divan del Tamarit」。詩集にはガザルを模したガセラ（gacela）が一二篇、カスィーダを模したカスィーダ（casida）が九篇収められている。

三　テュルク語の中で生まれた古典詩　トゥユク　tuyuq

テュルク語の中で生まれた古典詩にトゥユクという詩型があった。その多くがＡＡＢＡの脚韻を踏む四行詩でアルーズ韻律の中の比較的短い韻律、ラマル(1)が用いられていた。トゥユクはテュルク語の詩人たちがアルーズ韻律を使いはじめた初期の段階に成立したものである。

トゥユクの特徴としては、同音異義語を用いて脚韻を踏んでいることが挙げられる。日本語の語呂合わせ、しゃれに当たるといえば理解しやすいだろうか。同音異義語を巧みに使って詩を詠むには語彙《ごい》が豊富でなければならないうえに、かなりの技巧が必要とされる。このようなトゥユクは宮廷で催される詩会でよく詠まれ、披露されていた。

わかりやすく同音異義語が使われているトゥユクがあるので例として示しておこう。作者はシャイバニ朝(2)の創始者の曾孫、ウベイドゥッラー Ubeydullah（在位一五三三―一五四〇）で、彼は数多くのトゥユクを遺している。

Ey muhibler cennet olsun **dar**iniz
Yar bolsun dushmen uchun **dar**iniz
Salsanız yol beytu'l-ahzanim
Bir fakire bar idi dip **dar**iniz

ああ　愛する者よ　あなたの家が天国となるように
恋敵にとっては絞首台となるように
あなたは私を悲しみの家へ至る道へ投げる
そして問う　哀れな乞食がいたかと

このトゥユクでは「dar」が「家、絞首台、問う」という意味で使われていることがわかる。

多くのトゥユクを詠んだ詩人としてはほかにもアナトリアの小君主で詩人としても有名であったブルハネッディンBurhaneddin（一三四四—一三九八）やナスィーミー（一三六九—一四一七）、ナワーイー（一四四〇（四一）—一五〇一）など有名な詩人たちがいる。〔ナスィーミーとナワーイーについては本章「五　古典詩の時代の詩人たち」を参照されたい。〕

このように十四世紀から多くの詩人たちに詠まれてきたトゥユクであったが、その姿はやがてテュルク語の詩の世界からは消えてしまった。その大きな理由として、トゥユクではいくつかの例外が認められていたということが挙げられている。脚韻はＡＡＢＡが最も多いが、ＡＡＡＡやＡＢＡＢといった脚韻を持つトゥユクもよしとされ、また同音異義語を用いての語呂合わせ、しゃれが含まれていないものもトゥユクとして認められていた。つまり、このような例外が認められていたということは、トゥユクが詩の型式として完全に確立されているとはいえない状態が続いていたことを物語っている。

その結果、アルーズの韻律で詠まれＡＡＢＡの脚韻を持つ四行詩として存在していたルバーイーや、テュルク語の伝統的な四行詩である民俗詩コシャクが変わらず詠まれつづけていたのに対して、トゥユクのほうは四行詩としての存在意義を徐々に失い、いつしか詠まれなくなってしまったのである。

巧みなしゃれが詠みこまれたトゥユクを翻訳することはできないが、有名な詩人のトゥユクをいくつか紹介しておこう。

（ブルハネッディン）
恋人の仕事は責めること　思わせぶりな態度をとること
その魅力的な目が何かを思わせるように　一瞥を投げかける
ああ　心よ　我慢だ　耐えるのだ
恋人のそばに行くには　ゆっくりゆっくりと

（ナワーイー）
行かないでくれ　とあの美しい人にどれほど言ったことか
だがあの人は　決心を変えることはなかった
聞いてさえいないようだった
理性は驚きのあまり　まったく働かなくなった

（ナワーイー）
ライラによって　私の心に火が付けられる
その眉が　私の体を苦しめる

絶対守ると約束をしてくれた　何という喜びよ
だが私は知っている　その約束の果たされぬことを

（ナスィーミー）

果てしなく続く海にとびこんだ
尽きることのない宝の蔵に埋もれた
決して沈まぬ満月を探しだした
決して荒廃することのない街に入った

（ナスィーミー）

心は愛の火に向かう蛾
だが私には力がない　どこに飛べばいいのかわからない
あなたを見ていつも燃えている
恋する者にとって　このほかやることが何かあるのか

註1 ラマル ramal には複数の変化形があり、トゥユクで用いられるラマルの韻律はほとんどが、長短長長・長短長長・長短長というリズムを作りだすラマル・ムサッダス・マフズーフ ramal musaddas mahuzuf である。十一音節で詠まれるテュルク語の四行詩がこの韻律に適合したので、よく用いられるようになったとされている。

註2 シャイバニ朝（一五〇〇—一五九九）はティムール朝を倒したウズベク人のシャイバニが起こした王朝で、首都はブハラに置かれていた。

トゥユクの翻訳には以下のウェブサイト掲載の原文テキストを利用した。

ウベイドゥッラー　Recai Kızıltunç, Türk Edebiyatında Yuyug ve Bazi Problemleri, A. Ü. Türkiyat Araştırmaları Enstitüsü Dergisi, 2008.
https://dergipark.org.tr/tr/download/article-file/33223

ブルハネッディン　Kadi Burhâneddîn, Ahmed, Türk Edebiyatı,
https://teis.yesevi.edu.tr/madde-detay/kadi-burhaneddin-ahmed

ナワーイー　Kaya Türkay, Alî şîr Nevâyî'nin Tuyuğlari,
https://erdem.gov.tr/tam-metin-pdf/587/tur

ナスィーミー　Tuyuğ Nazım (Şiir) Şekli ve Özellikleri, Turkedebiyatı org.
https://www.turkedebiyati.org/tuyug.html

四　ウイグルのムカムについて

ウイグルにはムカム（1）と呼ばれる組曲形式の伝統音楽がある。ムカムの形式がいつごろ完成したのかはわからないが、唐の時代に宮廷で演奏される楽伎《がくぎ》として亀茲楽《きじがく》、疏勒楽《そろくがく》、高昌楽《こうしょうがく》（2）の名が記録されているので、少なくともこれらの土地には古い時代から音楽を善《よ》くする人たちが住んでいたことが推測できる。亀茲は現在のクチャ地方、疏勒はカシュガル地方、高昌はトルファン地方を指す。

旧唐書《くとうじょ》には楽士の人数、踊り手の人数、衣装、楽器の名称が詳しく記されている。長安で非常に流行したと言われている亀茲楽については以下のように書かれている。

亀茲楽《きじがく》：演奏家は頭に黒い頭巾をかぶり、錦織りの袖のついた赤い絹の丈の長い上着、真紅のズボンを着ていた。踊り手は四人で、額に赤い紅を塗り、真紅の上着、白のズボン、黒色の革靴を履いていた。楽器は竪箜篌《たてくご》一、琵琶一、五絃琵琶一、簫一、横笛一、排簫《はいしょう》一、篳篥《ひちりき》一、毛員鼓《もういんこ》一、都曇鼓《とどんこ》一、答臘鼓一、腰鼓《ようこ》一、羯鼓《かっこ》一、奚婁鼓《けいろうこ》一、銅鈸《どうばつ》一、貝一が用いられていた。

（旧唐書・巻二九・志第九・音楽二）

毛員鼓《もういんこ》、都曇鼓《とどんこ》、腰鼓《ようこ》は腰につけて叩くインド起源の太鼓であり、五弦琵琶もインド発祥で、これらの楽器は西域と呼ばれていた東トルキスタンを経由して、当時その土地に生きていた人々の手によって中国に運ばれ演奏され、中国音楽の生成に寄与したのである。当時の音楽が直接そのままのかたちで現在のムカムの音楽につながっているわけではないが、ムカムを生み出す音楽の下地がクチャやカシュガル、トルファン地方にはあったと言うことはできるだろう。

さらに、九八二年に宋から西ウイグル国に表敬訪問にやって来た使節団の団長、王延徳《おうえんとく》(九三九―一〇〇六)が自身の見聞録『西州程記(高昌行記)』[3]の中に、興味深い記述をのこしている。

(人々は)郊外に遊びに出かけるのが好きで、出かけるときは必ず楽器を持参する。(略)(謁見のあと)宴会が催され、日が暮れるまで、歌や踊り、滑稽な寸劇などを楽しんだ。翌日は舟遊びをしたが、四方では音楽が演奏されていた。

千年前の人々が、今とまったく変わりない姿で音楽と踊りを日常生活の中で楽しんでいた様子が浮かんでくる。ウイグルのムカムはそのような人たちの遺伝子を受け継ぐ人々によって、長い時間をかけて現在のかたちに作り上げられたものである。

ムカムは第一部チョンナグマ、第二部ダスタン、第三部メシュレプという三部で構成される組曲だが、最初にあったのはチョンナグマの部分だけで、次にダスタンが加えられ、最終的にメシュレプが加えられ現在のようなかたちになった。

チョンナグマとはウイグル語のチョン(chong 大きい)とアラビア語のナグマ naghma(曲・旋律)の合成語で「大

きな曲」の意である。古くは「ブユク・キュイ（buyuk kuy 大きな曲）」と呼ばれていた。(4) 一つのムカムのチョンナグマの部分には、少ないもので九曲、多いものでは二十一曲が含まれている。歌詞は古典詩の詩人たちの詠んだ詩、ガザルと民俗詩コシャクの中から採られている。

ダスタンはペルシャ語のダスタン（dastan）が語源になっている。ダスタンとはもともと物語詩、叙事詩という意味で、恋物語や戦記物、英雄物語など、その内容はさまざまである。ムカムチーがダスタンチーからダスタンを学び、もともと自分が歌っていたチョンナグマの部分にそれを付け加えてダスタンの部分が誕生した。ムカムチーとは詩に曲を付けて演奏して歌う、ムカムの音楽監督のような役割を担う人物である。「チー（chi）」というのは名詞のあとについてその名詞に関わる人を表現する接尾辞なので、日本でいえばムカムチーはムカム師、ダスタンチーはダスタン師、といった意味になるだろうか。

ダスタンの部分ではよく知られている恋物語から歌詞が採られている。場面の展開を説明するような内容の歌詞、相手に向かって心情を訴えるような歌詞が混じり合っていて、オペラやミュージカルの構成に似ている。ダスタンでは三曲から五曲が歌われる。

メシュレプはアラビア語のマシュラブ（mashrab）の発音が変化したものである。メシュレプはもともと「水を飲む場所・泉」という意味であった。転じて「酒を飲む場所、神の教えを汲み取るところ、霊感の泉」などの意味が加わった。メシュレプは最初のうちは宗教的な意味を持つ集まりで、メシュレプに参加できるのは男性に限られていた。彼らは、イスラム神秘主義が説くところの神との神秘的合一体験を得るため、恍惚の状態を創り出す修行の一つとして音楽に合わせてくるくる回りながら踊りつづけた。これはセマーと呼ばれてい

る。(5)

メシュレプは徐々にその目的と形態が変化していき、歌や踊りをみんなが楽しむことのできる場となり、伝統文化が子供たちに伝えられ、地域の人々が交流し結びつきを深めることができるようになった。このメシュレプで音楽を担当するのがメシュレプチーだった。メシュレプチーからムカムチーがその音楽を学び、自分のレパートリーに加えたことにより、ムカムにおけるメシュレプの部分が誕生したのである。

ムカムのメシュレプの部分では古典詩の詩人のガザルと物語の中から歌詞が採られ、だいたい四曲ぐらいが演奏され、大勢の人々が踊りに加わって華やかに終わる、という構成になっている。

現在は各地にそれぞれの特徴を持つムカムがあり、ドラン・ムカム、カシュガル・ムカム、トルファン・ムカム、クムル・ムカム、イリ・ムカムと呼ばれ、例外もあるが、ほとんどのムカムがチョンナグマ、ダスタン、メシュレプという三部で構成されている。

各ムカムの流布している地方とムカム数については『中華瑰宝維吾爾木卡姆（中華の貴重な宝・ウイグルのムカム）』に次のように書かれている。

- ドラン・ムカム：タリム盆地の西北縁を流れるエルケン川とタリム川に挟まれた地域、主にメキト、マラルベシ、アワト。ムカム数は九。
- カシュガル・ムカム：カシュガル、ヤルカンド、ホータン、アクス。ムカム数は十二。
- トルファン・ムカム：トルファン、ピチャン、トクスン。ムカム数は十。

・クムル・ムカム：クムル地方。ムカム数は十二。
・イリ・ムカム：イリ地方。ムカム数は十四。

ムカムは長いあいだウイグル人と共に生きて、彼らの日々の生活に喜びや楽しみ、そして潤いを与えつづけてきた。ところが十九世紀後半から二十世紀に入り混乱した状況が長く続いたあと、ムカムは社会の急激な変化の中でその力を失いはじめた。ムカムチーの活躍の場が少なくなり、口伝の歌詞を引き継ぐ者もなく、まさに消滅の危機に瀕していたのである。このようなムカムを民族の遺産として残そうと、一九五〇年にムカムの再生プロジェクトが立ち上げられた。各地のムカムを検証し、ムカムチーたちの歌が録音され、歌詞と曲が書き採られ、保存されることになった。

そして、カシュガル・ムカムをモデルとした「十二ムカム（オンシキムカム）」が整えられ、内外で公演され広く紹介された。このことが、ユネスコ（国際連合教育科学文化機関）が二〇〇五年に「人類の口承及び無形遺産に関する傑作の宣言」を行なったとき、ウイグルのすべてのムカムがリストに登録されるための大きな力となったのである。

註1　ムカム muqam はアラビア語のマカーム（maqam 音階・旋法）に由来することばである。ウイグル語に採り入れられてからは、ウイグル独特の民俗伝統音楽の「大型組曲」を意味するようになり、現在では音楽と歌、踊りで構成される「民俗伝統芸能」を指すことばとしても用いられるようになっている。

註2　疏勒楽と高昌楽は次のように書かれている。（「旧唐書・巻二九・志第九・音楽二」からの抄訳）

疏勒楽：演奏家は黒い布の頭巾、白い絹のズボン、襟と袖が錦織りの上着を着ていた。踊り手は二人で衣装は錦織りの袖の白い上着、赤い革の靴、赤い革のベルト。楽器は竪箜篌一、琵琶一、五絃琵琶、横笛、排簫、篳篥、答臘鼓、腰鼓、羯鼓、奚婁鼓が用いられていた。

高昌楽：踊り手は二人。衣装は錦織りの袖のついた白い上着、赤い革の靴、赤い革のベルト。額には赤い紅を塗っている。演奏には答臘鼓一、腰鼓一、奚婁鼓一、羯鼓一、簫二、横笛二、篳篥二、琵琶二、五弦琵琶二、銅角一、箜篌一が用いられていた。現在箜篌は使われていない。

註3 『西州程記（高昌行記）』の原本は失われてしまい、現在は後に書かれた複数の史書に写しが残っている。「宋史・四九〇・列伝・巻二四九・外国六」には次のような記載がある。「……好游賞，行者必抱楽器。……遂張楽飲宴，為優戯，至暮。明日汎舟於池中，池四面作鼓楽。」

註4 「大きな曲」を意味するトカラ語が「maka-yame」であることから、これがムカムの語源となったのではないかという説も出されている。

註5 セマー（sema）はアラビア語で「聴くこと」という意味を持つサマー（sama'u）に由来する。もともとはスーフィズムの用語で「音楽や詩を聴きながら忘我の境地を味わうこと」を指したが、忘我の境地を得るために旋回することが加わった。古代からシャマンがトランス状態を得るために旋回することはよく知られていた。また踊りとしての旋回舞踊も存在していて、中央アジアのスーフィー教団が修行の手段として用いるようになってからは、旋回舞踊そのものをセマーと呼ぶようになった。トルコのコンヤにおいてメウラーナ教団がこれを儀式化し、現在ではセマーの様子が公開され、世界中から訪れる観光客を魅了していることはよく知られている。

補記

数回にわたって行なわれたムカム保存のための音楽と歌詞の聞き取り作業中に、新しく作られた歌詞が挿入されそうになるというできごとがあった。当時の最も有名なムカムチー、トルディー・アフンが歌ったとされる歌の歌詞が発表されたのだが、その中に次のような詩が含まれていた。

サタールの弦を奏《かな》で、心をこめて歌えば
そのとき目の前にはすべての過去が浮かびあがる

闘争の道を歩み　我らは今日この場に至った
闘争によって人々は自由に、時代は明るく人生はすばらしくなった

偉大なる毛主席は　共産党の道で永遠に我らを導いてくれる。
だから私はサタールで　幸せのメロディーを力いっぱい奏でる

共産党万歳！
毛主席万歳！

(Nathan Light, *Inimate Heritage--Creating Uyghur Muqam Song in Shinjiang*, p.237)

この詩が録音されたテープはなく、そしてこの詩が実際に編集されたムカムの中で歌われることもなかった。(詩の中に出てくるサタールは、細長い棹と共鳴胴を持つ、全長一メートル半ほどの弓でこすって音を出す擦弦楽器で、ゆったりとした優雅な節回しで歌うときの伴奏楽器として用いられる。)

このムカム再生プロジェクトの陣頭指揮をとったのは、ウイグル自治区初代主席のセイプディン・エズィズィSaypiddin Azizi(一九一五―二〇〇三)である。彼は政治家であり詩人でもあり、生涯を忠実な共産党員として過ごした人物である。彼の指導のもとでムカムのドキュメンタリー・フィルムが作られ、彼の脚本によるドラマが作られた。いずれも、ヤルカンド・ハン国(一五一四―一七〇五)の時代の王妃アマンニサーハンとキディルハンが、音楽を排除する厳格なイスラム教の指導者の圧力に屈せずに、散逸していたムカムを集めて整えた、という内容のものである。映像の力は大きくテレビを視聴した大多数の人がこの話を信じたが、代々ムカムの音楽を継承してきたムカムチーたちにはこの話がまったく伝わっておらず、裏付ける資料となるものも発見されていないことから、この話の信憑性には疑いがもたれている。

五　古典詩の時代の詩人たち

ムカムの音楽は師から弟子へと口伝えで教えられてきたものである。ただ、ムカムチーたちは師のもとで学ぶだけでは一人前になったとは認めてもらえなかった。彼らは祭りや聖者廟で行なわれる宗教的行事の場に赴き、ほかの土地のムカムチーと交流し、新しい音楽を学ぶことを求められた。互いに知らない曲を教え合ってレパートリーを増やしていった。このようなムカムチーたちの交流の中心地となったのがカシュガルである。大都会のカシュガルには常に新しい情報が集まってきていた。ムカムチーと交流のある土地の富裕層や学者、知識人たちは自分が手に入れた新しい詩集をムカムチーたちに見せ、ムカムチーたちは自分の好みに合う詩を選んで曲を付けたりした。しかしこのようにしてムカムチーに選ばれた詩も、聴衆の好みに合わなければいつしか消えていくことになった。ムカムの音楽の歌詞は、有名無名の詩人たちが詠んだ詩の中からムカムチーの好みと聴衆の好みによって取捨選択されてきた。つまり、ムカムで歌われる詩は長い時間をかけたコンテストに勝ち残った誉れ高き詩であるとも言える。

十四世紀中頃から二十世紀初頭までがウイグル詩における古典詩の時代と位置付けられている。本章では、歴史の流れに沿って各時代を代表する詩人のガザルを、ムカムチーによって守られてきた十二ムカムの歌詞の中から選んで紹介する。

（翻訳に用いた原文テキストは特に明記していないものはAbduraop Teklimakaniy, *Uyghur On Ikki Mmuqami Tekistliri ustide Tetqiqat*, Merkiziy Milletler Universiteti Neshriyati, 2009. から採ったもので、ページ番号を記しておく。）

1　ルトゥフィー　Mawlana Ubaydullah Lutfi　一三六六（七）—一四六五（六）

ティムール朝第三代君主シャールフの三男バイスングル・ミルザーBaysunghur Mirza（一三九七—一四三三）は絵画、音楽、文学に造詣が深く、学者や芸術家を手厚く保護した人物として知られている。特に写本の作成には情熱を傾け、書家や画家、装飾家など多くの職人を雇い、『シャー・ナーメ』などの豪華で上質な写本をつくらせた。ワインが好きで詩人や音楽家たちに囲まれ宴《うたげ》を楽しみ、華麗な宮廷生活を送った。しかし健康を害して三十六歳の若さでこの世を去った。

彼に寵愛された詩人の一人が、カシュガル出身のルトゥフィーである。彼はペルシャ語とチャガタイ語で詩を詠み、バイスングル・ミルザーの側近として一生を過ごした。

ルトゥフィーのガザルでは典型的な「恋人」が描写されている。ガザルにおいては恋人の性別は明らかにされない。恋人は絶対的な美しさを誇り、傲慢で、愛を求める者に対しては冷たい態度をとる。それゆえ、愛を求めるものはその仕打ちに耐えて、さまざまな技巧を凝らして自分がどれほど愛しているか、そしてどれほど苦しんでいるかを訴えるのである。

そして、このような内容で詠まれる詩の技巧を高めるために生まれたのがムシャーイラ（mushaira）と呼ばれる詩会で、ムシャーイラは宮廷や貴族の館、教養ある富裕層の邸宅など、いろいろな場所で催された。最初にテーマが伝えられていて、それに関する詩を作っていき、参加した詩人たちの前で披露してできばえを競い合うのである。当然のことながら、ムシャーイラは貴族や文人たちの交流の場としても機能していた。

ルトゥフィーは楽師としても有名で、二百人を超す弟子を育て上げたというから、おそらく声もよく楽器の演奏も優れていたに違いない。時には自分のガザルを、美しい旋律に乗せて披露することがあったかもしれない。ルトゥフィーは、バイスングル・ミルザーが自分のそばに置いておきたいと思う条件を、すべて持ち合わせていたのである。

恋人よ　お前がいなければ　私が何の役に立つ
命がなければ　体が何の役に立つ

ブルブルが欲しいのは　花の色ではなく香り
香りがなければ　春も果樹園も花園も　何の役に立つ

思わせぶりな振る舞いで　人を苦しめるのが得意なお前が
そのように媚を売ったところで何の役に立つ

その人に愛と誠意がなければ
その人が太陽になったところで　何の役に立つ

完璧な美を誇るお前が　下僕《しもべ》に優しくしてくれぬなら
その美は　ルトゥフィーにとって何の役に立つ

（八七）

ああ　妖精のように美しい人　お前のために命を捧げよう
この世にある「美」という語　それは永遠にお前のもの

この世の誰にも与えられなかった美を
天はお前に与えられた　薄情なお前に

嫉妬深い者の口が怖くて　お前にあいさつもできぬ
遠くから目くばせで　お前に歓迎の意を伝えよう

この世の初め　天は不実の者たちに美を与えられたから
完璧な美を持つお前が　貞節であるはずがない

ああ　美しい人よ　ザカートとしてただ一瞥《いちべつ》を投げてくれ

哀れなルトゥフィーは　命の終わるまでお前のために祈ろう

（二六―二七）

ザカート（zakat）はイスラム教徒に求められている義務の一つで、一定量以上の財産に課せられる税金のようなものである。ザカートは基本的に貧しい者や旅人、孤児のために使われなければならないとされている。宮廷や邸宅で詩を競い合っている詩人たち、酌をする美少年のサーキーを侍《はべ》らせての宴《うたげ》の図は細密画でよく描かれるモチーフであるが、ルトゥフィーのガザルはまさにそのような光景を浮かび上がらせてくれる。

2　ナスィーミー　Imad al-din Nasimi　一三六九―一四一七

宮廷とはまったく関りを持たなかった詩人が、スーフィー詩人ナスィーミーである。彼はアゼルバイジャンの国民的英雄となっていて、各所に銅像が建てられている。彼の生涯を描いた映画も作られ、大通りや公園、学校や研究所、そして地下鉄の駅にまでその名が付けられている。また毎年のようにナスィーミーの名前を冠した文化的なイベントが開かれ、その人気は今も衰えていない。

なぜこれほどまでに人気があるのか。それは彼が、常に厳しい時代を生きたアゼルバイジャンの民衆の側にいた人物だからである。ナスィーミーが生きた時代、アゼルバイジャンは混乱期にあった。モンゴル軍によってルーム・セルジューク朝(1)が倒れ、各地方の支配者が権力争いを繰り返していた。その中から台頭してきたオスマン・トルコが広大な土地を支配下におく帝国を築き上げた。ナスィーミーの時代は、オスマン帝国第三代皇帝ムラト一世 Murat I（在位一三六〇―一三八九）と息子ベヤズィト一世 Beyazit I（在位一三八九―一四〇二）の統治期とほぼ重なっている。

一四〇二年にベヤズィト一世がティムール軍に敗れ捕虜になってから亡くなると、再び地方の権力者たちが領地争いを繰り返す時代が始まった。争いが続き社会が混乱している時代には、救済を求めて新しい宗教や宗派が生まれるものだが、スーフィー教団の一派フルーフィー教団もこのような時代に誕生した。

創始者はアスタラバード出身のファドルッラー・アスタラバーディー Fadl Allah Astrabadi（一三四〇―一三九四）で、コーランに書かれた文字（huruf フルーフ）には神秘的な力があると説き、方々を巡り歩いて教えを説いたり夢の解釈をしたりして人望を集めた。彼自身、何度も夢で啓示を得て、最後には自分が救世主であるというメシア思想に到達する。彼の説教に心を打たれ信奉者は増えていき、一般民衆だけでなく学者や政府の官僚たちも付き従うようになった。ナスィーミーもその一人であった。

これに危機感を感じたのが、当時アナトリア半島を支配していたティムール朝の為政者で、ファドルッラー・アスタラバーディーはティムールの次男ミーラン・シャーの命令で処刑されてしまった。

ナスィーミーは師の後を引き継ぐようなかたちでフルーフィー教団の指導者となった。彼が指導者となってから信者はさらに増え、彼の詩を通してフルーフィーの教えが広がっていった。最終的にナスィーミーは、当時マムルーク朝の支配下にあったアレッポで捕らえられ、一四一七年、生きながら皮を剝がれるという残酷な方法で処刑された。(2)

ナスィーミーはスーフィズムの教えの核を示したようなガザルを詠んでいる。

二つの世界は私の中に収まるが　この世界に私は収まらぬ
私は「場所のない」本質　存在の中に収まらぬ

二つの世界とは「肉体の世界」と「精神の世界」、あるいは「現世」と最後の審判を経て向かう「来世」を指しているといわれている。「場所のない」の原文は「la-makan」で、スーフィズムでは神のことを指すが、ここでは文字通りの意味も含めている。このガザルの言わんとしているところを正確にことばで説明することはできないが、アゼルバイジャンでは非常に人気があり、このガザルにインスピレーションを得て絵が描かれたり小説が書かれたり、ナスィーミーの生涯を描いた映画がつくられたりしている。

ナスィーミーはペルシャ語でも詩を詠んでいるが、彼がチャガタイ語で詠んだ詩は後の詩人たちに大きな影響を与えた。ムカムの歌詞にも彼のガザルが数篇採られている。

ああ　私の心の光よ　会いたくてたまらない
ああ　心から望む恋人よ　会いたくてたまらない
ああ　妖精のような天使のような美しい人よ

ああ　赤い唇から蜜のような言葉を放つ恋人よ　会いたくてたまらない
ああ　心を盗んでいった人よ　お前は私の永遠の命
ああ　誠実な恋人よ　会いたくてたまらない
透き通る肌をした恋人よ　お前はナスィーミーの命
ああ　糸杉のような人よ　花園のバラよ　会いたくてたまらない

（一九二一）

春がきた　お前の顔の花園を隠していたベールがとられた
とげが姿を消し　つぼみのほころぶ番が回ってきた
春の火のような日差しを受け　花園は聖なるシナイ山に変わった
来たれ　モーゼよ　火と光の秘密を解いてくれ
つぼみが頬を輝かせ　微笑《ほほえ》んでバラの花になった
ブルブルが鳴くのを見て満足して　また微笑《ほほえ》んだ

花たちが異なる色で咲くのには　どんな意味があるのか知れ
染め物師は　この光と花たちに色を与えることはできぬ

この世は天国の楽園　その舞台を美女たちは歩き
花園は薄絹をまとい　木々は葉を茂らせ花を咲かせる

ジャスミンやチューリップ　バラの花々が咲き誇り　花園はバーザールのような賑わい
だがバーザールの見世物はわずか五日　有り難いものと知れ

これを否定する者よ　ナスィーミーのことばがキリストの息と同じだとしても
お前には役には立たぬ　お前は真実を知らぬ者だから

（三五八―三六〇）

キリストの息は死者をよみがえらせる力を持っていると信じられていた。つまり、「私のことばはキリストの息と同様の力を持っているのだ」という意味である。

率直な表現でファナー、神秘的な神との合一体験を希求する彼のガザルは、人々にとってわかりやすく、スーフィズムの教えを説くのに大いに役立った。彼の指導力に魅かれた多くの人々が教えを乞いに集まってきた。そしてこのことが結果的に彼の命を縮めることになったのである。

註1　ルーム・セルジューク朝（一〇七七―一三〇八）はセルジューク朝の地方政権として分裂して成立し、アナトリア半島を中心に統治したテュルク人のイスラム王朝。

註2　マムルーク朝（一二〇五―一五一七）はエジプトを中心にして興ったイスラム王朝で、君主（スルタン）がマムルーク（奴隷身分の騎兵）を出自とする軍人であったことから、マムルーク朝と呼ばれた。

3　サッカーキー　Sakkaki　？―一四六七（九）

サマルカンドに生まれたサッカーキーは、優れたカスィーダを詠んだことで知られている宮廷詩人である。ティムール朝四代目の君主ウルグ・ベグ Ulugh Beg（一三九四―四九）の宮廷に仕えていた。

カスィーダはガザルやマスナヴィーと同じくアルーズを用いて詠まれる。だいたい十五ベイトから八十ベイトぐらいで構成され、中には百ベイトを超えるものもある。最初のベイトは二つのミスラが同じ脚韻を踏み、次のベイトからは二行目のミスラだけが脚韻を踏む。

カスィーダの冒頭部分をナスィーブ（nasib）といい、過去の思い出、青春時代の話、季節の移り変わりなどが描写され、ここで本文へ導くための地ならしがなされる。

カスィーダを詠むためには詩の技巧に長《た》けていることはもちろんだが、歴史や古典の豊富な知識が必要とされる。カスィーダを捧げる相手に応じてさまざまな誉め言葉を重ねていくためには、過去の戦争や英雄の話、引用する価値のある有名な詩などを覚えておかなければならない。そのような資料の引き出しが多ければ多いほど、カスィーダは華麗になり内容も充実し、捧げられた人物もじゅうぶん納得できるものとなる。金貨のほかにも高価な装飾品が、カスィーダの褒賞として詩人に与えられた。

カスィーダ詠みのサッカーキーが詠んだガザルがある。

美しいお前の顔を見るや　目の前に百の花園が現われた
瑪瑙《めのう》の唇を見て以来　私の目には涙が満ちてイエメンの海になった

昨夜　揺れ動くお前の長い髪を見て　感嘆のため息をついた
ホータンの麝香《じゃこう》の香りで　世界が覆い尽くされた

朝　お前の美しい姿を思い出して涙があふれ
涙は川のようになり　糸杉のようなお前の姿が映し出された

春の雲も私のように　お前の顔を見つめた
雲の涙を注がれた大地は　バラとジャスミンに満たされた

朝のそよ風が　お前の髪を乱していった
私の空想の中でそれは竜になりアフリマンになった
お前の視線を一度受けただけなのに　心はお前の髪に捕らえられた
その目が　お前だけが持つ特別の魔法をかけたのだ

シーリーンへの愛のために　ファルハードが岩を穿《うが》ったというのなら
恋人よ　サッカーキーがお前のために命を穿《うが》っても　驚くにはあたらない　（一一四―一一六）

イエメンはアラビア半島の南西端にあり、紅海とインド洋を結ぶ海洋貿易の盛んな港で、古代から香料や宝石の貿易で栄えていた。さらにイエメン産の瑪瑙《めのう》は指輪やネックレス、ブレスレット、短剣の飾りに加工されてきた宝石である。

第一のベイトは、赤瑪瑙《あかめのう》のように赤い唇を持っている美しい人を見て以来、その人に会いたい想いが募って涙がとめどなくこぼれ、涙の粒に美しい恋人が映るからたくさんの花園が目の前に現われたようだ、という意味で、手のこんだ誇張された表現が使われている。

第二ベイトの長い黒髪は夜の比喩として用いられるもので、ここでは束ねていた髪をほどいたときに、その髪の香りが天空を覆ったほどだった、となる。麝香《じゃこう》は、雄《おす》のジャコウジカの腹部にある麝香腺から分泌される分泌液を乾燥したもので、独特の甘い香りを持っているので香料や医薬の原料として昔から使われてきた。ジャコウジカはおもに中央アジア、中国東北地方、朝鮮半島、シベリアの森林地帯に住んでいる偶蹄目シカ科のシカである。

第三ベイト。「涙は川のようになり　糸杉のようなお前の姿が映し出された」に登場する糸杉は、幹が高く成長していくヒノキ科の常緑針葉樹で、野山に自生するものもあるが、その形がすらりとして美しいことから庭園や公園、並木によく植えられている。ガザルでは美しい人の比喩として使われる。

第四ベイト。「春の雲」が涙を流す、つまり雨が降ると、バラとジャスミンが成長して大地がその花と香りに満たされるのである。

第五ベイト。アフリマンとはゾロアスター教の二神格のうちの一つで、この世が始まる前に最高神アフラ・マズダに対抗して破れ深闇に落とされたが、勢力を取り戻し、再びアフラ・マズダと戦うために、ヘビやトカゲなどの爬虫類の姿をとって現われる、とされる。空想の中で乱れた髪が竜やアフリマンに変化し、そして第六ベイトの、「お前の髪に捕らえられた」理由がわかる。

第七ベイト。シーリーンとファルハードはペルシャ詩人ニザーミーNizami（一一四一―一二〇九）が詠んだダスタン『ホスローとシーリーン』に登場する人物で、シーリーンはアルメニアの皇女、ファルハードはシーリーンに激しい恋をする建築家、と設定されている。

ストーリーは、「ホスロー王はすでに妻がいるが、シーリーンとも結婚したいと思っている人物で、ファルハードがシーリーンとの結婚の許可を願ったとき、もしもベヒストゥン山の岩壁に階段を作ることができたら許可しようと、実現不可能な命令を下して追放する。そして恋の狂気にとらわれたファルハードが岩を掘っているとき、シーリーンがホスローと結婚したという偽の知らせを届けさせる。これを聞いたファルハードは絶望し、山の頂上から身を投げて自殺する。」というもので、ニザーミーのダスタンではホスローとシーリーンが主人公なのだが、後にシーリーンへの愛に身を捧げるファルハードに焦点が当てられた『ファルハードとシーリーン』というタイトルのダスタンも詠まれるようになっている。

サッカーキーが詠んだこのガザルには、華麗で美しく壮大な比喩が散りばめられている。ガザルでは大げさな比喩は珍しくはないのだが、それでも宮廷でこの詩が詠まれたとき、おそらく聴衆は喝采を浴びせたことだろう。カスィーダ詩人サッカーキーの技量がいかんなく発揮されているガザルだと言える。

4　アターイー　Atayi　十五世紀

アターイーの生涯についての詳細な記録は何も残されていない。手書きの写本『アターイー詩集（Diwan-i Atayi)』が一冊だけ現存している。彼は人生の大半をヘラートとバルフで過ごしたことがわかっている。バルフは古代より交易路にある重要なオアシス都市として発展していたところで、当時はイスラム神秘主義を学ぶことのできる中心地となっており、多くのスーフィーたちが訪れていた。アターイーの父親はスーフィーのアフマド・ヤサヴィー(1)の血筋を引くスーフィーで、学問を非常に重んじる人物だったと言われているので、アターイーが父親のそばにいて影響を受けていたであろうことは確かである。

しかし、神を恋人の姿に変えてスーフィー的な詩を詠むことは詩人たちのあいだでは一種の流行のようなものであり、アターイー(恵みを与えられた者)というタハッルスにはスーフィー的な意味合いがこめられているようにも思われるが、彼がスーフィーであったことを示すものは残されていない。

お前がいなければ　この命などいらぬ
天国のフールもリズワーンもいらぬ

別れの悲しさに流した涙は　ありあまるほど
春の雲の雨はいらぬ

夜　お前が顔にかかった髪をかきあげたら
満月の光はいらぬ

その姿は糸杉のよう　目は水仙のよう　顔はバラのよう
お前がいるところに　花園はいらぬ

川岸を歩きたいと思ったら　私の目に来い
川岸の散策に　川岸はいらぬ

私を恋がたきと同じように扱うな
どうせ逃げ出す犬に　犬の見張り番はいらぬ

お前の家の入口に　場所を与えてくれ
アターイーには　宮殿はいらぬ　（八六―八七）

フールは天国で世話をしてくれるとされる美女のこと。リズワーンは天国の門を護る門番の意味で、また「満足」という意味がある。

恋人の顔の比喩としてよく太陽が使われ、恋人が髪をかきあげて太陽のような明るい顔が現われるから月光は必要ない、という意味になる。

註1　アフマド・ヤサヴィー Ahmad Yasavi（?―一一六六（七））は中央アジアにおけるスーフィズムの発展に貢献したとされるスーフィーで、彼の弟子によって創設されたタリーカ（スーフィー教団）はヤサヴィーヤと呼ばれている

5　ガダーイー　Gadayi　十四―十五世紀

ガダーイーは十四世紀から十五世紀にかけてヘラートで活躍した詩人だということがわかっているだけで、その生涯についてはほとんど知られていない。宮廷詩人だったのではないかと推測されている。ガダーイーには「物乞い」の意味があり、転じて宗教的理由から物乞いをする行為も指し、タハッルスとして用いられている場合は「神の慈悲を乞う（者）」という意味も含まれる。

ルトゥフィー、サッカーキー、アターイーと同じように、ガダーイーもアルーズを用いてテュルク語で詩を詠もうと奮闘した詩人たちの中の一人である。

彼ら以前の多くの詩人たちも、美しい詩をつくろうと試作詩のようなものを数多く詠んだに違いない。韻を合わせるために文字の省略を行ない、単語の順番を無理に変えたりなどの試行錯誤が続いたことだろう。

ガダーイーのガザルには恋人に愛を求めるというガザルの典型的なパターンが含まれているものの、それよりは、人生に対する喜びが率直に力強く表現されていて、冷たい恋人の姿は影が薄くなっているように感じられる。

ヘラートは水量の豊かな大河川の流れが形成した広い谷につくられたオアシス都市で、さまざまな果物が採れる肥沃な土地であるが、冬季は寒気が強く降雪量も多い。三か月半から四か月という長い冬を過ごしたヘラートの住人はほとんどがガダーイーと同じように、春の訪れを心から喜んだに違いない。

再び春が巡りきて　オアシスは緑の命を吹き返す
命を与える春の風よ　来てくださったことに心からの歓迎の意を

美しき人らと花を愛でて歩くのに　今は最良のとき
野の草々は楽園にあるがごとく　命にあふれている

このような季節に　私は恋人から遠く離れてただ一人
ああ　天よ　これほどのむごい仕打ちをしてくれるな

私の心には　これまで埃《ほこり》が積もっていたが
ありがたいこと　すっかりきれいになった

怒ったようなそぶり　思わせぶりな態度　私は命を捧げよう
私を生かそうと殺そうと　その権限はお前の手の中にある

（一七二―一七三）

ああ　朝のそよ風よ　届けてくれ　恋人へのあいさつを

美しい髪　花のような顔をした　あの人にあいさつを
唇はバラの花びらのよう　言葉は蜜のよう
人を酔わせる思わせぶりな仕草　うっとりとした瞳を持つあの人に

朝のそよ風に　この命を捧げてもかまわない
下僕《しもべ》からのあいさつを　いつも届けてくれるなら

花園のように美しく　憐れみ深く気立てのよい　あの人に
私を虜《とりこ》にする大事なあの人に　私からのあいさつを

ガダーイーは　己のありさまを何度も伝えたが
あの人は一度も「かわいそうな人　ごきげんいかが」と言ってはくれなかった

（四五四）

6　ナワーイー　Mir Alishir Nawayi　一四四〇（四）―一五〇一

詩人の本名はミール・アリー・シールで、ナワーイーはタハッルスである。「ナワーイー」には「美しい旋律・声」という意味があり、彼はこのタハッルスを持つにふさわしい詩人であったと言える。彼がペルシャ語だけでなく、チャガタイ語でも数多くのすばらしい詩を詠んだことで、文学用語としてのチャガタイ語の地位は格段に上昇した。

十五世紀前半、ティムール朝ではペルシャの文化が支配的だった。統治者はテュルク人であったが、ペルシャ語はチャガタイ語と並んで公用語として使われ、テュルク系の詩人や作家たちもペルシャ語の詩を好んで書き、画家はペルシャの絵を手本としていた。ペルシャの詩人たちも王侯貴族の庇護を受け、その数は最多に達していた。

「ペルシャ語の最後の偉大な神秘主義詩人」と言われているジャーミー jami（一四一四―一四九二）もこのときヘラート政権の君主、フサイン・バイカラ Ḥusayn Bayqara（在位一四六九―一五〇六）の宮廷詩人として遇されていて、ナワーイーとは特に親しく交際していた。彼との交流がナワーイーに与えた影響は非常に大きいと言われている。

ナワーイーについて、インドのムガル朝の創始者バーブルが、『バーブル・ナーマ』(1)で、興味深い話を書いている。

アリー・シール・ベグの性格は高慢なことで有名である。人々はその高慢さを、彼の〔持つ莫大な〕富のせいだと推測していた。しかしそうではなかったらしい。この高慢さは彼にとっては生まれつきのものであったらしい。彼は〔富もなく〕サマルカンドに滞在していた時もまったく同じような高慢な態度をしていたようである。アリー・シール・ベグに比肩しうる者は存在しない。テュルク語で詩が詠まれるようになって以来、誰も彼ほどに多くまた見事に詩作した者はいない。（『バーブル・ナーマ二』、間野英二訳注、一三九頁）

ナワーイーはフサイン・バイカラと共に幼少期の教育を受けたエリートである。ペルシャ語を流暢に話し、ペルシャ語でも詩作した。ペルシャ語の詩にはファーニー Fani（はかない）というタハッルスを用いた。文学者としてだけでなく政治家としても手腕を発揮し、フサイン・バイカラの側近として一時期は政治の世界でも重要な役割を果たした。私財を投じて多くのモスクや学校、図書館、病院、キャラバンサライ（隊商宿）の建設に携わり、パトロンとして学問、芸術、文学の分野で多くの若い作家や芸術家を育てた。彼自身が自ら作曲もするほど、音楽に精通していたようである。

ナワーイーのガザルが後世の詩人たちに大きな影響を与えたのはなぜか、その理由を彼のガザルの中に見いだすことができる。ガザルの生命は（ほかの詩においても同じことが言えるのだが）、比喩と象徴の表現の巧みさにあるのだが、ナワーイーが用いるそれらは斬新で、なおかつ美しい響きを備えている。ムカムに採られている古典詩の中でナワーイーのガザルは群を抜いてその数が多い。ナワーイーはムカムチーたちに最も人気のある詩人だったようである。

輝く太陽が　夜ごと暗幕の中に入ってしまうように
灯火が私の孤独な住まいに　夜ごと姿を見せる

あの人は夜ごと　友らとともに朝の光のような笑い声をあげる
私のほうは心をロウソクのように燃やし　真珠の涙を流す

空の星は　太陽と離れた悲しみに　夜が胸を焦がしてできた跡
私の体には　夜ごと愛の火に焼かれてできた無数の跡が隠されている

まどろんでいるような眼をした酔った人よ　時には私の病のありさまを尋ねてくれ
夜ごとお前の唇を想い　血の涙が出るほどの苦痛を味わっているのだから

説教者よ　なぜ私が一人の夜に祈ることができよう
信仰心と理性を　あのイスラム教徒ではない人が盗っていくのに

一夜でいい　私のもとに来て聞いてくれ　昔は聞いてくれたではないか
「夜ごと嘆きの声を上げている者は　どこにいるのか」と

ナワーイーよ　嘆きの調べを奏でよ　私の肝臓を焼いて酒のさかなを用意せよ
美しいあの人への想いが　夜ごと客となって訪れてくれるから
（五四—五五）

つぼみのような唇とその顔は　喜びに満ちて咲いた花のよう
産毛《うぶげ》は　春の季節に生まれた小さな苗のよう

花のような人よ　顔の汗で産毛《うぶげ》が伸びても不思議ではない
小さな苗を育ててくれるのは　春の湿り気なのだから

私が喜びに溜息を漏らし　お前の花園を見たいと望んで涙を流したら
どうかその顔を覆わないでくれ　春の風雨を花が憂える必要はないから

私の顔が　美しい月のようなお前の顔に映ったらおもしろい

春と秋の季節が同時に訪れるのを　だれが見られるだろう
ああ　世界中に春がやってきたというのに
花のような美しいあの人が　私の命の花を枯らしてしまった
これは稲妻ではない　洪水でもない　嘆きの叫びと悲嘆の涙だ
今年の「春」がお前の花のような顔を見て　自分を憐れんで喪に服しているのだ
ナワーイーよ　これこそが真実の春なのか
それとも偉大なる王が庭師の手で　人々に見せた春なのか

（三一九）

「産毛《うぶげ》」の原文はkhat（ハット）で、少年の顔に生えはじめた柔らかい口ひげのことを指し、ガザルでは恋人の性別は示さないのが普通だが、ここでは恋人が少年であることが暗に示されている。バーブルが「彼（ナワーイー）は息子も娘も妻も家族も持たなかった。この世をたった独りで過ごした。（『バーブル・ナーマ　二』、一四一頁）」とわざわざ書いていることからわかるように、当時の社会にあっては地位も名誉もある人物が妻帯しないことは珍しいことであった。

このガザルでは、少年がこの世のものとは思われないほど美しいこと、そしてそれに心を奪われる老いた詩人の恋心が巧みに詠みこまれている。

註1 『バーブル・ナーマ Baburnama』は、ティムール朝サマルカンド政権の第六代君主であり、ムガル帝国の初代皇帝でもあったバーブル(一四八三―一五三〇)がチャガタイ語で書いた回想録で、チャガタイ語における散文文学の傑作とされている。

7 フサイニー Husaini 一四三八―一五〇六

「フサイニー」はティムール朝ヘラート政権の君主、フサイン・バイカラのタハッルスである。ティムール朝を建てたティムールの玄孫《やしゃご》で、ヘラートで生まれたとき、彼の家系は政治的な権力を備えておらず、一四五七年まで彼はホラーサーン地方の統治者の宮廷に仕えていた。しかし徐々に軍事力を蓄えて各地に勢力を広げ、一四六九年にヘラートを占領した。一度はヘラートを放棄する事態に陥ったが、再び占領してティムール朝ヘラート政権の君主になった。

ヘラートで政権を樹立した後、フサイン・バイカラは国内の発展と文化の振興に大いに力を注いだ。そしてナワーイーと同じように芸術家や文化人のパトロンとなったことで、ヘラートの宮廷文化は大きく花開いた。ヘラートの街は栄え、文学、細密画、アラビア書道、音楽などの文化の中心地となった。

しかし、地方の統治を任されていた有力者たちが次々と反乱を起こすようになったとき、政府にはそれらを鎮圧できるほどの軍事力はすでに保持されていなかった。ウズベクのムハンマド・シャイバーニー・ハン Muhammad Shaybani Khan（一四五一—一五一〇）が攻め込んできたとき、フサイン・バイカラは迎え撃つために ヘラートを出発したが、すぐに病に倒れて亡くなった。フサインの息子たちも戦意をなくし、そのまま軍を解散したため、一五〇七年にヘラートはムハンマド・シャイバーニー・ハンの攻撃によって陥落した。

ムハンマド・シャイバーニーが建てたシャイバーニー朝でもペルシャ語、チャガタイ語は公用語として用いられ、チャガタイ語と文学の伝統は引き継がれ、現在のウズベキスタンでもチャガタイ語の文学がウズベク文学の古典として研究されつづけている。

詩人「フサイニー」ことフサイン・バイカラもガザルを詠んでいる。

お前の魔法のような目は　大騒動を巻き起こすうわさの源
その唇は　傷ついた私の心に命を与える泉
別れの悲しみで息をするたびに出る嘆きの声が　天にまで届く
ああ　太陽のような人よ　私のありさまを見て憐れんでくれ
他人に秘密を知られまいと　必死に努めたが
やつれたこの顔が　隠していた秘密を露わにしてしまった

私の心のすみかを訪ねようかと　あの人が一瞬でも思ってくれたら
私の目は　とめどなく真珠の涙を流すだろう
私は言った「ああ　愛する人よ　一目でいい　その顔を見せて痛みを消してくれ」
その人は笑いながら答えた「フサイニーよ　私がそんなことをするかもしれぬとは思うな」

（一六六）

8　バーブル　Zahir al-Din Muhammad Babur　一四八三―一五三〇

バーブルはティムールの次男ミーラン・シャー Miran Shah（一三六六―一四〇八）の玄孫《やしゃご》なので、フサイン・バイカラとは遠い親戚筋にあたる人物である。バーブルが書いた回想録『バーブル・ナーマ』は、チャガタイ語の散文文学の傑作とみなされていて、歴史の資料としても多くの研究者に利用されてきた。人物評や情景の描写が、装飾を付けないで率直に表現されていることからリアリティーが感じられ、バーブルが自分自身を描くときにもその姿勢は変わっていない。

バーブルは十七歳のとき、陣営に出入りしていた商人の息子を見るや心を奪われてしまった。そして恋の狂気に陥った。彼の顔を直視することなどできず、偶然通りで出会ったときも、何も言わずに通りすぎていった。

われ恋におち、われを忘れ狂いたり、知らざりき――
美わしき人々との恋の、これがまことであろうとは。
私は時には愚者のごとく独り山や野に赴き、また時には園や居住区を小路から小路へとさまよった。
進むも留るも、それを選ぶ力なく、行くも止まるもそれを決する力がなかった。

(『バーブル・ナーマ　一』、一八二頁)

自分にはどうしようもない恋の感情に翻弄されている十七歳の青年の姿が浮かんでくる。しかし同じ人物が、五年後に第一回のインド遠征に赴き、アフガーン人との戦いに勝ったときのことを、次のように書いている。

味方は一時《いっとき》のあいだに一〇〇～一五〇人のアフガーン人を攻撃して捕らえ、若干を生擒《せいきん》にしほとんどの者の首を取って帰ってきた。……私は生擒にされて連行されて来た者をもその首を打たせ、野営地に首の塔を建てた。

(『バーブル・ナーマ　二』、八〇―八一頁)

「首の塔」とは切り取った捕虜の頭を泥で固めた塔の表面に埋め込み、敵方に恐れを抱かせて戦意を喪失させるためにつくられるものである。バーブルは何の感情も表さず淡々と事実のみを書いているが、それがかえって、戦いの凄惨さを物語るものになっている。おそらく当時は各地で首の塔がつくられていたのであろう。首の塔をつくらせたバーブルが詠んだガザルを見ておこう。

春の季節　恋人との逢瀬《おうせ》　友との談笑
詩の競演　恋の苦痛　酒の酔い

春の季節に酒を飲む　これはまた格別の味わい
この素晴らしい酔いを得た者は　大金持ちと同じ

愛の苦難を乗り越え　恋人と会うことができた者はだれであれ
百年の別れの悲しみがあっても　忘れてしまうだろう

友らとの語らい　詩を詠み競い合うのは何たる素晴らしさ
各人各様の　気性と心の内を知ることができる

これら三つの事々《ことごと》が　どこででも　いつでも共に得られれば
ああ　バーブルよ　これ以上の快楽がこの世にあるだろうか
（二四七）

見知らぬ者たちから受けた苦痛を　何と言い表せようか

恋人から受けた心の痛みを　言い表すことはできぬ

私の運命が道に迷い　どれほど不条理なことをしたか
どれほど私を裏切ったことか　言い表すことはできぬ

あの不実な人との逢瀬《おうせ》には　どれほどの悲しみと望みがあることか
残酷な別れには　どれほどの痛みと苦しみがあることか

心よ　みじめさの中にあって　他人に誠意を求めるな
恋人からも故郷からも　誠意を得られなかったではないか

バーブルよ　あのバラのような恋人でさえお前を苦しめるのに　よそ者が何でよくしてくれよう
バラが与える苦痛がこれほどならば　ああ　棘《とげ》が与える苦痛はいったいどれほどのもの

（四〇五—四〇六）

西ウイグル国の王家に代わって主人のいなくなった土地を支配したのは、カイドゥ（チンギス・ハンの三男の息子）に臣従したチャガタイ家で、その支配は、十五世紀以降はモグーリスタン・ハン国に受け継がれた。モグーリスタン・ハン国では、カシュガル地方を統治する王国とトルファン地方を支配する王国とが並び立つ状況になったが、のちに両国は統合されてヤルカンド・ハン国（カシュガル・ハン国とも称する）となった。

ヤルカンド・ハン国では王たちが音楽家や詩人のパトロンとなったことで宮廷文化が花開き、チャガタイ文学の伝統を受け継ぐ多くの詩人たちを輩出した。古くからの舞踊や音楽の歴史を持っていたこの土地でムカムのかたちが整えられ、チャガタイ・ハン国の後期には現在に伝わるムカムの基礎の姿ができあがった。

このように現代に伝わるウイグルの伝統文化を花開かせたヤルカンド・ハン国では、初代の君主、サイード・ハン Said Khan（一四八七―一五三三　在位一五一四―一五三三）の治世以降、多くのスーフィーがやってくるようになり、彼と第二代のアブドゥッラシード・ハンはスーフィーの弟子となった。彼らがホージャの教えを受けて帰依した後、ホージャたちは国政にも助言というかたちで関わりを持ち始め、王位継承の争いにも加わるようになった。ホージャというのは中央アジアから南アジアにかけてのイスラム教国で使われていた称号の一つであるが、中央アジアにおいてはナクシュバンディー教団のスーフィーの尊称として用いられていた。

カシュガルで権力を持つようになったカシュガル・ホージャ家では、黒山統（イスハーキーヤ）と白山統（アーファーキーヤ）に分かれ、権力闘争が繰り返されるようになった。ヤルカンド・ハン国の宮廷に大きな影響力を持っていたのは黒山統で、白山統は抗争に敗れ、一六七一年から七二年にかけて東トルキスタンを追放され、青海省の西寧《せいねい》に移り、その地で多くの中国人をイスラム教に改宗させた。

9　サイーディー　Said Khan　一四八七―一五三七（八）（在位一五一四―一五三七（八））

ヤルカンド・ハン国のサイード・ハンは、武力で手にいれたヤルカンドを中心とした領土を得たあと、さらなる領土の拡大を目的として聖戦という旗印を掲げ、インドのラダックやバルチスタン（現在はパキスタンの州）などに合計三度にわたって軍を進めた人物である。それらの土地の住人をイスラム教徒にすることはできなかったが、それでも膨大な戦利品を得ることができた。

このように、近隣諸国を征服するために精力を費やしていたサイード・ハンは、一方でサイーディーというタハッルスで詩を詠む文人でもあった。文化や芸術に造詣が深く多くの詩人や音楽家たちを保護したので、ヤルカンド・ハン国では宮廷文化が花開いた。文化を奨励する宮廷の雰囲気は庶民にも伝わり、この時代にカシュガルは文化交流の中心地となった。各地のムカムチーたちはカシュガルにやってきて交流し、人気のある詩をレパートリーに加えようと学んでいった。

ありがたいこと　私のありさまを　恋人がついに知ってくれた
さあ　恋人の前に出て　恋敵《こいがたき》に自慢してやろう
あのほっそりとした美しい人が　花園に入ってきたら
まっすぐに立っている糸杉も　あの人の下僕《しもべ》になるだろう

あの人は得意げに胸を張り　馬に乗って街を巡る
あの美しいアイヤールに　私は命と心を与えてしまった
友よ　私が嘆き悲しんでいるのを見ても　責めないでくれ
流れる血の涙を　どうしても止めることができないのだ
サイーディーよ　恋人がついにお前の願いを聞き届けてくれた
すべての望みがかなえられたのだ　神に感謝せよ
（一三〇）

アイヤール（Ayyar）とは九世紀以後、イランやイラクなど、イスラム世界の都市を中心に活動した任侠無頼の徒で、最初は富裕者からの略奪、都市の防衛などを行なっていたが、後に政治に関わりを持つほどの影響力を持つ集団を成したものもあった。ここでは「心を奪う者、恋人」の意味で使われている。

10　ラシーディー　Abdurashid khan　一五〇八―一五五九（六〇）　（在位一五三七（八）―一五五九（六〇））

サイード・ハンの長子アブドゥッラシード・ハンは、ラシーディーというタハッルスで詩を詠む、父親同様の文人君主だった。父親の時代と彼の時代はウイグルの宮廷文化が最高に花開いたときである。彼自身音楽の才能があり、ムカムの演奏もしていたと言われている。

神のために　命を賭けて事を為《な》したことはなかった
後悔の水で洗っても　体を清らかにすることはできなかった
ああ　私の祈りを　どうして受け入れてもらえよう
心臓の血で　清めの儀式をしなかったのに
ああ　何たること！　我が人生はこの世の雑事に関わって過ぎた
最後の日のために　ほんのわずかの支度《したく》もできなかった
傷ついた心は死を恐れ　夜ごと憂いに沈んだ
涙を流して祈っても　名誉を得ることはできなかった

ああ　ラシーディーよ「恋に我を忘れた者」とは言うな
恋の戦場で　ただの一度も勇気を示さなかったではないか
（七二）

11　アヤーズィー　Ayazi　十六世紀後半

アヤーズィーはヤルカンド・ハン国の軍人であったことがわかっているが、出自などを示すものは残っていない。一五一〇年、サイード・ハンがアンディジャン（現ウズベキスタンの都市）に行ったときに、流浪の身であったアヤーズィーを召し抱えたと言われている。おそらくサイード・ハンの信頼を勝ち得たのであろう、一五一二年にサイード・ハンに付き従ってアンディジャンに行き、そのあと彼の命令を受けバダフシャン（パミール高原西部にある地域）に行ったことが記録されている。アブドゥッラシード・ハンにカスィーダを贈っていることから、かなり長いあいだ宮廷と関わっていた人物だろうと考えられる。カスィーダのような内容のガザルを詠んでいる。

サーキーよ　春の祭りだ　歓びと楽しみの時がきた
バラ色の酒を満たした酒杯を持ってこい

ジャムシードのごとき王が　花園をそぞろ歩いた
この時代　民《たみ》はみなこの上なく幸せだ　さあ酒を飲め

この世のことは分からぬ　天の巡りは荒れるものだから
知ろうとは思うな　この時をしっかりとつかめ

友と人々といるこの機会を　恵まれた時と思え
歓びの宴《うたげ》を催し　彼らをもてなし楽しくさせよ

この世の朝が来たといって喜ぶな　夜になったといって悲しむな
恋する者は朝から夜まで　恋人の美しい顔と巻き毛を想いつづけよ

世の関わりとは縁を切れ　心を煩わすことからは離れよ
貧しさの中でも　コーカサスの山のように静かにし　安らぎを得よ

名声を追う者はいつも　憂いから逃れることはできぬ
己《おのれ》を解放したいと思うなら　名声を得る望みを捨てよ

私の心に住む鳥は　お前を慕うブルブル　バラのような顔を見せてくれ
その髪を罠にして　私の心の鳥を捕まえてくれ

王の中の王　幸運と栄光を持つアブドゥッラシード・ハンに
エジプト　シリアまで　神が勝利を与えんことを

創造主よ　彼の威厳をいや増し　民《たみ》の力をいや増し
彼の命をさらに長く　その国家を繁栄させたまえ

神よ　時にはアヤーズィーのやつれ果てた顔に目を向け
善人　悪人　すべての者を慈しみ　憐れみたまえ

（二四二―二四四）

コーカサスとは中央アジアにある山脈のことで、古代から妖精が住むと言い伝えられている。
ジャムシード（Jamshid）はゾロアスター教の神話に登場する人物で、『シャー・ナーメ』では七百年間治世を行なった王で、世界の中で起こるあらゆることを映し出す「ジャーメ・ジャムシード（ジャムシードの酒杯）」を持っていたとされる。

タハッルスの「アヤーズィー」はアヤーズ Ayaz（?—一〇五七・八）に由来するものではないかと考えられる。アヤーズはガズナ朝のスルタン・マフムードの寵愛を受け、ペルシャの有名な詩人たちによって詩に詠まれたため後の世にまでその名を知られるようになった人物である。低い身分の出身でそれほどハンサムではなかったが、表情が甘く人を惹きつけるような魅力を持っていたらしい。

スルタン・マフムード Sultan Mas'ud（在位一〇三一—一〇四一）が亡くなったあと後継者となったマスウードが、アヤーズをレイ（Rayy）の知事に任命する話がもちあがったとき、彼は宮廷以外での経験が乏しいから知事職にはふさわしくないと拒否したという話が史書に記録されている。おそらくスルタン・マフムードの威光を背に宮廷内でかなりの力を持っていたものと思われる。レイはテヘランの南に位置していて、当時はガズナ朝の支配下にあった古都である。

ペルシャの詩人サーディー Sa'di（一二一三頃—一二九二）の代表作『果樹園（Bustan）』や『薔薇園（Gulistan）』において、アヤーズィーは「真の愛（神への愛）」の象徴として登場し、聡明な人物でスルタン・マフムードの義兄弟となるにふさわしい人物として描かれている。

ヤルカンド・ハン国のアヤーズィーがペルシャの大詩人サーディーの作品を読んでいないことは考えられないので、自分のタハッルスを付けるときアヤーズのことを念頭に置いていた可能性は大である。アヤーズィーも二人のスルタンに仕えていたのだから、人の心をとらえることのできる魅力的な人物だったのだろう。

12　グムナーム　Muhammad Imin Khojam Quli Oghli　一六三四―一七二四

グムナームについてはほとんどわかっていないが、彼の詠んだ詩から、彼がカシュガルに生まれたということがわかっている。「どうか覚えていてくれ　カシュガルはグムナームの宝の地であったことを、到るところに香り高い草花が茂り　人々を喜ばせ楽しませてくれる」という詩を詠んでいる。

グムナームは十六歳のときにマドラサ(1)に入ってペルシャ語、アラビア語を学び、三十歳になってからホージャ・アーファーク(2)の宮殿に勤め、庭師、灯火係、料理係、そのほかの雑務をしながら詩を詠んでいたとされる。詩人としてはかなり珍しい経歴の持ち主である。

お前の顔を目にするや　狂ってしまった
正気も理性も　無くしてしまった

お前の道で　責められて死んでも
決して引き下がりはしない　私には勇気がある

この世で　名誉を傷つけられた
よいこと悪いこと　すべてが噂となった

お前の赤い唇を求め　憂いて
天国の酒のことなど　思い出しもしなかった

お前のほかに　私の目には何も映らぬ
すべてから逃れ　いまはこれほどの勇者になった

愛の酒が　この体に満ちあふれた
私はサーキー　私は酒　私は酒杯

私は一滴だった　海に沈んだ
貝に入った　真珠の核になった

木の枝は燃えなければ　火にはならぬ
私は愛の火といっしょになった

私は土の中に埋もれた

一粒の種となり　千の種となった

あの人の火で焼かれ　存在がなくなった
命が命に加わった　そしてあの人になった

お前が息をするたびに　その目から千の矢が放たれた
荒地だった私は　温室になった

恋人と離れて　何年も過ぎた
ああ　私はどうなってしまったのか　わからない

「宝庫は賑やかな所には建てぬ」と言うではないか
だから私も賑やかにしていたが　いまはひっそりとしているのだ

グムナームよ　酒を飲みたい者にはだれにでも注いでやれ
いま私はモスクではなく　酒場にいるのだ

（一一三一一一二四）

天国の酒はどれだけ飲んでも頭痛もせず酔うこともなく、心地よい甘さを持っているとされる（コーラン三七章四六—四七）。そのような酒を飲む必要があるのかと、酒の好きな人たちから意見が出そうだ。タハッルスのグムナームには「無名の者、名を失った者、不名誉を被った者」という意味がある。彼の父親はその名前 Khojam Quli からホージャだったであろうことが推測され、グムナームの詩もかなりスーフィー的な内容の濃いものになっているが、それ以上のことはわからない。

註1　マドラサとは、イスラム世界で、アラビア語や神学、法学などの高等教育を授ける学校。

註2　ホージャ・アーファーク Khoja Afaq（一六二五—九四）はカシュガル・ホージャ家の白山統のホージャで、一時期青海省の西寧に追放されたが、カシュガルがジュンガルの軍事的影響下にあったときにカシュガル地域で実権を握った。しかし黒山統との争いの中で殺害された。ジュンガルは十七世紀から十八世紀にかけて現在のジュンガル盆地に遊牧民オイラトが築き上げた遊牧帝国で、天山山脈の北部をめぐって清朝と争っていた。

13　ザリーリー　Muhammad siddiq zalili　十七―十八世紀

ザリーリーはスーフィー詩人で、彼が書いた旅行記から十七世紀後半に生まれ、十八世紀の前半に亡くなったのではないかと推測されている。彼が生まれたころのヤルカンドはカシュガル・ホージャ家の黒山統と白山統の熾烈な権力争いが起こっていた。ザリーリーは何らかの事情でヤルカンドを離れ、長いあいだ各地を転々とし、後半生をホータンで過ごしたとされる。

楽園のようなところには行かぬ　そこに恋人がいなければ
真珠採りは海には潜らぬ　そこに真珠が存在しなければ
産毛《うぶげ》と黒子《ほくろ》を兵士に仕立て　恋人は征服者になった
王に自分の兵士がいなければ　敵を征服することはできぬ
藍色《あいいろ》の空の舞台に星が無ければ
学者たちも　月の巡りを知ることはできぬ
聖人ヒズルやアレクサンダーの苦労が無ければ

「命の水」の伝承も　広く伝わることはなかった

禁欲者よ　傍観するな　賢者たちの熱い議論に加われ
火の中に跳びこまなければ　サマンダルにはなれぬ

長い髪を振り乱した乞食《こじき》を見ても「おい　こら!」と怒ってはならぬ
そこに乞食《こじき》がいなければ　街の飾りは完成しない

アトラスのふとんと枕が無くとも
ナクシュバンディー教団の行者には筵《むしろ》だけでじゅうぶん

ドルドルの上で威風堂々　喚声を上げる獅子《しし》（ハイダル）がいなければ
誰が森の中のエジュデハーを退治できよう

狂気の世界で　ただ一つの国も征服できなければ
ザリーリーよ　いつまでも　さまよいつづけるしかない（四二四—四二五）

第四ベイトにある「命の水」は「不死の水」とも呼ばれ、聖人ヒズルとアレクサンダー大王が見つけようと苦労し、ヒズルは手に入れて永遠の命を得たが、アレクサンダーは手に入れられなかった、という伝承がある。

第五ベイト。サマンダルは火の中を無傷で通り抜け、その冷たさゆえに火を消すことさえあるとされる想像上の動物で、ギリシャ文学からアラブ・イスラムの伝説に採り入れられた。サラマンダとも言われ、各地に伝承が広がり、鳥やトカゲのかたちに似た形状のものが想像されている。火の中で融ける石と言われている地方もある。

第七ベイト。アトラスは矢がすりのような模様が織りこまれている光沢のある美しい絹織物で、ウイグル族やウズベク族の女性たちの衣服に使われる。

第八ベイト。ドルドルは預言者ムハンマドが第四代カリフとなった娘婿のアリーに贈ったとされるラバの名で、ハイダル（Haidar）は第四代カリフのアリーに冠せられる称号で「獅子」という意味がある。これらの単語からザリーリーはシーア派[1]のイスラム教徒であったことがわかる。

エジュデハーは現代ウイグル語では「竜」の意味であるが、一説によるともともとは古代ペルシャ神話やゾロアスター経典に登場する怪物の名で、三つの頭、三つの口、六つの目を持ち、翼があって蛇あるいは竜に似た姿をしており、悪神の部下としてあらゆる悪を為すとされた。

最終ベイトに詠まれているタハッルスのザリーリーには「道に迷った者」という意味があり、狂気の世界（愛の世界）での成功を得ることができない者は、いつまでもさまよいつづけるしかないという意味に掛けて使われている。

註1　シーア派はスンニー派とともにイスラム教を二分する分派で、第四代カリフのアリーまでを正統カリフと認め、それ以降のカリフを認めていない。アリーは預言者ムハンマドのいとこ、そして娘婿にあたり、ムハンマドの血筋であることが必要だと主張して分裂し争った。アリーは六六一年に戦死し、その後シーア派の初代イマームとされた。

14　マシュラブ　Baba Rahim Mashrab　一六五七―一七一一

恋愛詩として誕生したガザルが、社会における幅広い問題を詠むことができる詩に発展したのは、スーフィー詩人たちの力に負うところが大きい。マシュラブもスーフィー詩人の一人で、ウイグルのムカムには数多く彼のガザルが採られている。

繊細な技巧を用いて洗練され、難解になっていった宮廷詩人たちの詠むガザルとは異なり、マシュラブは本来の恋愛詩ガザルが持っている素朴な表現を用いて、神との合一をひたすら願うという詩を詠んだ。

彼の出身地はフェルガナ盆地にあるナマンガンで、彼については『Divana-i Mashrab（マシュラブに狂ったもの）』という本以外には情報源がない。

『Divana-i Mashrab』には、「彼は白山統のホージャ・アーファークに弟子入りしたときから七年間いつも同じ毛皮のコートを着ていて、アヘンに酔った裸の行者として過ごしていた」とか、「土地の支配者が彼に座布団を差し出すと、その上で放尿し、地面で放尿するのは良くない、なぜなら、地面には神が人を創造した土があるからだと言った」等々、数多くの奇行や彼が起こした奇跡が記されている。

また、この本に挿入されているガザルも、おそらく口伝えで広がっているあいだに少しずつ変化していったのではないかと言われている。マシュラブは文字をいっさい書かなかったからだ。

マシュラブと彼につき従う者たちは数々の奇跡を起こしながらメッカに向かう途中、バフルに立ち寄った。このとき住人にお前は誰だと問われ、マシュラブは「アナルハック（ana al-haqq）」と言ったことで大騒ぎとなり、異端と判断され絞首刑になった。

「haqq」というアラビア語には「真実、神」という意味があり、マシュラブが言ったことばが「私は神だ」という意味であると解釈されたことで罪に問われたのである。「アナルハック」と言った人物がマシュラブの前にもう一人いる。マンスール・アル・ハッラージ Mansur al-Hallaj（八五八年頃―九二二年）というバグダッドで神秘主義を学んだスーフィーで、彼は独自の説を唱えて広くインドや中央アジアを布教して回った。そしてバグダッドでの布教活動中に捕らえられ、異端者とみなされ処刑されたのである。

マシュラブが彼を崇拝していたことをうかがわせるガザルがある。マシュラブは「ハッラージのように、私も最期の酒を飲み、まさにそのとき、処刑台のその前で、旋回しながら涙を流すだろう」と、自分の未来を予測しているかのようなガザルを詠んでいる。

マシュラブの詩はムカムチーたちに非常に人気がある。ムカムチーたちは自分たちのことを「我々はアーシク（ashiq）である」と誇りをこめて言っているが、マシュラブは、そのような彼らが最も尊敬するアーシクで、自分たちのレパートリーにマシュラブのガザルを多く採り入れている。アーシクとはもともと「恋する者」という意味であるが、神秘主義では「神への究極の愛を捧げる者」という意味で使われる。
マシュラブは教訓的な詩をいっさい詠んでいない。ひたすら自分と神との関係を、率直なことばで詠んでいる。このことが、ムカムチーと聴衆に受け入れられた理由であろう。スーフィー詩人が詠んだガザルでは恋人は「神」なのだが、聴衆は文字通りに、自分の恋人は命を捧げるに値するほどのすばらしい人である、と解釈することも可能なのである。

愛の火で　この身を焼こうとやって来た
月のような　お前の顔を見ようとやって来た

お前の美しい髪が　私の頭を狂わせた
お前に治してもらおうとやってきた

真珠取りになって　お前の海に潜り
一粒の真珠を得るためにやってきた

花のように美しい人よ　なぜ来たかと問われれば
答えよう　お前の美にとらわれ己を失うためにやって来た

お前の美しさを目にして以来　自分を失った
マジュヌーンのように　狂いたいと思ってやってきた
サーキーよ　酒杯を用意してくれ
唯一の酒を飲むために　やって来た

（一六－一七）

「マジュヌーン」について、少し説明しておこう。アラブ社会に広く伝わっていた物語がある。カイスという名の青年が美しいライラに魅かれ、激しく想いを寄せるようになる。しかしライラの家族に仲を裂かれ狂ってしまい、人々から「マジュヌーン（狂った人）」と呼ばれるようになり、荒野をさまよい歩き、亡くなってしまう。ライラは別の男性と結婚させられるが、彼女もカイスを忘れられず、病に陥って亡くなってしまう。八世紀に実在していた人物がモデルになっていると言われているこのアラブの伝承の物語は、ペルシャ詩人のニザーミーによって『ライラとマジュヌーン』として詠まれたことで、南アジアや中央アジアでも広く知られるようになった。

マシュラブはひたすら恋人である神を求めつづけ、その結果として命を落としてしまったのだから、青年カイスと同じような「マジュヌーン」であったことは間違いない。

白山統のホージャ・アーファークがカシュガルの統治者に据えられてからも、ヤルカンド・ハン国では君主が立てられ、名目上の王国を保っていた。しかし次々と白山統の手の者によって殺害され、最後には母方が王家の血筋を引くというホージャ・アーファークの孫にあたるアフマドが君主となった。

ところが、ジュンガルによってイリに幽閉されていた黒山統のホージャ・ダーニヤールが一七二〇年に帰還を許され、ホージャ・アーファークと同じ条件を受け入れることで再び統治者の椅子に座ることになると、当然のことながら白山統との争いは激化した。

ホージャ・ダーニヤールが亡くなるまえに息子ホージャ・ジャハーン（＝ヤークーブ）（一六八五—一七五六）と孫のホージャ・シッディーク（一七一四—一七五六）も幽閉が解かれヤルカンドに戻ってきた。そして彼らは以前のように支配を続けたが、白山統との権力闘争は止むことがなかった。結局、一七五六年、争いの渦の中で二人とも命を落とした。

15　アルシー　Khoja Jahan (Yaqub) Arshi　一六八五—一七五六

「アルシー（玉座・天空の意）」というのはホージャ・ダーニヤールの息子ホージャ・ジャハーン（＝ヤークーブ）のタハッルスである。ジュンガルによってイリに幽閉されていた黒山統ホージャ・ダーニヤールの一族は、聖職者であることから、かなり優遇されていたと言われている。

イスラムの教えを説くホージャたちは権力闘争をしつつ、その間を縫って詩を詠み詩集を編んでいたのである。バーブルが首の塔を建てながら詩を詠み、ヤルカンド・ハン国の王が聖戦という名で領土拡大のための戦争を行ないながら詩を詠んでいたのと状況は似ている。

弱った私の心は　別離の悲しみに嘆きの声を上げる
神よ　あの美しい人を　わざと私から引き離されたのではないのか
長いこと　無慈悲なあの人の手の中で　苦しめられてきた
それなのに　最後にあの人は　悲しみに満ちた私の灰を空に振り撒いた
胸の血が　やつれた私の顔を夕焼けの色にしたのを見た人は
春のチューリップの花園に来たのだと　思うだろう

この世で　私に呼吸できる時が残っているのだろうか
この世で　信頼に足るものを　私は見たことがないから

お前の顔を見せてくれ　不安な心がさらに乱れてしまう
バラがベールに包まれたままで　ブルブルがどうして安らぎをえられよう

ああ　サーキーよ　お前の唇の酒を求めて　どれほど深く傷ついたことか
微笑《ほほえ》みの酒杯を満たし　酔いの苦痛から救ってくれ

ああ　恋人よ　いつまで美しさを隠して　私を悲しませる
お前に会いたいと望みつづけるこの心を　満足させてくれ

胸の傷から悲しみの血が流れ出るのは　何と嬉しいこと
あの薄情な恋人が　チューリップの花園だと喜んでくれるかもしれぬ

アルシーよ　己を捨てずしてあの人に逢うことはかなわぬ

ならば枯れた木の葉のように　おのれのすべてを壊そうではないか

（四三―四四）

16　フトゥーヒー　Khoja Siddiq Futuhi　一七一四―一七五六

「フトゥーヒー（勝利者）」はホージャ・ダーニヤールの孫、ホージャ・シッディークのタハッルスである。祖父とともにイリへ行ったとき二歳の幼児だったフトゥーヒーは、十八歳になるまでイリで過ごし、この間に父親ホージャ・ジャハーンから詩作の手ほどきを受けた。幽閉が解かれヤルカンドに戻ってきた父親を補佐してヤルカンド・ハン国を統治するが、最後には父親ともども権力争いの中で命を落とした。

お前を探して長い年月　家から家を尋ね歩いた
狂気の荒野で　マジュヌーンのように正気を失った
別れの夜にお前を想って漏れ出るのは　燃えるようなためいき
あれは星ではない　天にまき散らした私のためいきの火花

銀のように美しく輝く白い肌をした人は　馬に乗ってあちらこちらに現われる
私は水銀のように後を歩きまわって　疲れはてた

禁欲者よ　黄色くやつれたこの顔と　血のように赤い涙を見て笑うな
私は恋人のために　いつも赤いルビーと黄金を撒き散らしているのだ

空にあるのは夕焼けではない　私の太陽が暗幕の中に入ったので
溜息と共に目から流れ出た私の血の涙が　あたりを染めたのだ

お前の唇にはいつも微笑《ほほえ》みが浮かんでいたのに
いつのことだったろう　眉がしかめられているのを見た

お前の目はまつげの矢を放った　くちびるが私を殺した
だから私の墓のところには　甘いさとうきびが生えたのだ

私の心臓は裂かれ　胸には無数のとげが刺さった
私のことを見てはくれず　お前があちらこちらに視線を向けたから

あのすらりとした美しい人の姿を　草原で目にするや
雉鳩《きじばと》も糸杉も　自分を恥じて花びらのように体を震わせる
ああ　王よ　お前の下僕《しもべ》フトウーヒーに　情けをかけてくれ
オウムのように　私の心に甘い言葉をふりまいてくれ

（三二二三—三二二四）

第三ベイトにある水銀は、常温で液体である唯一の金属で、そのままでは球体を作り不安定に転げまわることから、詩では不安定の象徴として用いられる。

17　フベイダ　Khoja Nazar ibn Ghaib Chimiyani Huvaida　十八世紀

フベイダはフェルガナで生まれたスーフィー詩人である。マシュラブと比べると穏健なスーフィー詩人だったようである。

秘密を共有する友以外に　秘密を打ち明けてはならぬ

痛みを共有する友以外に　痛みを知らぬ者たちに　痛みを訴えてはならぬ
道がどれほど狭くても　優れた者と共に行け
卑しい者とは行くな　旅の道連れは特に大事なもの
富を手にしているとき　知人や親せきは集まってくるもの
病の床にあるときにやってくる者は　彼らとは違う特別のもの
「ああ！」とだれでもため息をつくが　心の底から悲しむ者は少ない
心を焦がして苦しむ者の涙は　彼らの流す涙とは別のもの
フベイダよ　恋人だと思って不実な人に心を与えるな
この世でもあの世でも　誠実な黒い眉の美女は　特別のもの
（一四―一五）
美しい人から受けた痛みを　書きしるすことはできぬ
あの人の秘密を　ものを知らぬ者たちに説明はできぬ

別れの悲しみの短剣は　心臓を千々《ちぢ》に切り裂いた
この心臓の傷を　痛みを知らぬ者たちに見せることはできぬ

「空の星の数を数えあげることはできる」と言うが
私の心の傷の数を　数えあげることはできぬ

鍋の下で火が燃えていなければ　水が沸くことはない
苦痛の火で胸が焼けていなければ　瞳から涙がこぼれることはない

フベイダよ　あらゆることは　苦労なしには手に入らぬ
苦労を引き受けなければ　あの人との逢瀬《おうせ》がかなうことはない

（二八六―二八七）

18　カランダル　Qarandar　一七四?—一八三?

カランダルについて知るためには、彼が遺した詩集の中から推察するしかない。本名も職業もわからない。詩集からわかるのは、彼が現在のアフガニスタン北部の都市クンドゥズで生まれホータンにやってきて、ホータンで生涯を閉じたということだけである。

私に何の罪がある　不公平な天よ
石弓で弾を打つように　私を花園のようなクンドゥズからホータンに飛ばすとは

「カランダル」というタハッルスを用いていることから、おそらく自分が終生落ち着く先を持つことのできない身であることを知っていたのだろう。カランダルとは髪やひげを剃り落とし、家族や財産を捨て、諸国を托鉢して巡り歩いていた修行者で、十三世紀にはカランダルの名を冠した神秘主義教団が設立されている。カランダルという単語は時代が下ると「物乞い」という意味でも使われるようになった。

カランダルはガザルの中で、「いったい私に何の罪がある」と何回も叫んでいる。ガザルには不似合いな、「私の目的は白いナイフを刺して赤いナイフを取り出すこと。見ているがいい、恋敵の首が切り落とされたら、もう一度這い上がる。」という生々しい句が含まれていることから、カランダルと彼の愛する者のあいだに権力を持つ第三者が介入し、何かの口実でぬれぎぬを着せられ、故郷にいられなくなったのではないか、と大胆な想像力を働かせている研究者もいる。ガザルでは冷酷な恋人の前で「私は死んでもかまわない」や「いっそのこと殺してくれ」というような表現は常套句として使われるが、実際の殺人を示す直接的な表現はほとんど見られない。

恋人に直接自分の恋心を打ち明けるのは、今も昔も難しいものである。詩という仮想恋愛の中で詩人たちは恋心をさらしていた。マジュヌーンとなる前の青年カイスは、詩に書いたライラへの恋心が公けになったことで、ライラの家族から娘の不名誉になるとして別れさせられた。十九世紀の東トルキスタンでも、男女の恋愛に対しての社会通念は「ライラとマジュヌーン」の時代とあまり変わってはいなかっただろう。

そのことを考えると、現代人にとってはことば遊びのようにも映るガザルの誇張された表現が、かえって痛々しく感じられる。

この世で　お前ほどの　月のような美しさを持つ人を見たことがない
甘く響くその言葉　気まぐれで奔放な　バラの花にも似た心惹きつける人
この世で　栄光ある玉座に座る者は　お前のほかにない
人を傷つけ苛《さいな》む　お前のような残酷な者を見た者は　私の他にない
あの人はなぜ　私を悪人だといって避けるのか

創造主でさえ　花園のバラに棘《とげ》を添えられたではないか
ああ　この世の妖精よ　お前の価値には　はるかに及ばない私は
お前のような恋人を頭上に戴《いただ》けば　つり合いがとれるのではないか
そんな思わせぶりな態度を　いつまで私に見せているのか
その赤い唇で　お前の下僕《しもべ》に優しい言葉をひとことでいい　かけてくれ
お前がイスラム教徒であれば　物乞い（カランダル）には優しくするものだ
この哀れな者の命を　残酷な仕打ちで奪わないでくれ
カランダルよ　あの人を恋人にしたいのなら　昼も夜も悲嘆の声を上げ
ブルブルのように　あのバラのような美しい人を賛美せよ　（七―八）

十八世紀の半《なか》ばを過ぎると、東トルキスタンに激動の時代が訪れた。一七五九年に清はそれまで天山山脈の

北部を巡って争っていたジュンガルに勝ち、東トルキスタン全土を支配するに至り、この時から東トルキスタンの地は「新疆」と呼ばれるようになった。

清は「新疆」と名付けた東トルキスタンの民事・行政を担当させるために、中央政府から直接派遣された漢族の文官が統治する州県制、部族集団の長に王や公といった爵位を与えて統治させるジャサク制、ベグが統治するベグ官制を施行していた。カシュガルにはベグ官制が敷かれていた。ベグとはもともとは部族長、貴族の称号だったが、ベグ官制の時代には清朝政府から与えられる官位となった。ベグには複数の等級がありその最高位にあるのがハキム・ベグで、もともとその地方の有力者だった人物がハキム・ベグに任命されたが、後にはそれにはこだわらず、よその土地から来た人物でもハキム・ベグとして任用されるようになった。

ハキム・ベグは君主のような小宮廷を営み、モスクや聖者廟の修復、マドラサの建設のためにワクフ(寄進財産)を設定した。また文化活動のパトロンの役割も果たした。ハキム・ベグたちの援助によって多くの古典の作品がチャガタイ語に翻訳された。

19　ニザーリー　Abdurehim Nizari　一七七〇(六)―一八四八(五〇)

カシュガルの染め物職人の家に生まれたニザーリーは、マドラサでアラビア書道、アラビア語、ペルシャ語を学んだあと、一時期は代書屋の仕事で生計を立てていたが、その後マドラサの教師となった。彼はマドラサでナワーイーの詩だけを教える特別講座を開いていたほどナワーイーに深く傾倒していた。そして六十歳を超えたとき、カシュガルのハキム・ベグに請われて宮廷に勤めることになった。ハキム・ベグが自分の計画している文化事業の統括に彼をあたらせることにしたのである。ニザーリーの詩人としての評判や豊かな学識が見込まれてのことだろう。

詩人や歴史家、学者、画家、書道家が集められ、彼らの手で十年をかけて合計二十五のダスタンが書物として整えられた。その中にはアラビア語やペルシャ語から翻訳されたものだけでなく、民間伝承の物語をもとに、平易なことばで書かれたものも含まれている。

宮廷での勤務中に病に倒れたニザーリーは一八四三年に職を辞して旅に出る。かつてハキム・ベグに随行して訪れたことのあるトルファンのルクチュンに行き数年間を過ごした。裕福ではない暮らしぶりだったという。そしてオシュ、コーカンド、ブハラ、シャメイなど中央アジアを旅して一八四六(一八四七)年にカシュガルに戻ってきたが、晩年は脳卒中にかかって半身不随となり、苦しい生活を強いられたと伝えられている。妻帯はしていない。彼が詠んだガザルの中の恋人は、ひょっとしたら実在の人物だったのかもしれない。

恋人の花園で　懸命《けんめい》に自分の「心」を捜したが探し出せなかった
私の「心」は　恋人と共に去っていってしまった

ああ　どうしたらいい　命と体が残され「心」は行ってしまった
私のように失意の底に落ちた者が　ほかにいるだろうか

別れの悲しみの剣が　体にいくつもの傷を付けたから
目から血の涙を流し　傷口の血を血で洗い流すのだ

愛の荒野で　私は竜巻のようにぐるぐると回りながら
妬《ねた》みで目まいを起こした天輪と　旋回の技を競いつづける

私の頭は　雨のように降ってくる謂《いわ》れ無き非難の矢の的になった
この雨の中　頭を上げて己《おのれ》を保ちつづけるのは困難だ

ああ　悲しみの渦巻きが　私の体を飲み込んだ
この嵐の中　無事でいられる者がいるだろうか

命と心が　お前の髪留《かみど》めに留められてしまった
命はいつも叫び声をあげ　捕らえられた鳥のように心臓がばたばたとしている
私のような哀れな狂人を　一目でも見てくれたなら
恋人が憐れに思い「いらっしゃい」と迎えてくれるかもしれぬ　（一六七一―一六八）

20　ムッラー・ビラール　Mulla Bilal Nazim bin Mulla Yusuf　一八二四―一八九九

ムッラー・ビラールがマスナヴィーの詩型を用いて書いたダスタン「中国における戦いの記 Ktâb-i Gazât der Mülk-i Çin」[1]は古典詩の最終期を代表する作品である。チャガタイ語を用いマスナヴィーの形式で書かれている。彼のチャガタイ語には現代ウイグル語の発音で書かれたものが混じっていて、「チャガタイ語を模したものだ」とも評されてはいるが、本書ではこの作品までをウイグルの古典詩に加えることにする。

ムッラー・ビラールはイリの靴職人の貧しい家に生まれた。父親は読み書きのできる人物だったが、彼が幼少のころに亡くなり、一家は困窮を極めた。だが彼の聡明さを見抜いた近くのモスクのイマームの支援を受けて彼はマドラサで教育を受け、アラビア語やペルシャ語を習得し、ペルシャ文学に親しんだ。後に彼自身がイリ市内のマドラサのイマームとなった。「ムッラー」とはイスラムの知識を持った人物やイスラム法学者を指すことばであったが、後に学識のある人物に対する尊称となった。「イマーム」は宗教指導者という意味で、モスクでの礼拝を指揮することができる。

ムッラー・ビラールの生きた時代、東トルキスタン全土が歴史の大きな嵐の渦の中に巻き込まれていた。彼が書いたダスタン「中国における戦いの記」は一八六四年から一八七一年の間、イリ地方で起こったイスラム教徒の民族蜂起時の状況を記録したもので、彼自身も一八六四年から一八六七年にかけて起こった蜂起に加わり、実際に武器を持って戦っている。

どうして彼らは武器を持って蜂起しなければならなかったのか。

まず、東トルキスタンが激しい動乱の舞台になった原因の一つに、清朝による統治の崩壊が挙げられる。十九世紀になって対外政策において莫大な費用がかかるようになると、中央政府からの経済的な支援が途絶えてしまったことにより、新疆政府は歳入を増やすために、ウイグル人やそのほかの少数民族の人々に対して、もともとの租税に上乗せするかたちで人頭税や塩税を課し、鉱山の開発や水路をつくる労役も割り当て、多大な苦痛を強いた。

漢族だけでなくウイグル人の官吏たちのあいだにも腐敗が横行し、官職を金で買うことが行なわれ、官職を買ったものは出費を取り戻すために、いろいろな名目で民衆を搾取した。このような状況の中にあって人々は彼らに対して深い恨みを抱くようになっていた。

「中国における戦いの記」の導入部に次のように書かれている。

乾隆《けんりゅう》という王の時代になった
イリにたくさん移住者が来た

クチャ、アクス、シャヤール、バイから
ヤルカンド、カシュガル、ホータンから

たくさんの人間がイリに来た
土地を耕し　住み着いた

その時からいままで百数年
ずっと王たちに仕えてきた

異教徒たちはムスリムを圧迫し
大麦、小麦、トウモロコシと金貨を取った
異教徒たちの圧政は限度を超えた
民衆は中国人からひどい目に遭わされた

絶え間なく金銀を金持ちから取りあげた
金持ちは貧乏人から取りあげた

兵隊たちから何度もムチ打たれ
貧乏人は死ぬほうがましだと思った

中国人はこのとき圧政を敷き
人の子を売って　金を得ていた

異教徒たちの残虐な行為に耐えられず
民衆はムチ打たれるのに耐えられず
収入を得るために良い息子を売った
命より大事な　愛しい我が子を

中国人の圧政に耐えられず

どうしようもなくなって　ついに立ち上がった

(Naciye Karahan Kök, *Ktâb-i Gazât der Mülk-i Çin*, p. 168.)

十七世紀中ごろイリ地方を支配していたジュンガルはウイグル人をイリ地方に強制移住させて農耕に従事させていた。ジュンガルを滅ぼした清朝の乾隆帝《けんりゅう》（一七三五―一七九六）もこれを受け継ぎ、駐屯する軍隊や官吏の食料供給の目的で、一七六〇年からウイグル人の強制移住をはじめた。彼らの子孫は「タランチ」と呼ばれている。十九世紀には五万人を超えたが、圧制に耐えかねてロシア領に逃亡した者も多かった。

異教徒とは中国人のことで、彼らはウイグル人の金持ちから金を取りあげていたが、ウイグル人の金持ちも同じウイグル人から搾取しているという姿を、ムッラー・ビラールは見逃してはいなかった。そのようなウイグル人も彼にとってはイスラムの教えに反する行為を行なう不信心者で、戦う相手と映ったのだろう。「gazat」はイスラムの信仰のために行なわれる戦いのことをいう。

このようなイリの状況を見たロシアが領土拡大をもくろんで軍事侵攻し、イリを占領下においた。清はロシアに抗議し撤退を申し入れたが、ロシアは応じなかった。最終的に、一八八一年にロシアと清のあいだに「イリ条約」が締結され、現カザフスタン、アルマトイ州にあるホルゴス河から西側の土地がロシアに割譲されることになり、ロシアの開拓地にイリのウイグル人が強制移住させられることになった。

イリ条約が締結されたあと、清は蜂起軍との戦いで捕虜にした人々を殺害し、蜂起に関与した人々に対しての残虐な報復を開始した。ムッラー・ビラールもこのような状況の中、移住を余儀なくされ、一八九五年にセミレチェ州へ移住した。そして七十歳のときに失明し、一八九九年、ジャルケント（現カザフスタン・パンフィーロフ地区）で亡くなった。

ムッラー・ビラールは「中国における戦いの記」のほかにも、ホージャを自称する男が起こした詐欺事件を主題として一八八一年に風刺詩「チャンモザ・ユスフハン *Chanmoza Yusufhan*」[2]を書いた。また清の兵士に捕らえられ処刑された実在の女性ノズグムを英雄として讃えた「ノズグム *Nozgum*（一八八二）」の中のいくつかの詩は、民謡のようになって長いあいだ歌われていた。

彼が詩を詠みはじめたのは一八四〇年代で、初期のガザルは口語が多用されていたのでわかりやすく人気が出て口から口へと伝えられた。彼自身がこの状況を喜び、これらのガザルを集めて一八五二年に『ガザル詩集』を出した。これは実際に好意を持っていたレナハン・アッパクという名の女性に贈られたと言われているが、真偽のほどはわからない。

しかし、このような話が伝わっていることから考えると、彼がガザルに詠みこんだ美女は想像上の人物ではなく、実在していた人物ではないかと考えられる。いつ詠まれたのか時期はわからないが、ガザルが数篇伝えられている。その中の一つを紹介しておこう。

ああ　優雅な人よ　私の望みを聞いてくれ
私を憐れと思い　救いの手を差し伸べてくれ

お前はフマー　私はお前を求める乞食
私の頭に　幸運の覆いをかけてくれ

受けた苦痛はすでに忍耐の限りを超えたのに
耳にするのはいつも　世の人の非難の声だけ

私を狂気の世界に引き込もうとして
この冷酷な運命が　頭上に不運の雨を降らせた

あの不実な人は戯《たわむ》れを続け
哀れな私の心を　ずたずたにした

ああ　貧しきビラールよ　祈れ
生きてさえいれば　あの人に逢うこともあるだろうから

（六五―六六）

フマーというのは想像上の鳥で、この鳥が頭上にとまると幸せになるとされている。かつて宮廷詩人たちがその技巧を競い合い、社交の道具として使ったガザルの姿はここにはなく、もともとの「愛の詩」としての役割を果たすためによみがえってきたように思われる。彼は貧しい家に生まれ、父親を早くになくして苦労して生きてきた。「生きてさえいれば　あの人に逢うこともあるだろうから」という一行には、彼の偽らざる気持ちが凝縮されているようである。

註1　「中国における戦いの記」は一八八〇年、一八八一年にロシアの東洋学者N・パントソフ Nikolay Pantusov（一八四九―一九〇九）によってカザン（現在のタタルスタンの首都）で出版された。

註2　チャンモザ・ユスフハンのチャンモザとは中国語の「長（chang）帽子（maozi）」のウイグル語読みで、クラウンの部分が高くなっているカルパクという男性用の帽子のことを指す。

第五章

現代詩への扉を開けた詩人たち

ئۇيغۇر
شېئىرىيىتى
تارىخى

一九一一年、中国では辛亥革命《しんがいかくめい》が起こり、翌年、中華民国が成立した。皇帝が絶対的な権力を持っていた清朝は崩壊し「民《たみ》の国」の誕生にウイグル人や東トルキスタンに住む少数民族の人々は自分たちの未来が希望に満ちたものになるだろうと期待をふくらませた。しかし、現実はそうはならなかった。清朝時代から地方長官として権力を握っていた楊増新《ようぞうしん》(一八六四—一九二八)はそのまま最高権力者の椅子に座りつづけ、事実上の独裁政治を行なっていた。

このような時代、クムル地方では依然として民衆が、クムル王家のシャー・マフストSha Makhsut(在位一八八二—一九三〇)の圧政に苦しめられていた。クムル王家は清とジュンガルとの領土争いで清のために働いた功績を認められ、世襲の統治権を与えられていたのである。クムルの民衆は圧政に耐えられず、トゥムル・ハリペTomur Khalpe(?—一九一三)に率いられ、一九一二年に武装して立ち上がった。この戦いは、一度は勝利したかに見えたが、シャー・マフストの支援要請を受けた楊増新《ようぞうしん》の巧みな策略によって失敗に終わり、トゥムル・ハリペは捕らえられ処刑された。

楊増新《ようぞうしん》は外来の宗教勢力が入ってくることを恐れ、イスラム教徒への干渉を控えていた。しかし、彼が一九二八年に外交署長であった樊耀南《はんようなん》(一八七九—一九二八)に暗殺されると、その跡を継いだ金樹仁《きんじゅじん》(一八七九—一九四一)は正反対の政策を打ち出し、クムル王家を廃止すると宣告した。かつてクムル王家に対して反乱を起こした人々は、今度は王家と手を組むかたちで政府軍に対抗するために立ち上がったのである。

一九三一年、クムルの民衆が武器を持って蜂起したとき、これに触発されてトルファンやホータンなどの地方でも民衆が立ち上がった。一九三二年にはトルファンで民衆軍が一時一帯を掌握するが、ロシア白軍の残党が含まれる盛世才《せいしさい》(一八九七―一九七〇)率いる政府軍に敗北した。民衆軍のリーダーの一人であった詩人アブドゥハリク・ウイグルはこのとき捕らえられ、盛世才《せいしさい》によって処刑された。

一 アブドゥハリク・ウイグル Abdukhaliq Uyghur 一九〇一―一九三三

十九世紀末から二十世紀初頭にかけて、ロシアや中央アジアではムスリム知識人による改革運動が行なわれ、その運動の一つに、それまでマドラサが担ってきたイスラム教徒の子弟の教育を、新しい方式を採り入れた近代的な学校での教育に移行させようという取り組みがあった。この運動は「新しい」を意味するアラビア語のジャディード(jadid)ということばを冠してジャディード運動と呼ばれるようになった。

新式の学校には黒板や机が置かれ、教科書が用意され、算数や民族語の授業が行なわれ、イスラムに関する基本的な知識も教えられた。ジャディード運動により識字率の向上がはかられ、新聞や雑誌の出版も広がっていった。向学心に燃えた優秀な少年たちが新しくつくられた学校に集まり、彼らはやがて民族の改革運動を担う若きリーダーとして巣立っていった。

アブドゥハリク・ウイグルは、このジャディード運動に積極的に関わりを持った詩人の一人である。彼は一九〇一年、トルファンの裕福な貿易商の家の長男として生まれた。幼い時から優秀で学業成績も抜群だった彼を、家族は跡継ぎにするために新しい教育を受けさせようと、モスクワの東方勤労者共産大学(1)に留学させた。

ところが、帰国したアブドゥハリク・ウイグルは家族の期待を裏切り家業を継がず、社会改革のための啓蒙活動に没頭しはじめたのである。家族は最初のうちは驚いたものの、彼の意志を尊重し、彼がウイグル人の子弟のために私塾のような学校を開こうと奔走したときには資金援助まで行なっている。もともと学問と文学を好む家庭であり、彼の家は多くの学者や詩人が集まるサロンのようになっていて、ときどきは彼も大人の中に混じって詩を聴いたりしていたのである。彼が学問や詩作に興味を持ったのは、このような家庭環境があったからであろう。

アブドゥハリク・ウイグルは「現代詩への扉を開け、意識的に自分を現代詩の世界へ踏みこませた詩人」だと言える。あるとき父親が彼の書いたガザルを偶然目にして、アルーズによる韻律が合っていないことを指摘した。すると彼は「そんなことを考えて作っていたら詩の中身が弱くなってしまう（Khevir Tomur, Baldur oyghanghan adem, p.10.）」と即座に反論したのである。

韻律に従って詩作することで成り立つガザルで韻律を否定したら、それは厳密な意味においてガザルではなくなる。しかし彼は韻律に従うことよりも、自分の書きたいことを自由に書くことを優先した。彼の詩はこのときから、外観は古典詩の姿をしているが、内容的にはすでに現代詩に変化したものだったと言うことができるだろう。

アブドゥハリク・ウイグルの本名はアブドゥハリク・アブドゥラフマン（Abdukhaliq Abdurakhman）という。アブドゥラフマンは父親の名前である。「ウイグル」というのはタハッルスで、彼がウイグルという民族名をタハッルスにしたのには理由がある。アラビア語でタハッルスには「避難する、身を隠す、自由になる」という意味があり、もともとは詩人が自分の素性を隠すために使いはじめたのではないかという説がある。ガザルが誕生した初期のころにはタハッルスを詠みこむという規則はなかったが、後になって最後のベイトにタハッルスを詠みこむのが一般的になり、掛け言葉として、あるいは自分自身への呼びかけというかたちをとって、詩のテーマを強調するために用いられるようになった。

アブドゥハリク・ウイグルは、自分がウイグル人の団結と発展を望んでいるという明確な意志を示すために、ウイグルをタハッルスにすることを選択したのである。二十世紀初頭の東トルキスタンにおいて、人々は同じことばを話していても、自分たちの民族名称を持っていない状況にあった。居住している地域の名をとってカシュガル人やホータン人と自称していた。一九二一年に当時のソ連領であった中央アジアで、そして一九三五年には新疆で民族名称として「ウイグル」が採用されても、多くの人々は「自分たちはウイグル人だ」という民族意識を持つには至っていなかった。このような状況のままではウイグル人の置かれている状況が改善しないことを、知識人たちは強く感じ、民族意識の高揚を目ざしていたのである。

アブドゥハリク・ウイグルが「ウイグル」をタハッルスとして詠んだガザルがある。これには「春をつくれ」というタイトルが付けられている。ガザルでは題名は付けられないのが一般的なのだが、彼の詠んだガザルにはすべてタイトルが付けられている。これも、自分が古典詩から現代詩の世界へ入っていくことを意識していたことの現われなのかもしれない。(翻訳に用いた原文テキストは Abdukhaliq Uyghur, *Achil*, 2008. から採ったもので、ページ番号を記しておく。)

春をつくれ

恋人は来なかった　心は憂いに沈み　嘆きの声をあげた
喜びはすべて失われ　想いは千々《ちぢ》に乱れた

一人で待った　日が暮れるまで一人で待った
どちらからやってくるかと　ただ待ちつづけた

ああ　夜でもいいから　あの人が来てくれたらと願った
ひとこと　時間の約束をしてほしかった

「待っていろよ」と心に言い聞かせ　落ち着くことができたのに
望みを抱いて　心静かに過ごすことができたのに

いつのことだったろう　恋人は宮殿に入ったきり　出てこなかった
憐れみの心を　私に示してくれることはなかった

恋人よ　お前の宮殿の前に行くことはかなわぬ
何匹ものエジュデハーが　見張りに立っているから

はるかかなたから眺めても　徒労に終わった
お前は楼閣にさえ　姿を現わすことがなかった

不実な恋人に期待などするな　とは言うが
我知らず　あの人への想いはますます募っていった

あの人のほか　私が心を寄せるものは何もない
憂いを分かち合ってくれる道連れも　今はない

あの人と離れていても　いつも心はあの人に夢中になったまま
そうでなければ　どうして心が生きていけよう

あの人が　私のことを覚えているかどうかは分からない
覚えていても「見知らぬ人」と　思い込もうとしているのかもしれぬ

自分のことが分からない　あの人のことも分からない
私は不安と疑いの中で過ごすのが癖になった

お願いだ　その美しさを見せてくれ　隠れないでくれ
見捨てないでくれ　軽んじないでくれ　私のことを気にかけてくれ

望むのはただひとつ　一目でいい　あの美しい人が私を見てくれること
私の勇気の価値が　恋の市場で少しは見直されることだろう

この世のいじめを受けて　ああ　ウイグルの何たる窮状よ
冬が来て凍りつかぬよう　一刻も早く春をつくれ

（三八―三九）

冷たい恋人に切々と愛を訴えるという典型的な内容のガザルであるが、ここで詠まれている恋人が何を意味しているかはタハッルスにウイグルを使っていることから明らかである。アブドゥハリク・ウイグルのやろうとしていることに理解を示す者もいたが、反対者も多かった。彼が作った新式学校が、自分たちの利益が損なわれると考えた保守的な宗教関係者の手によって壊されるという事件が起こった。彼は実際に、この世のいじめを受けていたのである。

アブドゥハリク・ウイグルが捕らえられたとき、獄舎の中で書いたガザルがある。彼のために親友の一人が二日に一度、手伝いの少年に頼んで食事を差し入れていた。ある日、少年の帰りが遅かったので心配していたとき、やっと彼が帰ってきた。何があったのかと聞くと、「何もない、お皿が戻ってくるのが遅かったので待っていたのだ」と答えた。

何かを感じたその親友は皿を包んでいる布を開いた。皿の中には子羊の後ろ脚の骨が入っていた。骨は髄がきれいに吸われていて、骨の空洞を見ると小さな紙が入っていた。幾重にもたたまれたその紙に一篇のガザルが書かれていた。

アブドゥハリク・ウイグルは詩が浮かんできたときに書きとめることができるように、常にペンとノートを身につけていた。このとき捕らえられた者は数百人にのぼる。身体検査などする間もなく牢獄に投げ入れられたのだろう。自分自身を鼓舞しながらも、牢獄にいる不安な心、交錯する思考が正直に吐露されている。

憂い ―――――

目を閉じていても　眠っているのか起きているのか分からない

目を開けていても　暗いのか明るいのか分からない
踏んでいるこの地面が　滑りやすいのか
立っているのか座っているのか　自分自身が少しも分からない

私は無実だ　何の悪事もしていない
私は彼らにとって　生えてきたら引き抜かれる雑草なのか

歴史上　名誉を与えられた我らの名はウイグル
彼らにはこの名はふさわしくない　彼らはまともではない

彼らは山ほどの侮辱のことばを投げかけた
彼らが言っていることがわからない　これは冗談ではないのか

我らを纏頭《チエントウ》と呼び　動物と同じ列に置いた
耐える力はもう残されてはいない　我らにとって人生とはそんなものか

こん棒や斧や銃を手に取って　我らは偉大な戦いを始めたではないか
黒い山を乗り越えるぞと　戦ったではないか

クムルから始まった戦いの知らせを聞いて喜んで
温かい寝床を捨てて　立ち上がったではないか

私は旅に出るが　友よ　私の身をあれこれ案じないでくれ
食べ物もなく長い道を行くが　でこぼこ道なのか　ぬかるんでいるのかわからない

前方の敵から　逃げはしないぞ
だがこの重大な状況で　隷属から逃れられるだろうか

敵におとなしく従う者は多い　従順は一種の無知だ
なぜ無知のままでいることができるのか　わからない

理性はばらばらになり　考えはまとまらず　空想が頭を占める
そんなこと　あんなことを受け入れられるのか　静かにしていられるのか

なぜ私は震えているのだ　胸に痛みがあるからなのか
焦げ跡が痛いからか　奴隷根性があるからか　臆病な心があるからか

私の舌は　甘さとにがさを区別できない
この飲み物は酸っぱいのか塩からいのか　渋いのか

ため息をついてはいられない　叫び声を上げるのだ
口から出ることばよ　炎となって天に届け　そうすれば痛みが和らぐだろうか

真っ暗闇の中の　長い夜　生あるものは休んでいる
苦痛を感じているのか　無事でいるのか　どうなっているのか分からない

立ち上がって歩こうとしても歩けない　これは何という現象
踏んでいるこの地面は　危険な断崖なのか　わからない

いまこの瞬間　憂いと悩みを語り合える友は　ああ　どこにいる

哀れなウイグルよ　己《おのれ》を奴隷の状態にしたままでいられるのか

（一一二―一一三）

纏頭《チェントウ》とはウイグル人に対する蔑称で、ターバンを巻いていることに由来している。

一九三三年三月十三日、アブドゥハリク・ウイグルはトルファンの大きなモスク前の広場で首を刎《は》ねられて命を落とした。彼が最後に放ったことばを、床屋の店先の隙間からのぞいていたアブレト・カーリーという人物が記憶していた。口に詰め込まれていた布を吐き出したアブドゥハリク・ウイグルが叫んだことばは、彼が詠んだ最後の詩と言ってもいいだろう。

我々はいずれ死ぬ
死を恐れる者は腑抜《ふぬ》けだ
頭を上げろ　真っ直ぐに立て
戦って死んでも　花を咲かせるぞ！

（一一七）

アブドゥハリク・ウイグルが詠んだ四行詩「目覚めよ！（Oyghan）」は、現在でも人気があり、メロディが付けて歌われている。

目覚めよ！　一九二三年（二〇年）

ああ　ウイグルよ　眠りは足りた　目覚めよ
お前が失う物はない　あるとすればそれは命
死の淵からお前自身を救わねば
ああ　お前を待っているのは死に至る状況

起き上がれ　頭を上げろ　眠気を払え！
敵の首を切れ　その血をまきちらせ
目を見開いて　注意深く四方を見なければ
何もできずにいつの日か　無念の思いを抱えて死ぬだろう

お前の体からはもう　魂が抜けてしまったようじゃないか
だから死ぬことを　それほど気にしていないのか
呼びかけても　身動き一つせず横になったままでいる
そのまま目を覚まさずに　死んでいくのか

大きく目を見開いて周りを見ろ
自分の将来を　よく考えてみろ
この貴重な時を　失ってしまったら
未来にあるのは　悲劇的な結末だ

お前のことを思うと心が痛む　ああ　我がウイグルよ
我が同志よ　兄弟よ　親戚縁者よ
お前のことを心から案じて　起こそうとしているのに
耳を貸そうとはしない　いったいどうしたというんだ

いつかその日が来たら　必ずお前は後悔するだろう
その時に　私の言葉の真の意味がわかるだろう
「ああ！」と嘆いても　遅すぎる
その時にやっと　ウイグルのことばを悟るだろう

（二三―二四）

アブドゥハリク・ウイグルが盛世才《せいしさい》によって処刑された日の一か月ほど前、一九三三年二月に、ホータンでムハンマド・アミン・ブグラ Muhammad Amin Bughra（一九〇一―一九六五）に率いられた民衆が蜂起し、ヤルカンド、カシュガルへ進軍して、十一月に東トルキスタン・イスラム共和国を建てた。しかしこの政権の寿命は半年という短いものであった。

この年の四月、盛世才《せいしさい》はクーデターを起こして新疆省の実権を握った。そして最初のうちは「民族平等」や「信教の自由」をうたい進歩的な政策を行なうと見せかけていたが、徐々に独裁的な体制を強化していき、新疆を事実上の独立国のように統治した。彼が新疆を統治した十一年のあいだに、四百万人の人口の新疆省で一二万五千人以上が捕らえられた。処刑されて亡くなった者、獄死した者の数はその中の十人に九人にのぼるとされている。

一九四四年十月にはイリ渓谷のニルカとグルジャ（伊寧）で独立軍が蜂起し東トルキスタン共和国が建国され、中国内地では、国民党との勢力争いに勝った共産党が中華人民共和国を建国した。このとき「全国政治協商会議（全国レベルの重要な政治的決定を行なう会議）」に招待されたエフメトジャン・カースミ Ehmetjan Qasim（一九一四―一九四九）、アブドゥケリム・アッバソフ Abdukerim Abbasov（一九二一―一九四九）ら東トルキスタン共和国のリーダーたちは、ソ連経由で北京に向かうことになった。しかし彼らは北京には到着しなかった。公式発表では八月二十七日、「彼らの乗った飛行機がバイカル湖付近で墜落した」のである。しかし実際には彼らはソ連で捕らえられ殺害されたということが後に判明した。(2)

ソ連の領事館から知らせを受けたセイプディン・エズィズィはすぐに北京へ行き、会議に参加して共産党へ

の服属と忠誠を尽くすことを表明した。(3)

東トルキスタンはこのようにして、完全に中国共産党が支配する国の、名目だけの自治区となった。

註1　東方勤労者共産大学は一九二一年四月にモスクワに設立された学校で、中国人クラスが設けられ、中国から多くの留学生を受け入れていたが、一九三八年に閉鎖された。

註2　一九九一年ソ連崩壊後、旧ソ連時代の国家保安委員会（KGB）の諜報員だったパヴェル・スウドプラトフPavel Sudoplatov（一九〇七—一九九六）が、東トルキスタン共和国のリーダーたちの殺害はスターリンの命令によるものであったと証言した。彼の証言で、リーダーたちはモスクワに到着してから三日後に、KGB大佐ビクトル・アバクモフViktor Abakumov（一九〇八—一九五四）によって逮捕され旧皇帝の馬小屋に監禁され、尋問のあとに処刑されたことが明らかになった。（*Second East Turkistan Republic (1944-1949)*, https://east-turkistan.net/second-east-turkistan-republic-1944-1949/）

註3　セイプディン・エズィズィは、一九五一年ごろから始まった階級闘争で批判の対象とするべき人物を積極的に暴き出し糾弾していたという証言がある。（水谷尚子、『革命的東トルキスタン』紙のタタール人記者ムニール・イブラギモヴィチ・イェルズィン回想録」、二一三頁）また、文革時には「東トルキスタン共和国」の時代に共に戦った同志たちを激しく攻撃することによって、共産党員としての功績を認められ、最後まで重鎮として遇されている。（Joshua L. Freeman, *Print and Power in the Communist Borderlands*, p.299.）

二　ニムシェヒト　Nimshehit　一九〇六―一九七二

ニムシェヒトの本名はエルミエ・エリー（Ermiye Eli）で、ニムシェヒトというのはタハッルスである。「ニム（半分の）シェヒト（殉教者）」というのがその意味で、これは、一九三三年にカシュガルで東トルキスタン・イスラム共和国軍と省政府の国民党軍が戦ったとき参戦し、首に銃弾を受けて瀕死の重傷を負ったことに由来している。彼もアブドゥハリク・ウイグルと同じく、ペンと剣を持って闘う詩人だった。

彼はアクスの農家に生まれたが、父親は進歩的な考え方の持ち主で、息子を地元のマドラサで学ばせた。そこでの課程が終わったあと、ニムシェヒトはカシュガルのマドラサに入学し、そこでウイグルの古典文学、アラビア語とペルシャ語を学び、同時に詩集を二冊発表し、才能ある詩人として広くその名を知られることになった。

一九三八年から一九四五年まで、ニムシェヒトは「アクス日報（Aqsu Geziti）」で働くようになった。ここで、次項で紹介するルトゥプッラ・ムテッリプと知り合っている。

中国内地では抗日戦争が激化しており、ニムシェヒトは祖国への愛を表現した「偉大な中国」と題するムラッバ（四行詩）を発表した。

（詩の翻訳に用いた原文テキストは特に明記していないものはNimshehit, *Nimshehit Eserliri*, elkitab, 2020-3-26. から採ったもので、ページ番号を記しておく。）

偉大な中国　一九四二年五月　アクス

偉大な中国よ　お前には五千年の長い歴史がある
銀の川　金の山　無数の森　果樹園がある
種々の鉱石　石油　石炭　決して尽きぬ資源がある
飽きるほど　満腹するほどの広い肥沃な大地がある
………

山々では　飛び跳ねながら鹿が草を食んでいる
お前を讃えて　草原ではブルブルがさえずっている
小川では金色の魚が自由に泳ぎ回っている
数知れぬ神秘が隠されている　厚い層の土地がある

血に飢えた獣《けだもの》が　手をのばしてきた
盧溝橋《ろこうきょう》に　小さな日本人が足を踏み入れた
これを見てがまんができずに　最大限の備えをした
すべてを費やして　頭から足の先まで武装した
……

民衆の血がすさまじく流れようと
美しいにぎやかな街が爆弾で破壊されようと
土地が攻撃されて　毒を味わおうと
ただ一言「降伏しないぞ」我らには大きな信念がある

（二三）

一九四五年、アクスで東トルキスタン共和国の民族軍と国民党軍との激しい戦闘が行なわれ、ルトゥプッラ・ムテッリプが捕らえられた後、ニムシェヒトはアクスを離れた。そして東トルキスタン共和国軍に参加するためにグルジャ（伊寧）に向かい、「同盟（Ittipaq）」誌の編集者となり、その年にムハンマス（五行詩）で詠んだ「アルディダ（Aldida）」を発表した。アルディダには「前で、前に」という意味がある。

アルディダ　　一九四六年八月　グルジャ

恋人との逢瀬《おうせ》のほか　欲しいものは何もない
この肉体と心の中で　お前の存在だけが望み
お前は庭園の中で　美しく咲く一輪のバラ

お前に会える機会を　心から待ちつづける
素晴らしい夜明けの前で　私を恥じ入らせてくれ

この世のすべては　お前の山の石にさえ及ばない
お前のために　石の上に恋敵《こいがたき》の頭を積み重ねよう
お前のために　恋敵《こいがたき》の涙を川のごとく流させよう
新月のようなその眉を　見ることだけでもできたら
慈悲深い神の前で　悪運も幸運に変わるだろう

ああ　何という日だ　邪悪な意志を持つ敵が踏みつけた
天女のように美しいお前を　打ちつけるとは
お前の胸に抱かれて　奇妙な別離の痛みを感じていた
恵みを味わうことから　引き離されてしまった
倉庫のネズミの前で　首をつながれている猫のように
私は戻るから　ああ　恋人よ　希望を失わないでくれ
敵を打て　決して逃がしてはならぬ

騙されて　敵と楽しく交わるな
嫌な恋敵《こいがたき》に　果樹園の果実を摘ませるな
我らはもうすぐ　花園で互いを見つけるだろう

敵の血を流さぬかぎり　私は男ではない
裏切り者の罪の記録を　その胸に掛けたら
毒の剣で　彼らを苦しませたら
子守歌を歌って彼らをすべて　土のゆりかごに眠らせたら
そのときはじめて　私は「勇者の王」と肩を並べる男となるだろう

私が戻る前に　同胞が残酷に打たれるかもしれぬ
血に飢えた剣が愛する人の頭上で光るかもしれぬ
どう猛な残虐さの中で　人間としての意識が無くなるかもしれぬ
だがこの体に命のある限り　必ずやかたきをとるだろう
人間が野獣の前で敗北することは　決してない

（五九）

第五連、五行目の「勇者の王」の原語は「Shah-i mardan」で、第四代正統カリフ・アリー（＝シーア派初代イマーム・アリー）の称号である。ニムシェヒトはカシュガルのマドラサで高等教育を受けており、アブドゥハリク・ウイグルやルトゥプッラ・ムテッリプがソ連経由の共産主義の思想を基盤にしてジャディード運動に加わったのとは異なり、イスラム教の教えをもとにした社会改革を目指していた。それはムハンマド・アミン・ブグラが「東トルキスタン・イスラム共和国」を建てたとき、ニムシェヒトが「イスラム」を冠する国の政府に秘書官として加わったことからも明らかである。

彼にとって自分が信仰するイスラム教と、毛沢東《もうたくとう》（一八九三―一九七六）が指導する共産主義国家の建設は矛盾したものではなかった。彼は純粋に、人々が封建主義から脱して自由と平等を得て暮らしていける社会を作りたいと望んでいたのである。

ニムシェヒトはダスタン『ファルハードとシーリーン』、オペラ『ライラとマジュヌーン』の脚本をガザル、マスナヴィー、ムハンマス（五行詩）といった古典詩の詩型で書いて、オペラでは自身が主人公のマジュヌーンを演じ、観客の人気を博したと伝えられている。

アブドゥハリク・ウイグルも自分がつくった学校の宣伝のために「音楽の夕べ」を催し、歌や踊り、芝居を披露して教育の重要性を訴えたが、当時の啓蒙活動家たちがさまざまな方法を考えて、いかにして効果的に啓蒙活動ができるか、どうしたら自分たちの訴えを知らしめることができるかということに心を砕いていたことがわかる。

中華人民共和国が建国されたあと、ニムシェヒトはふるさとに戻って教育関係の仕事に就いた。三十以上の学校の設立に関わり、自治区人民代表大会では副議長、政治協商委員にも選出された。そして一九五六年には全中国巡礼団の一員として中東十か国を訪問した。愛国詩人である彼の詩は中国語に訳されて雑誌に掲載され、本のかたちでも出版された。

一九六〇年代初めに詠まれた詩がある。

時代の教壇に立って ——

時代が私に　永遠の真理を告げた
党（共産党）は我らの幸運の星であり太陽だ
毛主席はすべての民族の恩人だ
その巨大な姿は　私の胸に刻まれた
永遠に枯渇することのない強さを詩人に与えてくれた(1)

おそらくこの詩を詠んだころが、彼の人生で最も充実していた時代だっただろう。しかし彼は予想もしていなかった最期を迎えることになる。少数民族の人々だけでなく多くの中国人にとっても、一九六六年から十年間続いた動乱は予測不可能であった。この動乱は、毛沢東《もうたくとう》が「文化大革命（文革）」という名を付けて主導した権力闘争が産み出したものである。毛沢東を狂信的に信奉する青少年の集団「紅衛兵」の暴力が黙認され、十年間で亡くなった人の数は四十万人、被害者は一億人と発表されているが、その数字は中国共産党の公式資料には存在していない。おそらく実際にはそれ以上の死者や被害者が存在しているだろう。

ニムシェヒトは文革の最中の一九七二年、「紅衛兵」の一群に襲われて命を落とした。遺品の中からぼろぼろになった一冊のノートがみつかり、そこにはこう書かれていた。

「私は一九六三年四月にルバーイーを書きはじめ、一九六六年までにさまざまな主題のルバーイーを三百首書いた。後にすべて紛失してしまった。いま記憶を頼りとし、思い起こした一部分をこの小さなノートに書いた。十七頁以降は新しく書いたものである。」(2)

ノートはほとんどが破れていて、十五篇のルバーイーが書かれた頁だけが残っていた。その中の一つが次の詩である。

山も坂も　私のいく道を阻《はば》むことはできぬ
私は国民のために尽くすことを　固く決心した
私には誇りを持つ権利がある
毛沢東《もうたくとう》が生まれた国は　私の祖国なのだから(3)

エフメトジャン・カースミ、アブドゥケリム・アッバソフら東トルキスタン共和国のリーダーたちが、中国とソ連の密約によって殺されたという、現在では公然の秘密となっている事実を、当時の一般のウイグル人が知ることなどできなかった。当然ニムシェヒトも知ることはなかった。

ニムシェヒトが記憶を頼りにしてルバーイーをノートに書き留めた年が何年だったのかはわからないが、少なくとも、そのころまでは彼が毛沢東《もうたくとう》を信頼し、崇拝していたことがこの詩でわかる。

彼が紅衛兵の手にかかって亡くなったのは、おそらくこの詩が書かれてから数年後のことだろう。

亡くなるちょうど一年前に書かれたムサッダス（六行詩）が、彼の死後に発表された。この詩を読むと、彼を取り巻く環境が急激に変わったことがうかがえる。

思想の告白　一九七一年八月 ——————

おお　腹黒い天よ　毒の塗られたお前の釘が　この胸に打ちつけられた
おお　腹黒い天よ　お前の血の付いたむちが振り下ろされた
おお　腹黒い天よ　お前の沼が私を飲みこんだ
おお　腹黒い天よ　バラではなくて　お前のとげを手にしたのだ
おお　腹黒い天よ　お前の刺草《いらくさ》に刺され　血を吸われる
おお　腹黒い天よ　一歩　歩くごとに　お前の千の罠がある

何という間の悪い時代に　この世に生まれてきたのだ
地獄にも似たこの監獄は　何という世界だ
いつも血を飲み　毎日毒を食べた
正義の無い残酷な天の巡りの中で　千回死んで千回生き返った
おお　腹黒い天よ　お前の暗黒の山が　私の頭を踏みつけた
おお　腹黒い天よ　世界で　お前の「時」が正しく動いたことがあるのか

私の目から　希望の光が無くなってしまった
私の手から　忍耐が逃げてしまった　屈辱の日々を過ごした
どこに行こうと　訴えるすべのない虐待に　嘆きの声が聞こえる日々
我らの目を　暗い夜の闇が覆った
おお　腹黒い天よ　血に染まったお前の手と指
おお　腹黒い天よ　お前にとって我らは　自分の人形の手足なのかもしれぬ

日々の糧は誰のためのもの　弾圧と虐待は誰のためのもの
お前の祭りは誰のためのもの　際限のない軍隊は誰のためのもの

我らは平等の水から　なぜ一滴も分け前を取らずに
悪事の享楽が謀《はか》られたそのとき　どうして我らはそれを渇望したのか
おお　腹黒い天よ　お前には正義と良心はないのだ
おお　腹黒い天よ　我らの喉で　お前の肉屋のナイフが動いた

お前の虐待でブルブルは花園から離れてしまった
多くの者が　無実のまま檻に入れられた
男たちはふるさとから逃げて国を失った
首を絞められ　孤児と寡婦たちは侮辱された
おお　腹黒い天よ　お前には苦痛と悔いはなかった
おお　腹黒い天よ　お前の徳と良心はどこにある

血ではない　真珠ではない、我らの涙のしずくだ
それは石ではない　盛り土ではない　悲しみに硬直した我らの頭だ
この世には　我らの心を焦がす連れ合いはない
我らの年代の者には　いつも嘆きと悲しみがある
おお　腹黒い天よ　頭上にお前の土が降ってきた

おお　腹黒い天よ　どこにいても牢獄のようだ

ああ……鳥の巣に陰険なヘビが「客だ」として来たのだ
最初のうちは　打算が隠されていたことに気づかなかった
我らは狡猾な時代の　わなにかかった
それとも　最初にムッラーが運命を書いていたのか？
おお　腹黒い天よ　我らの喉に　お前のかぎ針が大量に入ってきた
おお　腹黒い天よ　罪無き者たちの胸を　お前が破壊する

突然暗闇の中にとり残されるとは　我らは何という罪深い下僕《しもべ》なのか
すべての愛しい人たちと別れてしまった　傷ついた魂が苦しめられた
恨みも何もないのに　お前は我らに嫌疑をかけた
それまで　誰も　どこででも　そのようなものを見たことはなかった
おお　腹黒い天よ　お前の目　お前の腹は小さくて細い
おお　腹黒い天よ　血と膿の満ちたお前の膀胱《ぼうこう》

ヒツジが羊飼いになった　狼の口には血があった

真実を語る者は誰でも　敗者となった
お前の天輪は　永遠に反対方向にギーギーと回る
誹謗中傷が　この世を竜巻のように襲った
おお　腹黒い天よ　統治者は我らに呪いをかけた
おお　腹黒い天よ　この世の最後の時まで　お前の悪事の跡は消えない

雲は太陽を覆うことはできない　暗黒のカーテンは破れる
ニムシェヒト　そんなに悲しむな　未来は輝く
月の半分が暗ければ　もう半分の側は明るい
太古の昔からこの法則は変わらぬ　そうなのだ
おお　腹黒い天よ　お前の楼閣は　最後には消えて無くなるぞ
おお　腹黒い天よ　お前のこんぼうは焼かれて灰となるぞ

(Nimshehit, *Piqirning Iqrari*. https://www.akademiye.org/ug/?p=159619)

一九三六年、瀕死の重傷から蘇った三十歳のニムシェヒトはふるさとのバイ県にいたとき、一篇のガザル「知識への愛（Bilim ishqida）」を詠んでいる。この詩に美しいメロディーが付けられ一九八〇年ごろから歌われるようになった。この詩は、ニムシェヒトの「遺言の詩」だと言えるかもしれない。

知識への愛――

この世の美のなかで　知識ほど美しいものはない
知識のほか　私が心を囚われた恋人はいない

黒い眉をした月のような美女も　お前には数日の友
金が無くなったらお前を捨てる　恥を知る心はない

欲望を追いかけ　知識以外の友を持てば
災難が降ってきたとき　お前ほど侮辱される者はない

愛する人たちの叫びの声に耳をすませば
苦痛と不平を訴えている嘆きの声だけしかない

知識はどんな人間の友となっても　成果を収めさせる
生きていくとき　知識ほど心にかけてくれるものはない

知識の恋人になれ　学びの愛の中でブルブルとなれ
学びを教えてくれる庭ほど　すばらしい花園はない
知識を魂の糧《かて》とした者の人生について知ったら
「知識の価値を知る者は死なぬ」ということばを否定できぬ
今は知識によって　すべてが実現する世紀
知らねばならぬ　知識のない者を好いてくれる者はない
知識の光の中で人の心が輝くのは当然だ
空を　川を　山を　海を進むとき　彼に困難はない
知識のある者が　山を花園にするのには何の苦労もない
知識のない者が苦労する　苦労しない愚か者はない
ニムシェヒトよ　己をこの思想のために捧げよ
知識とのきずなを断ち切ることほど　大きな罪はない

註1〜3は「維吾爾族優秀詩人 —— 尼米希依提（1）、知乎専欄」https://zhuanlan.zhihu.com/p/431313355 掲載の漢語訳からの重訳。

（二一—二三）

三 ルトゥプッラ・ムテッリプ Lutpulla Mutellip 一九二二—一九四五

ルトゥプッラ・ムテッリプ（以下ルトゥプッラと記す）は「共産主義革命が成功して人々が平等に暮らすことのできる未来のための闘争」に人生を捧げた人物である。彼にとって中国共産党は、自分の理想を実現してくれる頼もしい存在であった。

彼は一九二二年に現カザフスタン、アルマトイのウイグル地区として知られるニルカ市で生まれた。父親は自身で宗教書を著すほどの宗教指導者であったが、息子が非常に聡明で学ぶ意欲があることを見て、地元のウイグル人学校ではなくレベルが高いと評判だったグルジャのタタール人学校に入学させた。そこではタタール語とロシア語で教育が行なわれていて、十四歳まで学んだあと高校に進み、二年後にウルムチ市の師範学校の試験に合格して入学した。

一九四一年、卒業を前にして何らかの事情ができたのだろう、ソ連から来た調査研究団の通訳に雇われて南新疆に赴いた。この旅行で彼は土地の人々と接し、彼らの生活、考え方に触れ、自分の生き方を強く意識するようになった。アブドゥハリク・ウイグルと同じようにジャディード運動に積極的に関わりを持っていた彼は、ウルムチに戻った後、ウイグル語版「新疆日報（Shinjang Geziti）」に雇われ記事を書きはじめ、「文学の花壇（Edebiyat Gulzari）」という文芸欄をつくり、各地から送られてくる大量の詩や文学に関する記事を取捨選択しながら掲載し、自分自身の詩も発表しはじめた。

（詩の翻訳に用いた原文テキストは特に明記していないものはLutpulla mutellip, *Illrargha jawab*, Shinjang Khelq Neshriyati, 2008. から採ったもので、ページ番号を記しておく。）

中国　一九三八年九月　グルジャ

中国、
中国よ！　お前は我が母なる故郷
なぜなら　我ら無数の民衆は
お前の愛しい胸に抱かれて
きれいな風の中で成長したからだ
お前の中で知恵を探しだし
我ら自身を知り　お前にふさわしくなった

新しい、輝く歴史を開《ひら》け
この闘争の年月をはっきりと書け
この勇敢な歳月に
歴史を示すものになって
卓越した　称賛すべき　すばらしさを
書け！
…………
世界にただ一つの
新しい　自由な中国をつくろう
中国で　永遠に
ひるがえり
さいごまで倒れぬ
自由の旗を打ち立てよう

（一九）

レーニンはこのように教えた　　一九四二年　ウルムチ

レーニン――それは支柱の中の最大の支柱
彼は闘争で勝利することを学んだ
比類なき広い山が　彼の心
そうだ　彼は戦いで勝利することを教えた

彼は　砂漠をオアシスにすることを
人の住む世界を花園にすることを
しいたげられた者を前進できる人間にすることを
大きな勝利を構築することを教えた

大衆のために命を賭けることを
解放の道に　毅然として立つことを
闘争の勝利を　勝利を　勝利を
勝利の旗を振って前進することを教えた

（六〇）

第二次世界大戦中の一九四一年、ドイツとソ連のあいだに戦争が始まると新疆の政治情勢が変化した。盛世《せい》才《さい》が世界の情勢を見て、それまで政治的に利用していたソ連との関係を断つことが有利だと判断し、一九四三年に国民党に参加したのだ。

その年の一月に国民党の支部が新疆に置かれると、六月には「新疆日報」を国民党が運営するようになり、共産主義革命に関する書籍類は没収され姿を消した。共産主義に関する本を出す出版社が閉鎖され、言論統制が行なわれるようになった。ルトゥプッラは一九四三年末にウルムチを去りアクスに赴き、「アクス日報」に職を得た。アクスではニムシェヒトや若い詩人たちと出会い、民衆の啓蒙活動を開始し、「アクス日報」に「南の風(Jenup-Shamili)」という文芸欄をつくった。ルトゥプッラはアクスでも平等を謳《うた》う共産主義を信じ、「革命・闘争」を讃える詩を書いた。

彼のもとには同様の考えを持つ若者たちが集まってきて、彼は若者たちといっしょに「火花の同盟(Uchkunlar Ittipakini)」を結成した。

しかし、彼らの活動は順調には進まなかったようである。彼は「叫び」というタイトルでガザルを書いている。

叫び　　一九四三年十二月　アクス ――――――

悲しみに満ちたこの心が　いつか喜びを得るのだろうか

悲しみの山から飛んで　自由になれるのだろうか
いつも強いられて　火の中で残酷に燃えながら
太陽の光を見ずにいるのか　何とひどいことだ
時期外れに葉の色が変わり　庭園が砂漠に変わる
心の中のこの果樹園が　再び整えられるだろうか
懸命に働いた私の苦労が　大風に吹かれて飛んでいく
時代には信用が置けず　昼も夜も助けを求める叫びの声を上げる

（八〇）

詩の最後の行で、詩人は周囲の人々を信頼することができなくなったことを明らかにしている。

一九四五年、東トルキスタン共和国の民族軍がアクスにやってきて「火花の同盟」の若者たちといっしょになり、国民党軍との激しい戦闘を繰り返した。このときルトゥプッラと数人の同志は、一人のウイグル人の密告者により国民党軍に捕まって投獄された。ルトゥプッラは一九四五年九月十八日処刑され、二十三歳の若さでこの世を去った。

彼の死を知った人々は激怒し、獄舎を襲撃した。そしてこのとき、ルトゥプッラが自分の血で独房の壁に書いた二行の詩を目にした。

この広大な土地は私にとって地獄となった
私の若いバラは　残酷な敵によって枯らされてしまった

(Lokman Baran, *Lutpulla Mutellip'in Hayati*, p.185.)

それから五年後、多くの人々が「革命詩人」ルトゥプッラが処刑された監獄を訪れ、彼の遺体がどこに埋葬されているか突き止めようとした。最初は「知らない」と言っていた刑務官たちだったが、人々の怒りの大きさに対抗できず、かつては家畜小屋で、いまはトイレとなっている場所に埋められていることを白状した。トイレを掘り起こしてみると、そこからはルトゥプッラたちのバラバラになった骨が出てきた。彼らは国のために命を賭して戦った闘士を、ウイグル人のしきたりにのっとって埋葬した。

わずか二十三年の生涯だったが、彼はウイグルの若者たちの創作活動を最期のときまで支援しつづけた文学界の教育者でもあった。自分が関わった新聞に詩を発表する場を設け、地方から送られてくる詩を丁寧に批評し、すばらしいと思われる詩を掲載して広範囲の読者に伝えることで、多くの若い詩人たちを鼓舞したのである。

学べ　若者よ――

思考せよ　若者よ　君の人生は短い、
明け方に花が開き　夕方には枯れるようなもの
お前の花が　良い香りを運んでくる
学べ　それはまばたきをする間のこと

若者よ　お前は稲妻だ　一瞬輝いて消える
はかないこの時間の中で　学べ　学べ
学べ　暗い心は　いつかは砂漠に埋もれる

(Lokman Baran, *Lutpulla Mutellip'in Hayati*, p.182.)

次項で紹介するアブドゥレヒム・オトキュルはルトゥプッラより一歳年下だが、彼とは文学仲間として親しく交わり、「オトキュル Otkur（鋭い）」というタハッルスはルトゥプッラが彼に付けてやったもので、そのお返しにオトキュルがルトゥプッラに「オルケシュ Orkesh（波）」というタハッルスを付けてやったといわれている。オルケシュというのは「波」を意味するが、もともとは高くなったその波の頂点を意味する単語である。まさにルトゥプッラにふさわしいタハッルスで、この逸話からは二人の才能ある若い詩人の深い友情が伝わってくる。

ルトゥプッラはウイグルの伝統文化についても深い愛着を持っていた。「アクス日報」の文芸欄では闘争を呼びかける詩だけではなく、ウイグルに伝わる恋物語を自分なりの解釈を加えて戯曲化し、発表した。そして、それに踊りと音楽を付けて、彼自身が物語の主人公に扮して舞台で演じた。このほかにも彼は五編の戯曲を書き、各地で上演して好評を博した。アブドゥハリク・ウイグルやニムシェヒト同様、ルトゥプッラも民衆に分かりやすいようなかたちをとって、闘争への参加を呼びかけたのである。

ルトゥプッラは共産主義の思想を学んだだけでなく、タタールやウズベクの詩人、ロシアの詩人、ロシア文学の有名な作家たちの作品からも大きな影響を受けた。そしてチャガタイ文学からも多くを学んだ。彼はナワーイーについて次のような二行詩を書いている。

彼の墓所を　すべてのページの中から探しだせ
墓石を　すべての詩の中から探しだせ
彼は　創造の海に沈んでいる
彼は　すべての詩の底に埋葬されている

(Lokman Baran, *Lutpulla Mutellip'in Hayati*, p.181.)

ナワーイーの詩が読まれつづける限りナワーイーは生きつづけるのだと、ルトゥプッラはナワーイーに対する深い尊敬の念を表わしている。中国や共産主義、レーニンへの賛歌的な詩が多い中に、数は少ないが彼が古典詩を深く学んだことを示す詩、たとえば「春に関するムヴェッシェ」というタイトルのガザルがある。ムヴェッシェ（muveshsheh）は日本の「折り句」のようなもので、行のはじめの文字を合わせると、一つの意味を持つ単語ができる。このガザルの各行の最初の文字を合わせるとBILAL EZEZI、ビラール・エゼズィーとなる。これはルトゥプッラの親友で、彼と共に闘い、共に捕らえられて命を落とした詩人の名前である。

春に関するムヴェッシェ
――――――

春が微笑《ほほえ》んでいる　友よ　自然は君のように思いやりがある
冬がおとなしくなった　太陽は君のように　にっこりして喜びを作る彫金師
チューリップがほほ笑んだ　川はメロディーを奏でながら流れる
鼻孔に飛び込んでくるいい香りを　君のように扇ぎながら待っている
ブルブルはさえずり　この世界をにぎやかにする
果てしない花畑が　君のように胸を大きく開く

チューリップのような花々が　純粋な血で顔を赤くし
ブルブルたちが　君のように　宴《うたげ》の中でうっとりとしている

春の季節の中の　すばらしい大切な人
同輩の中に　君のような友はいない

光の乳を飲んで　蔓《つる》がどんどん伸びていく
太陽が皆に等しく微笑《ほほえ》みたいと　君のようにずっと待っている

ああ！　春の価値を私以上に知っている者がいるだろうか
私も真の春を望んでいるのだ　君のように

哀れな者たちに　冬の日の災難のような弾圧がないように
彼らにとって　君のように永遠の優しさが与えられるように

ああ　春よ　お前の滝の中で渦巻く波（オルケシュ）になりたい

春の夜明けの風は　君のように心に力を与えてくれる
（九九―一〇〇）

ルトゥプッラの詩の中でも特に人気のあるのがムラッバ（四行詩）で詠まれた「歳月への返答」で、二〇〇八年に出版されたルトゥプッラ詩集の表題にもなっている。過ぎていく歳月を擬人化し、闘争において揺るぎのない信念を持っていることを、堂々とうたいあげている。

歳月への返答　　一九四四年一月 ――――

時間はせっかちだ　立ち止まることがない
時間の中で最も足の速いのは歳月だ
流れる川は戻らない　夜明けはいつも新しい
疾走する歳月は　寿命の最大のどろぼうだ

盗んで逃げて　振りかえらない
たがいに追いかけながら　す速く走り去る

青春の園で　ブルブルの翼は羽ばたかず
葉は枯れたまま　取り残される

青春は　人間にとっての美しい時代
美しい時代の命の　なんと短いことか
カレンダーの一ページが破られると
青春の花から　花びらがはらりと落ちる

歳月が扇《あお》いで風を送る　足跡が埋もれる
葉を落とした枝は　哀れに枯れてしまう……
歳月の何という気前の良さよ　手ぶらではやって来ない
娘たちにはしわを　男たちにはひげを贈る

歳月を罵《ののし》っても　しかたがない
いいだろう　好きにしろ……
だが人間も　歳月を解放はしない
荒野をオアシスに変えるのは人の手だ

歳月はふところが深い　機会は多い
山ほどの為《な》すべき事が　歳月と共にある
昨日は這っていた赤ん坊が
ほら　今日はもう歩いている

戦士たちが　歳月を追いかける
闘う子孫たちを　必ずあとに遺していく
幸せを求め　昨日の夜に犠牲となった者を偲《しの》び
彼らの墓を　花が覆うだろう

歳月がひげを贈りたいのだったら　そうすればいい
私も歳月の胸の上で　鍛えられるだろう
私は詩を創った　私の詩の跡が残る
過ぎていくすべての歳月の胸に残る

激しく闘っている時　私は年を取らない

私の詩は空の星になって輝く
戦いの険しい坂道で　自分の死は何と小さいものか
忍耐と情熱こそが勝利であることを　いつも忘れない

銃を撃ち鍛えられた手と手をつなごう
旗手にしっかりとついて前進しよう
戦場では決して疲れを見せまい
勝利への大きな道に　踏み出そう

歳月よ　勝ち誇ったように笑うな
お前に侮辱されるくらいなら死ぬほうがましだ
「老いぼれたな」と心配するな
最後の戦いに出て　自分自身をくれてやろう

歳月の海が　どれほど荒れていようとも
渦を引き裂いて　我らの艦隊は進む
歳月の足の速さに　驚きはするが

創造は歳月を衰えさせる　これが歳月への返答だ
（八一―八三）

四　アブドゥレヒム・オトキュル　Abdurehim Otkur　一九二三―一九九五

アブドゥレヒム・オトキュルは現代ウイグル文学の世界で圧倒的な存在感を持っている作家であり詩人であり、古典文学の研究者である。一九九五年十月の初旬、ウルムチで行なわれた葬儀には推定一万人のウイグル人が参列し、棺を頭上高くかかげて運び、四時間にわたって交通を停止させた。彼がウイグルの人々からいかに尊敬され慕われていたかを証明するできごとである。

彼はクムルで生まれたが幼いときに両親を亡くした。父親の友人で裕福な商人であった養父が、自分には子供がいなかったことから彼を引き取り、実の子のように可愛がり育ててくれた。幼少期をウチュトゥルパンで過ごし、一九四二年に新疆大学の前身である新疆学院を卒業し、省立女子中学の教員となった。

ところが、一九四四年三月、二十一歳のとき、ソ連で出版された本を読んでいたという理由で逮捕され投獄された。当時盛世才《せいしさい》はそれまでの親ソ政策を捨てて国民党に参加していたからだ。これがオトキュルの一回目の投獄経験となった。

約一年後の一九四五年四月に解放されたのだが、彼が牢獄にいたあいだに一歳の長男は病死し妻は親戚を頼ってクムルへ行っていた。オトキュル自身は出獄したらイリへ行って革命軍に参加しようと考えていたが、イリへの道は閉ざされ、ウルムチにいるのも危険だということで、彼もクムルに向かうことになった。

その後、オトキュルは国民党の省政府の副秘書長になるが、役人たちの腐敗に怒って職を辞し、「新疆日報」も辞め、執筆活動に専念するために養父が持っていたウチュトゥルパンの屋敷に引きこもることにした。このころ、彼はインドに亡命するためにウチュトゥルパンを通過したエイサ・ユスプ・アルプテギン(1)たちと合流し、国境へ向かった。しかし国境を越えることなく捕らえられた。脱出に失敗したからなのか、彼自身の意志で断念したのか、それはわかっていない。彼はそれから政治犯として半年間牢獄で暮らした。

(詩の翻訳に用いた原文テキストは Abdurehim Otkur, *A.Otkur Sheirliri*. Elkitab.org. 2020-07. から採ったもので、ページ番号を記しておく。)

夜明けの光はないのか ――――

この 別離の暗い夜が 終わる時は来ないのか
恋人との逢瀬《おうせ》の日々が 始まる時は来ないのか
別れの夜のつらさが 心に突き刺さる
わずかの知らせでもいい 夜明けの風は吹いてこないのか

待ちわびるこの時　一回の呼吸が百年の長さに感じられる
心の渇きを癒すための　酔わせてくれるものはないのか

心はいつも炎で焦がされ　この体を苦しめる
ぼろぼろになった心を　治してくれる薬はないのか

恋する人のことを想い焦がれて　命が枯れてしまう
この体に命を与えてくれる　春の風は吹いて来ないのか

狂気に満ちたこの砂漠は広く　人を迷わせる
いま道を示してくれる　案内人はいないのか

血の涙を流しても　望みを果たさずしてオトキュルは行かぬ
夜の暗いカーテンを　夜明けの光は破ってくれないのか

（一三一一四）

このガザルが詠まれたのは一九四九年六月八日のことで、二か月後、東トルキスタン共和国のリーダーであったアブドゥケリム・アッバソフが亡くなった。この訃報はオトキュルにどれほどの衝撃をもたらしたことだろう。彼とアブドゥケリム・アッバソフは幼いときから共に学び成長し、将来を語り合った親友だったのである。

日付はわからないが、おそらくこのころにつくられただろうと思われる、マスナヴィーの詩型で詠まれた詩がある。

鳴け　雄鶏《おんどり》よ　鳴け　——

何という長い夜　まさか夜明けが来ないというのではなかろうな
鳴け　雄鶏《おんどり》よ　鳴け　暁《あかつき》の方角を見つづけて目が疲れてしまった
鳴け　雄鶏《おんどり》よ　鳴け　眠気をもよおしている世界が目を覚ますように
私を放《ほう》って眠ってしまった　レイハン(2)が目を覚ますように
鳴け　雄鶏《おんどり》よ　鳴け　恋人を叫んで起こせ
羽根を広げ　頬《ほほ》をそっと撫でて起こせ

恋人が目を開いたら　再び眠らぬようにしてくれ
眠ってしまって　哀れな私を永遠に捨てることのないようにしてくれ
鳴け　雄鶏《おんどり》よ　鳴け　「夜が明けるぞ！」と鳴け
「夜明け前からあなたの恋人があなたを待っている」と鳴け
鳴け　雄鶏《おんどり》よ　鳴け　鳴け　その花園のために
恋人が目覚めたら　悲嘆にくれている私に知らせてくれ

（一九）

オトキュルは解放されてからは監視されながら翻訳や通訳の仕事をしていたが、三度目の獄中生活を送ることになった。一九五九年の秋、反右派闘争(3)の中で逮捕された一人の詩人がオトキュルと同じ獄舎で三年間を過ごしたと語っているので、オトキュルはこのとき、少なくとも三年間以上は投獄されていたことになる。何年間獄中生活を送っていたのかはわからないが、この三回目の投獄から解放されてもオトキュルには平安な生活は訪れなかった。

反右派闘争に引き続いて一九六六年からは文革の動乱が激しくなり、元地主や資本家、知識人たちが次々に

「思想改造」のために再教育施設と称されるところに送られていった。オトキュルも数年間、ペンを持つ手に大工道具を握り、ウルムチの工場で強制労働に従事したという話が伝わっている。

文革が終結したあと、彼は新疆社会科学院文学研究所に研究員として所属し、一九八八年にはその学識を買われ、『クタドゥグ・ビリグ』や『テュルク諸語集成』などウイグルの古典文学を編纂する委員会のメンバーとなった。

以上オトキュルの履歴を書いてきたが、この簡単な履歴の記述を読んだだけでも、彼が東トルキスタンの激しい近代史の流れの中を生きてきたことがわかるだろう。その流れの中にはアブドゥハリク・ウイグルやニムシェヒト、ルトゥプッラ、そして多くの闘う詩人たちがいて、その中には非業の死を遂げている者もいる。

文革のときにオトキュルが書いていたルバーイーがある。

ペンが折れた　苦しみが心を押しつぶした
中風《ちゅうふう》のように　舌がもつれた
手には握る力がなく　足は動かず　麻痺してしまった
どうやってみんなを納得させられるだろう

生きていると言っても　生きている意味はない
死にたいと言ったら　それを止める口実はない

毎日考え　毎日憂い　毎日悲しむ
苦しいと言っても　痛みを治す薬はない

私は暗黒の時代のゆりかごで生まれた
生まれたと思ったら　檻の中で窒息しそうになった
私の人生は　悲しみの中で過ぎるのか
私は　人々のために尽くしたいと思っている男

（三六―三七）

ものを書くことのできない苦しみを、繊細な心の持ち主である詩人は強く感じていたことだろう。オトキュルは絶望的な日々の中でも自分の精神状態を、詩を詠むことによって保っていたのである。もう一つ、どうしても生きていたい、と彼に強く決心させていたものがある。

オトキュルは文革が始まる前に、古老たちから聞いた話をもとにした小説の構想を立て、執筆しはじめていた。それが文革で中断されたのである。文革が終わったときの気持ちをオトキュルはこうつづっている。

「幾千万の感謝を！　再び春がきた。春の雨が集まり、川が流れはじめた。小鳥たちはさえずり、心には霊感が与えられ希望がわいてきた。手には力が与えられた。時代が私に新しいペンをくれた。いま書かずしていつ書けよう！」

彼は渾身《こんしん》の力をこめて長編小説の執筆を再開した。それがトゥムル・ハリペに率いられたクムルの民衆蜂起を描いた『Iz（足跡）』である。

ウイグル文学の世界では長いあいだ韻文、つまり詩が主流を占めていた。歴史も長編詩というかたちで記されていた。そこに登場したのがこの小説で、発行されるやいなや爆発的な人気を得た。七二一万人（一九九〇年国勢調査）の人口を持つウイグル人のあいだで、一九八五年八月に初版の二万七千部が発行され、翌年三月には第二刷の二万七千部が世に送り出された。文字の読めない人もこの本を買って家に飾っておいたという話もある。出版されてからすぐに新疆ラジオ放送局から毎日朗読され翌年まで続けられた。

登場人物はウイグル人、モンゴル人、カザフ人、ウズベク人、ロシア人、イギリス人、日本人、漢族、回族、仏教徒、イスラム教徒、キリスト教徒、王族、宗教者、軍人、教師、農夫、商人、労働者、牧夫、金持ち、貧乏人などなどで、彼らは小説の中で命を与えられ、本当の人生を生きているように思われる。おそらく、読者は登場人物の一人に自分を重ね合わせて読むことができたのだろう。それほどに、一人一人の描写は実にていねいで細かく、歴史上の人物も、善人も悪人も、生き生きと描かれている。

そのあとに続けて書かれたのが、楊増新《ようぞうしん》、金樹仁《きんじゅじん》、盛世才《せいしさい》によって翻弄された東トルキスタンの状況を描いた『Oyghanghan Zemin 1（目覚めた大地 一）』と『Oyghanghan Zemin 2（目覚めた大地 二）』である。

オトキュルがどのような考え方で文学活動を行なってきたか、それを知ることのできる詩がある。二〇一九年三月二十日、ハーバード大学のローレンス・バコウ（Lawrence S. Bacow）学長が北京大学で行なった「真理の追求と大学の使命」と題する講演で、「最後に、中国の偉大な現代詩人アブドゥレヒム・オトキュルの詩でこの講演を締めくくりたいと思います。」と言って、「人生に関するムハンマス（五行詩）」と題されたオトキュルの詩の第一連を朗読したのである。

人生の道程において　私は絶えず真実を探しつづけた
真実の探求において　思索することが私の導き手となった
豊かな意味と力強さを持つことばを　追い求めた
表現するにふさわしい機会を　心から探し求めた
さあ　友らよ　楽しい語らいを始めようではないか

（二二）

オトキュルの詩の中には、特定の人物や政党、イデオロギーを賛美することばは一つも出てこない。彼が詩の中でよく使っている単語は「人々・民衆」というもので、彼は自分もその中の一人であることを自覚し、彼らに尽くすことを自分の義務であり喜びだと考えていた。真実を探しつづけながら、一度もぶれることなく貫かれた彼のその生き方が、多くのウイグル人に敬愛されている理由の一つなのではないだろうか。

足跡

長い旅に出たとき　我らは若かった
今や我らの孫が　馬に乗る年となった

困難な旅に出たとき　我らは少数だった
今や大キャラバンと呼ばれ　砂漠に足跡を残した

砂漠に　山越えの坂道に　足跡は残った
砂漠に　勇者たちの屍《しかばね》は墓もなく残された

いや　墓もなく残されたとは言うな　タマリスクの色づく砂漠では
春になると花々が　我らの墓を覆い　飾ってくれる

足跡は残った　行程は残った　遠くにすべては残った
だが　大風が吹こうと砂が舞おうと　足跡は埋もれはしない

どれほど馬が痩せようと　キャラバンは決して歩みを止めぬ
孫が　ひ孫が　いつの日か必ず　我らの足跡を探し出す

（一〇）

タマリスクは東トルキスタンの砂漠によく見られる落葉小高木で、葉は針のように尖っている。乾燥地でも根を伸ばして水分を吸収し、塩分をろ過して水分を蓄えるため葉は塩辛く、水分と塩分を必要とするラクダの食料ともなる。春には枝先にピンク色の小さな花をたくさん咲かせ、房状の毛の付いた小さな種が風に飛ばされていく。そして、落ち着いた先で再び根付いて生きる力強さを持っている。

本章で紹介した四人の詩人はすべて、現代ウイグル語を古典の詩型に見事にあてはめて（多少の韻律の乱れを恐れずに）、多くの美しい詩を詠んだ人たちである。美しいだけではなくその中には強い主張がこめられている。それまでの古典詩の先輩詩人たちが定型化された比喩と象徴の表現を用いて、奥ゆかしく自分の主張を伝えたのとは、その度合いが異なっている。ルトゥプッラ・ムテッリプは古典詩の形式に則った詩だけではなく、韻律と押韻の規則に束縛されない、自由な形式で作られる「自由詩」の世界へ一歩足を踏み入れた詩を書いている。

彼らは、詩はどのようなかたちであれ、自由に自分の言いたいことを表現していいのだというメッセージを後代の詩人に送ったという点で、古典詩の時代から出て現代詩への扉を開けた詩人たちだということができるだろう。

註1　エイサ・ユスプ・アルプテギン Eysa Yusup Alptekin（一九〇一―一九九五）はウイグル民族運動家で、一九四六年に成立した新疆省連合政府では中華民国の国民党側の代表者として秘書長に就任した。一九四九年に新疆省主席だったブルハン・シャヒディが中国共産党政権への参加を決めるとインドのカシミールに亡命し、一九五四年にトルコに渡り、「東トルキスタン亡命者協会」を創立した。ブルハン・シャヒディ Burhan Shehidi（一八九四―一九八九）は中華民国最後の新疆省政府主席で、中華人民共和国でも建国直後に新疆省人民政府主席を数年間務めた人物。

註2　レイハン（reihan）の原義は「芳香」で、イスラム教徒の女性の名前に付けられるが、「神からの恩恵」という意味が含まれている。（三田了一訳・註解、『聖クラーン』、六三一頁）

註3　反右派闘争とは中国で一九五七年から五八年にかけて行われた民主党派や知識分子に対する政治弾圧。

第六章

ウイグルの民俗詩コシャクの世界

ئۇيغۇر شېئىرىيىتى تارىخى

一　コシャクのかたち

ウイグルには「コシャク（qoshak）」と呼ばれている民俗詩がある。マフムード・カシュガリーの『テュルク諸語集成』にもコシャクについての説明が載っているので、十二世紀以前にコシャクという単語がすでに存在していたことがわかる。

現代ウイグル語の辞書では「コシャクは、だいたい一行が七音節で四行から構成されている。リズミカルで心地よい響きを持っていて力強さがあり、用いられているのは普通のことばだが生き生きとしていて、聞く者にイメージを喚起させ、歌って詠むのに適している一種の詩である。（*Uyghur Tilining Ezahliq Lughiti*, p.253.）」と具体的な説明がなされている。

コシャクは七音節で四行のものが多いが、実際には七音節に限らず四音節から十六音節のものまであり、脚韻もAAAA、AABA、ABAB、AAAB、ABCBというかなり自由な組み合わせが見られる。ウイグルだけでなくテュルク系のほかの民族にも、名称はそれぞれ異なっているが同じような形式の民俗詩がある。(1)

コシャクは人々の生活になくてはならないものだった。人々はコシャクに自分の愛を託して喜びや悲しみを表現し、苦しいときには苦しみを吐き出して心の支えとした。結婚式や男児の割礼《かつれい》の日のお祝い、新年の祝いの宴《うたげ》、季節ごとに祝われる祭り、収穫後の喜びの集まりや亡くなった人を追悼する儀式のときにもコシャクは歌われた。

註1　トルコではkoshma、アゼルバイジャンではgoshma、トルクメニスタンではdortleme、カザフスタンではshuvmak turi、キルギスタンではtort sap、ウズベキスタンではkoshk、バシキールとタタールスタンではdyurtlli、shiir、チュヴァシではtakmakと呼ばれている。

二　人生を詠んだコシャク

結婚式で歌われるコシャクに「ヤールヤール（yar yar）」や「オーレン（olen）」という名前で呼ばれているものがあるが、ウイグル語だけでなく、他のテュルク系言語にも同じ形式の詩があり、この文化が共有されていることがわかる。花嫁を送り出す行列の道中で歌われるもので、くり返しこのことばが使われることからコシャクそのものに「ヤールヤール」「オーレン」という名が付けられた。ヤールヤールとオーレンが同時に用いられることもあり、「ヤールウーヤール（yar u yar）」、「ヤールセネム（yar senem）」となる場合もある（セネムは「美しい人」という意味）。

泣くな　娘よ　泣くな
結婚したのだ　ヤールヤール
黄金の模様付きの天蓋《てんがい》のある

お前の家ができたのだ　ヤールヤール

(Alimcan İnayet, *Uygur "Yar-Yar" ve "Ölenׅ" koşaklari üzerine*, p.28.)

泣くな　娘よ　泣くな
喜びなさい　ヤールヤール
鷹のような若者の
恋人になりなさい　ヤールヤール　(p.28)

一人は指輪　一人はルビー
お前たちは一緒になった　ヤールウヤール
人生の坂道と嵐の中で
お前たちはひとつになった　ヤールウヤール　(p.29)

翼を広げて飛びなさい
決して迷わないで、ヤールウヤール

最期のそのときまで
離れないでいなさい　ヤールウヤール　(p.30)

花嫁が花婿の家に到着し、結婚の披露宴が終わって男性客が姿を消したあと、花嫁の顔を覆っていたベールが取られる儀式があるが、その前に、まず花嫁側の出席者たちが歌うコシャクがある。花嫁となる娘を大事に育ててきた母親の気持ちが表現されている。

真っ白なスカーフの中で
一つの花を守ってきた
花を手にとって頭の上に
王冠にして飾った　(Abdurehim Otkur, Iz, p.310.)

申し込みは数々あれど
誰も私の目にはかなわず
たくさんの候補者の中から
あなた方のために守ってきた　(p.310)

月のようにきれいになった
柳のようにほっそりとして
バラの花のようだと人が言う
仕事をさせれば男まさり　（p.310）

次に花婿側も、返しのコシャクを歌う。

夜も昼も祈りつづけた
そして天から授かった息子
私の命よ　私の月よと
我らも息子を育てあげた　（p.310）

市場で馬を手に入れた
立派なたてがみの馬を
上の村から花嫁がきた
黄金のような息子に　（p.310）

一人は蘭の花　一人は梅の花
まったくのお似合いで
松脂《まつやに》のように
ぴったりとくっついている　(p.311)

コシャクは人生の喜びを詠むだけではなかった。苦しみやつらさ、悲しみ、怒りも詠みこまれた。

ミラプたちは馬に乗り
金持ちのほうに水を流す
貧乏人が「水を」と言うと
頭を泥につっ込まれる

(Adem Oger, Mani tarzindaki Uygur halk koshaklari, p.406.)

いい土地は金持ちのところにある
貧乏人の土地はどこにある?
金持ちは花園で横になる
貧乏人は原っぱで横になる　(p.406)

ただ働きの労働に駆り出され
とんでもないつらさを味わった
こんなに小さな地面のために
世界の終わりのように苦しんだ　(p.406)

小麦を刈り取り束《たば》にして
きれいにしたらすぐに
暴君たちが奪っていった
我らには麦わらが残された　(p.407)

地主には情がなかった
我らには痛みが山ほどあった
頭にムチは当たらなかったが
背中に当たって　背中が曲がってしまった　(p.407)

金持ちの女房のアイシェクは

夫のためにベッドを整えた
凍え死ぬほどの寒さでも
我らには何もない　(p.407)

金持ちの娘アイサレは
犬と一緒に散歩する
貧乏人の子供たちは
空腹で泣き声を上げる　(p.407)

働いた　俺は働いた
金持ちのために働いた
焦げたナンをかじり
何年も空しく働いた　(p.407)

苦しかったぞ　苦しかった
肉体労働は苦しかった
労働者が得たものを

金持ちが食べた（p.407）

ミラプというのは用水路の管理を任されている者で、本来は平等に水を供給しなくてはならない立場であるのに差をつけている状況が詠まれている。役人たちの腐敗は進み、彼らと手を組んで私腹を肥やす聖職者や商人も多かった。彼らに対して民衆が恨みを抱くのも当然の成り行きであった。

ナンは水でこねた小麦粉を窯で焼いたもので、主食として食べられている。以前は旅をするときには必ずナンを持っていった。もともと保存がきくように硬めに焼き上げられているものだが、焦げたナンはさらに硬く、味もよくなかったことだろう。

三　歴史を詠んだコシャク

1　ノズグムのコシャク　ホージャ・ジハンギールの蜂起

東トルキスタン全土が動乱に巻き込まれていた時代の一八二六年、コーカンド・ハン国にいたホージャ・ジハンギール(1)が東トルキスタンで清軍と戦ったとき、多くのウイグル人が共に戦った。この蜂起は敗北に終わるが、このときに捕らえられたウイグル人の一人がノズグムという名の女性である。

男性たちは殺され、女性たちはイリに追放され、清に帰順してイリに住んでいたカルムイク（カルマク）人(2)と結婚させられることになった。ノズグムはそれを拒否して荒野に逃げ込んだ。ノズグムの逃亡を知った将軍は清朝に仕えていたツングース系のソロン族[3]の兵士を派遣し、ノズグムを探させた。半年間一人で逃げるが、とうとう捕らえられてソロン族の男に妻として与えられることになった。この結婚を拒否し、その夜彼女は、結婚できることを喜んで酒に酔って寝ていたソロン族の男の喉をかっ切り、逃亡する。しかし最後には、捕らえられ首をはねられて殺されてしまう。

これが、第四章で述べたムッラー・ビラールが書いた『ノズグム』のあらすじだが、ムッラー・ビラールは実際にノズグムのことを知っている人たちを家に招き話を聞き、それらをもとにして構想を固めて書いたと言われている。

三日間を葦の中で過ごした
私の後を追いかけてきたそうだ
私　ノズグムを探し出せずに
犬のようにうろうろしたそうだ

(Uchqunjan Omer (ed), *Uyghur Kkhelq Tarikhiy Qoshaqliri*, p.4.)

葦の原に火を点けたら
川に飛び込もう

邪悪なカルムイクの長官の
妻には決してならないぞ　(p.8-9)

カシュガルを出てからは
ふとんの上で眠ったことがない
母さんが編んでくれた髪を
櫛《くし》けずったことがない　(p.9)

父さんのことがとっても恋しい
兄さんのことがとっても恋しい
父さん　どうか生きていて
何の知らせもなくて　泣いています　(p.14)

兄さんのところに行けない
父さんに会えない
父さんに会えて死んだら
思い残すことは何もないのに　(p.14-15)

兄さん　ここに来られるの？
私をつれて逃げられるの？
何一つわからない
カシュガルに無事に着けるだろうか　(p.15)

役人がつかまえにきた
エジュデハーのように飲みこむために
十五人の役人がきた
ノズグムをつかまえに (p.15)

誰も私のようになりませんように
災難に遭いませんように
私が受けた痛み苦しみが
誰のもとにも行きませんように　(p.15-16)

ノズグムは後に「敵に立ち向かって勇敢に戦い、死を選んだ英雄」というノズグム像が作りあげられ、そのイメージがほかの詩人の詩の中にも詠みこまれるようになった。

註1　ホージャ・ジハンギール Khoja Jihangir（一七七七—一八二八）はカシュガル・ホージャ家の白山統に属するホージャ・ブルハーヌッディーンの孫にあたる人物。清との戦いで祖父は殺されたが父親はコーカンド・ハン国に逃れ、彼はコーカンド・ハン国で生まれた。一八二〇年から三度にわたって東トルキスタン南部に入って民衆蜂起を率いた。

註2　清・ジュンガル戦争で清が勝利し乾隆帝がジュンガル王国を征服したあと、ジュンガルの国民であるカルムイク人が住んでいた東トルキスタン北部では天然痘が蔓延して人口が激減し、空き地となった。それを知ったボルガ川流域に暮らしていたカルムイク人の指導者が、一七七一年、父祖の地である東トルキスタンのイリ地方への帰還を決定した。
ボルガ川流域にいたカルムイク人はかつてモンゴル高原から戦乱を逃れて移住していた人々だった。イリ地方への帰還を目指した十七万人のカルムイク人が、ロシアの攻撃や周辺民族の襲撃などを受け苦難の末に目的地にたどり着いたとき、その人口は七万人になっていた。このあと彼らは清の庇護下に入ってイリ地方で暮らしていた。

註3　ソロン族とは農耕や牧畜、狩猟を得意としていた民族で、清の時代には軍隊に編入され、北方の防備にもあたっていた。

2 サディル・パルワンのコシャク　バヤンダイの戦い

一八六二年の春、中国内地で起こった回族と漢族との衝突に端を発する騒乱は東トルキスタンにも伝わり、一八六四年の六月初めにクチャに住んでいた回族が一部のイスラム教徒といっしょになって官署を襲撃すると、それまで我慢を重ねてきた民衆が各地で一斉に武器を持って立ち上がった。

このとき、イリのバヤンダイ（巴彦岱）で起こった清軍と蜂起軍との戦いでは、蜂起軍が城壁を爆破して突入した。そしてこの戦いにサディル・パルワン Sadir Parwan（一七九八―一八七一）という詩人も加わった。彼はイリの貧しい農家に生まれ、十五歳の時に逮捕されてから十三回投獄されたが、民衆の協力を得てすべての回で脱獄に成功したという人物である。彼は民謡歌手としても有名で、彼が詠んだコシャクは「サディル・パルワンのコシャク」として長く伝わっていた。パルワンは「レスラー、力持ち、勇士」といった意味で、おそらく体格のよい、みんなに愛されていた人物だったのだろう。

サディルとは俺さまのこと
俺がサディルでなかったら　誰がサディルだ
山の道を尋ねてみろ
知らない道はひとつもない

(Uchqunjan Omer (ed), *Uyghur Kkhelq Tarikhiy Qoshaqliri*, p.27)

将軍と呼ばれる卑劣な奴の
残酷な扱いには耐えられぬと
みんなは城に向かっていった
怒りはとどまることがなかった　(p.35)

恐れた司令官は
城の中に入っていった
城壁は頑強だった
突破することができなかった　(p.35)

取り囲んでいる民衆は
どうしたらいいかわからなかった
城壁を突破するための
その方法をみつけなければならぬ　(p.35)

苦しんできたみんなは

命も犠牲にしてきた
門に火をつけたら
中からカギがかけられていた（p.35）

みんなは頭を抱えた
首を振って沈み込んだ
そこに登場したサディル・パルワン
城壁突破の仕事を引き受けた（p.35）

城壁の底を掘って
大量の火薬を置いた
導火線で火をつけた
仕事は大成功だった（p.36）

ユーモアのある歌詞の中にも、人々が弾圧に耐えきれず立ち上がった様子が読み取れる。サディル・パルワンは合わせて四十年以上を獄中で過ごしたとされる。

3　強制移住

一八八一年二月にペテルブルグで調印されたイリ条約の第二条に基づき、その年の半《なか》ばから一八八三年の初めまで、イリからソ連側に六万数千人のウイグル人が移住させられた。詩人ムッラー・ビラールが移住を余儀なくされ、骨を埋めることになった現カザフスタン、アルマトイ州のジャルケントは、このときに強制移住させられた人々によって作られた街である。

アルマトイに移れと言われ
行ったところは石ころだらけの荒地
本当のことは言うまい
青い目　長い髪の人間のあいだでは

(Kıymık Sakine, *Uygur Halk Koşaklarinda Tematik Söz Varliği*, p.51.)

この道を歩いて歩いて
足にたこができてしまった
荷車に乗ろうとしたら
牛が急いで行ってしまった　(p.51)

荒野に出たら
荒野の狼がいる
移ってきた者の中には
老人たちがいる　(p.52)

ジャルケントという場所には
ニレの木が多くあると聞く
孤独と憂いを感じたとき
みんなの心はどれほど痛むことだろう　(p.53)

この詩の中で詠まれているニレの木は日本でよく見られるニレの木とは種類が違うシベリアニレ（Ulmus pumila）と呼ばれるもので、乾燥した寒冷な地域に育ち、樹齢が百年から百五十年になるものも多いと言われている。イリ地方でもよく見かけられる木で、ムッラー・ビラールもニレの木を見て、イリのことを懐かしく思いだしていたのだろうか。

四　詩人たちが詠んだコシャク

コシャクは民衆の中から生まれ発展した詩で、ほとんどのコシャクは詠んだ人の名前はわからないが、コシャクの詩型を利用した詩人たちもいる。短くてリズミカルな調子を持つコシャクは覚えやすく聴衆に訴える力が大きかった。さらにコシャクがメロディーを伴って歌われるとき、その伝達力は倍増する。もともと歌われるコシャクはナフシャ（nakhsha）と呼ばれていたが、現在ではコシャクがナフシャと同義語として使われている場合もある。

1　アフマド・ヤサヴィー　Ahmad Yasavi　？―一一六六（七）

スーフィー詩人アフマド・ヤサヴィーがコシャクの詩型で詠んだ詩は中央アジア全域に広がり、彼の信奉者たちが後に興したヤサヴィーヤ（ヤサヴィー教団）の発展に大きな力を発揮した。彼の詩は宗教的な儀式の色彩を帯びている集まりで歌われ、長く伝えられてきた。ロンドン大学のレイチェル・ハリス民族音楽学教授が、二〇〇九年にトルファン近郊の一軒の家で行なわれた儀式の様子を記録している。

一軒の家に数人の女性たちが集まり、中庭のレンガ造りの広い台の上に座っていた。彼女たちの前には小さなテーブルが置かれ、果物やドライフルーツ、ナッツ類そしてお茶が並べられていた。リーダーとなっている女性が力強い声で朗誦を始めた。彼女は体を前後に揺らし、膝を叩いて二拍子のリズムを刻んでいた。他の女性たちもそれに合わせて体を揺らしはじめた。詩の第一節が終わると、彼女の隣に座っていた女性たちが神の名を唱えるズィクルを始めた。そして歌の展開とともに、彼女たちの詠唱は次第に大きくなり、「アーフム　アー　アーフム　アー」と深く息を吸ったり吐いたりしていた。(Rachel Harris, *Text and Performance in the Hikmat of Khoja Ahmad Yasawi*, p.2159-2160.)

ズィクル(zikr)とは「アッラー」とくり返し唱えることを言い、アッラーを崇拝する行為の一つとして徳があるとされる。

もう一件、新疆南部のある村での儀式も報告されている。二〇一二年の夏の日の午後、十二人の女性たちがある家庭を訪問した。腰の手術をしたその家の女性の回復を願う儀式を行なうためである。内容はトルファンで行なわれた儀式と似ているが、この村での儀式は、病気平癒の祈禱の意味合いが強く打ち出されている。ここで書き採られた詩がある。

口の中の唾《つば》は乾くだろう アーミーン
目の光は消えるだろう アーミーン
土の中に入るだろう アーミーン
死は破壊する アーミーン

ホージャ・アフマド　目を覚ませ アーミーン
この言葉に嘘はない アーミーン
土の中に残された アーミーン
死は破壊する アーミーン

宮殿は壊れ アーミーン
果樹園は移り アーミーン
すべてに等しく アーミーン
死はやってくる アーミーン　(p.2153-2154)

「アーミーン」はキリスト教の「アーメン」と同じく「どうぞ、そうなりますように、そうでありますように」という意味で、祈りの最後に添えられることばであるが、このことばがあることによって、唱和するときにある種のリズムを生み出すことができる。

アフマド・ヤサヴィーのコシャクはほとんどが口伝えで広がっていったが、文字テキストを利用して広がったものもある。十九世紀の南新疆では現在考えられている以上に識字率が高かったことが指摘されている。慈善事業団体やモスクの支援を受けて運営されている学校（meaktab）は地域全体に広がっており、子供たちにアラビア語やペルシャ語、ウイグル語を教えていたし、マドラサはアラビア語をベースとしてイスラム教育という形での高等教育を提供していたからである。現在流布しているものは彼が詠んだ詩がそのまま書かれているわけではなく、実は詠みかえられているものも多いとされているが、トルファンや南新疆の女性たちの集会でリーダーとなる女性は、常に新しいテキストを手に入れて読み、時代に即した詩を選んで集会で使用していた。

2 アブドゥハリク・ウイグル Abdukhaliq Uyghur 一九〇一―一九三三

アブドゥハリク・ウイグルは数多くのコシャクを書いた詩人である。彼の死後に編集され発行された詩集『アチル Achil（咲け、開け）』にはすべての詩型で詠まれている五十八篇が採られているが、その中でガザルが十九篇、コシャクが十九篇で全体の半数以上を占めている。

アブドゥハリク・ウイグルは妻と三人の息子に先立たれるという悲劇に見舞われている。当時トルファンには病院がなかったので、まともな治療を受けさせることができなかったのである。一歳になったばかりの三男が亡くなる前に詠まれたコシャクがある。

子供

子供は親の胸の中にある
つぼみの形をした芸術作品
子供が笑えばつぼみも開き
心を晴れやかにしてくれる

子供は命の中に住む小鳥
それは確かなこと　疑いはない
糸が切れてしまった凧は
空に留まってはいられない

春が来たら小鳥はさえずる
心地よい鳴き声を聞かせてくれる
悲しみに満ちた心も慰められて
子供といっしょに年をとる

子供は神が与えてくれた
最大の贈りもの
子供と共にいて
人の一生は花開く

子供が笑ったら
心の嘆き悲しみも　流れ去る
お願いだ　向こうの世界に
子供を連れていかないでくれ

(Abdukhaliq Uyghur, *Achil*, p.30-31)

アブドゥハリク・ウイグルが詠んだコシャクの中で最も有名なのは本の表題にもなっている「アチル(Achil 咲け、開け)」で、これはもともとあったトルファン民謡「花よ、咲け」のメロディーに乗せて歌われ、トルファンの民衆蜂起のときに蜂起軍を大いに鼓舞したと言われている。

アチル　一九三〇年――

私の花が咲こうとしている
髪を飾ろうとしている
恋人の火が
私の体に燃え移ろうとしている

恋人が思わせぶりに
微笑《ほほえ》んで私を酔わせる
恋人の価値を知らぬのか
厳寒の冬を春にしてくれる

恋人を想う苦痛で　心が血の塊になった
臼《うす》でひかれて　粉になった
お前を恐れて硬い石でさえ
一個でいられず　砂になる

若い望みを眠らせるな
恋人に会うための道で倒れるな
恋人のために命を捧げたら
お前の足もとには千の金貨が降りそそぐ

情熱の花よ　咲け
勇気の道よ　開け
どうせいつかは　死ぬ身
恋人のため　命を捧げよ

死ぬか生きるか
私の恋人よ　咲け

(Abdukhaliq Uyghur, *Achil*, pp.51-52.)

詩作の能力を、ある一定のルールのもとで競い合う「詩の対決」はおそらくどこの国の、どの民族にも存在しているだろう。第四章で紹介した宮廷などで催されるムシャーイラという詩会もその一つである。俳句を書いて投稿し、どの句がいいかを投稿した全員が投票で決めるという日本の句会なども、一種の詩の対決と言えるだろう。

テュルク語圏でもこのような詩の対決は行なわれていてデイシメ（deyshime）、またはデイシ（deysh）と呼ばれている。第三章の『テュルク諸語集成』で夏と冬が対決するという四行詩が例文として採られていたことから、かなり古くからこの詩の対決は存在していただろうと推測される。

オトキュルがデイシメの形式で詠んだ詩がある。見本として挙げておこう。ただし、オトキュルがデイシメで競った相手は彼が尊敬する詩人で、時代と場所を越えたところにいたエムラフ Emrah（一七七五―一八五四）である。[1]

エムラフ作　デディム・デディ[2]

朝早くフィダンに出会った。

私は言った。眠いのかい？　彼女は言った。いいえ、いいえ。
その白い手はヘナで染められていた。
私は言った。お祝い事かい？　彼女は言った。いいえ、いいえ。

私は言った。真珠って何？　彼女は言った。私の歯。
私は言った。ペンって何？　彼女は言った。私の眉。
私は言った。十五って何？　彼女は言った。私の年。
私は言った。ほかに何かある？　彼女は言った。いいえ、いいえ。

私は言った。死がある。　彼女は言った。私にも。
私は言った。ひどいことがある。　彼女は言った。私の首に。
私は言った。高貴な心がある。　彼女は言った。私の胸に。
私は言った。愛することができれば。　彼女は言った。いいえ、いいえ。

私は言った、エルズルムは何？　彼女は言った。知識。
私は言った。行くのかい？　彼女は言った。私の道を。
私は言った。エムラフとは何？　彼女は言った。私の下僕《しもべ》。

私は言った。売ってくれないかい？　彼女は言った。いいえ、いいえ。
（Dedim Dedi. Shiir Defteri.）

オトキュル作　出会い　一九四八年三月八日 ――――

夜明けにスルターナと出会った。
私は言った。君はスルターナかい？　彼女は言った。いいえ、いいえ。
彼女の目はキラキラと輝き、その手はヘナで染められていた。
私は聞いた。君は明けの明星かい？　彼女は言った。いいえ、いいえ。

私は言った。名前は何？　彼女は言った。アイハン。
私は言った。故郷はどこ？　彼女は言った。トルファン。
私は言った。悩んでいるのかい？　彼女は言った。離れているから。
私は言った。誰かの恋人？　彼女は言った。いいえ、いいえ。
私は言った。月のようだ。　彼女は言った。私の顔が？

私は言った。星のようだ。　彼女は言った。私の目が？
私は言った。火花が散っている。　彼女は言った。私のことばが？
私は言った。君は火山なのかい。　彼女は言った。いいえ、いいえ。

私は言った。萱菅《かやすげ》って何？　彼女は言った。私の眉。
私は言った。ビーバーって何？　彼女は言った。私の髪。
私は言った。十五とは何？　彼女は言った。私の年。
私は言った。君は恋人かい？　彼女は言った。いいえ、いいえ。

私は言った。海とは何？　彼女は言った。私の心。
私は言った。美とは何？　彼女は言った。私のくちびる。
私は言った。砂糖とは何？　彼女は言った。私の舌。
私は言った。少しくれないか？　彼女は言った。いいえ、いいえ。

私は言った。鎖がある。　彼女は言った。私の首に。
私は言った。死がある。　彼女は言った。私の道に。
私は言った。手錠は？　彼女は言った。私の腕に。

私は言った。怖いかい？　彼女は言った。いいえ、いいえ。
私は言った。どうして怖くないの？　彼女は言った。神さまがいるから。
私は言った。ほかには？　彼女は言った。私にはみんながいるから。
私は言った。ほかには？　彼女は言った。私には魂があるから。
私は言った。幸せかい？　彼女は言った。いいえ、いいえ。

私は言った。希望とは何？　彼女は言った。私のバラ。
私は言った。闘争とは？　彼女は言った。私の道。
私は言った。オトキュルは君の何？　彼女は言った。私の下僕《しもべ》。
私は言った。売ってくれないかい？　彼女は言った。いいえ、いいえ。

(Abdurehim Otkur, A.Otkur Sheirliri. Elkitab.org. 2020-07. p.17-18.)

「いいえ、いいえ」と訳したところはオトキュルの詩では「yaq yaq」エムラフの詩では「yoh yoh」となっている。適切な訳とならない部分もあるが、デイシメの形式を示すために直訳した。

デイシメには対決するためのいろいろなルールがある。相手の欠点を言い合う、自分の長所を言い合う、一人が質問して相手が答える、同じ韻を踏む単語を使う等々。エムラフとオトキュルのデイシメでは、「いいえ」

という意味を持つ「yaq yaq」と「yoh yoh」[3]を使うことをルールにしていることがわかる。

オトキュルがエムラフの詩からインスピレーションを得てこの詩を書いたことは明らかである。スルターナは女性に使われる名前だが女性のスルタン（君主）という意味もある。「アイハン」も女性によく使われる名であるが、古い形は「アイ・カガン」で、これは英雄オグズ・カガンの母親の名前でもある。

古典文学の研究家でもあったオトキュルは、おそらくその意味も含ませたのではないだろうか。オトキュルがスルターナ（女性の君主）と呼んだ女性は実はアイハン（アイ・カガン）であった。この女性は「ウイグルの母なる大地」あるいは「ウイグルの故郷」を象徴しているとも考えられるのである。

このコシャクには、下僕《しもべ》としてウイグルの人々に尽くすことを望んでいるオトキュルの静かな決意がこめられているように思われる。

註1　エムラフEmrah（一七七五―一八五四）はトルコのエルズルム出身で、ナクシュバンディー教団のスーフィー詩人として各地を転々としながら詩を詠んでいたと言われている。

註2　デディム・デディ（dedim-dedi）は、「私は言った（dedim）」「彼女（彼）は言った（dedi）」が行の最初あるいは最後に付いて、愛をテーマとして詠まれるコシャクである。トルコでは現在も「デイシメ」が集会所、結婚式の会場、チャイハナ（喫茶店）などで行なわれている。

註3　「yok yok」と書かれているテキストもある。

五　現代のコシャク

1　官製のコシャクか？

一九八九年九月にカシュガルのマラルベシ県でコシャクを集めた『ウイグル民謡（Uyghur khelq Qoshqliri）』という本が出版された。編集したのはコシャクとことわざを集めるために立ち上げられた特別の組織で、地域の遺跡の写真や委員会のメンバーが会合を開いている写真が掲載され、そのあとに中国共産党のマラルベシ支部長「劉源興」、マラルベシ地区の行政府長「Ehmet Qawul」と書かれた署名付きのページが続いている。全体は第一部「民衆のコシャク」、第二部「愛の詩」、第三部「ことわざ」に分けられている。

第一部は「党（中国共産党）に関して」のコシャクから始まり、四行詩が三十二連続く。三十二連すべてに、「党」という単語が含まれている。その次に「軍（中国人民解放軍）に関して」のコシャクが二十三連続き、すべてに「軍」という単語が含まれている。そして「毛主席に関して」が三十連あり、その中の二十八連に「毛主席」が含まれている。（コシャクの後の番号は*Uyghur Khelq Qoshaqliriy*の掲載ページを示す。）

党に関して ――

籾《もみ》には金の粒がある
天山と肩を並べるほどの量になった
党のある時代には
食布は広くなった　（三）

「食布」と訳したのは床に座って食事をするときに食器や料理を並べるために広げられる大きな布のことをいう。現代ではテーブルクロスという意味でも使われる。つまり料理がたくさんあってごちそうを食べられるようになった、という意味が含まれている。

鳥を飛ばせた
力のある翼で
党がなければ
我らにいい人生はない　（五）

党のある時代には

我らの頭は天に届く
日ごとに伸びている
若者たちは幸福だ　（六）

軍に関して ――――――

果樹園のいちじくは
とてもよく熟した
我らの幸運を考えて
軍よ　お前は戦ってくれた　（九）

一滴一滴の水も
泉になる　池になる
軍が一歩一歩
踏んだ場所には花が咲く　（九）

我らの道は輝いている
赤い旗の光で
荒れ地が草地になった
軍の力によって（一一）

毛主席に関して

ひまわりを植えた
太陽に向かって咲いた
毛主席の時代には
我らに光が降り注いだ（一四）

美しいエケン川は
我らの村のそばにある
毛主席の愛は
我々の心のそばにある（一七）

夜明けとともに太陽が出た
我らの村に陽が射した
我らの毛主席は
永遠に輝く道を開いた　（一八）

出版されたのが一九八九年なので、建国から三十九年のあいだに生み出されたコシャクだということになる。すべてが共産党、解放軍、毛沢東《もうたくとう》を讃えるものばかりという見事な統一性を持ったものである。これらのコシャクが、人々が自ら共産党や解放軍、毛主席に感謝して詠んだものなのか、あるいは、ある種の意図を持って詠まれたものなのかわからない。おそらくその答えは出ないまま残されるだろう。

2　吟遊詩人アーシクとコシャク「青い狼はどこに」

第四節の「アブドゥレヒム・オトキュル」の項で取り上げた「デイシメ」という詩の対決には、かつてはアーシクと呼ばれる吟遊詩人たちも参加していた。アーシクとは、もともとアラビア語で「恋する者」を指す語であった。また何かに強く魅きつけられている人たちのことも意味するようになり、スーフィー詩人たちが神の教えを説いてまわったことから、アーシクにはいつしか「吟遊詩人」という意味も加えられるようになった。

情報網が発達していない時代には、キャラバンに加わって多くの国を通過してきた人々の話は貴重な情報源であった。アーシクたちも、自分の詩だけではなく、各地で聞いた心に残っている詩や伝承の物語を歌って聞かせた。アフマド・ヤサヴィーの教えが広まったのもアーシクたちの働きによるところが大きいとされている。アーシクには詩を詠むことができて、作曲ができて、歌も歌うことができるという才能が与えられている。持ち運びに便利な楽器を一つ手にして旅をつづけ、自分の喉を披露していた。

このような放浪して歩くアーシクたちの姿を見ることはもうできなくなったが、現在でも、アーシクと同じような役割を果たしている人たちがいる。現在、ウイグルの詩人たちが詠んだ詩に曲が付けられ、インターネット配信がなされている。自分の気に入った詩にふさわしいメロディーを付け、インターネットで世界中にその歌を届ける人たちは、放浪して歩くことはないが、何かを強く求めていて、歌でそれを表現することができるというアーシクの能力を備えている。

一例を紹介しよう。ウイグルには青い狼を始祖とする民族創生の伝説があり、ほかのテュルク系民族やモンゴルにも青い狼を民族の始祖とする伝説が残っていることを第二章で書いたが、「青い狼はどこに」というタイトルのコシャクを歌った動画がインターネット上で公開されている。

青い狼はどこに

ふたつの目が燃え　暗くなった
まるで心を追悼しているかのように
私たちを夜明けの光に導いてくれ
青い狼はどこにいる

空も黒　世界も黒
友人や親戚たちの心も黒い
父親たちの心は傷だらけだ
青い狼はどこにいる

兄も弟も大麻を吸う
妹アイシャは娼婦になった
子供らは私を困らせる
青い狼はどこにいる

白い悪魔、黒い悪魔が襲ってきた
まるで暗黒の夜が襲ってくるように
母親たちはことばを無くした
青い狼はどこにいる

父親たちもことばを無くした
青い狼はどこにいる

コシャクは詠んだ人物の名前がわからないものがほとんどで、この「青い狼」も誰が詠んだかわかっていない。しかしこの動画を見ていると、コシャクがどのようなときに誕生するのか、その状況を漠然とではあるが教えてくれているような気がする。

心の奥から湧き上がった思いを文字にして、素直に四行に整えて訴えたもの、それがコシャクの原点である。そして、それに曲を付けて広く知らせる役目を果たしている作曲家や歌手は、現代に生きるアーシクだと言えるだろう。

アブドゥレヒム・オトキュルの「出会い」は、有名な民謡歌手、アブドゥレヒム・ヘイト(1)が曲を付けて歌っている。ニムシェヒトの「アルディダ」、「知識への愛」も彼が曲を付けている。アブドゥレヒム・ヘイトはまちがいなく、現代のアーシクの代表者だと言えるだろう。

紀元前からウイグルのコシャクは詠まれ、歌われてきた。コシャクという名前はまだ付いていなかったかもしれないが、少しずつ形が整えられ脚韻を踏む四行詩として文字に残されるようになった。文字が変わっても詠む人の姿が変わっても、外の土地から仏教やイスラム教がもたらされ、ペルシャ語やアラビア語が入ってきてチャガタイ語ができて、いろいろな詩型の古典詩が詠まれるようになっても、コシャクはずっと変わらぬ姿で詠まれつづけた。長い間多くの古典詩と一緒にいたので、古典詩的な比喩を採り入れて美しく装うことができるようになったが、力強く生き生きとした表現力を失うことはなかった。コシャクはウイグルの詩の核として生きてきたし、これからも生きつづけることだろう。

註1　アブドゥレヒム・ヘイト Abdurehim Heyit（一九六二―）が二〇一九年二月に強制収容所で死亡したというわさが流れ、トルコ政府が中国政府に説明を求める騒ぎが起こった。そのとき中国政府は彼が健康であることを示すためにビデオ映像を流し、彼自身も映像の中で自分は健康であると言っていたが、その後公の場に姿を見せず、現在は安否不明である。

後書き

ئۇيغۇر
شېئىرىيىتى
تارىخى

後書きの最初にこの詩を載せることで、本書は完成を見ることができるだろう。日本にも留学経験を持つ新疆師範大学のアブドゥカディル・ジャラリディンAbduqadir Jalalidin（一九六四―）教授によって詠まれたものである。

帰る道がない――

忘れられた片隅で私は一人　愛しい人はいない
夜ごと悪夢に襲われる　だが私にはお守りがない
この命の続くことが唯一の願い　ほかに願うことは何もない
静寂の中　思いに押しつぶされる　だが為《な》す術《すべ》がない

私は何者だったのか　何になったのか　わからない
心の望みを誰かに伝えたいのに　話すことはできない
ああ　運命の気まぐれな性格は　私にはわからない
愛する人のそばに行きたいのに　私には力がない

季節の移ろいを隙き間から見てきた
君の消息を教えてくれるかと　花とつぼみを空しく見つづけた
骨の髄にまで恋しさがしみ込んでいった
ここは何という場所　来た道はあるのに帰る道がない

この詩は「再教育施設」と呼ばれている新疆の強制収容所の中で詠まれたものである。単語の一つ一つに深い意味がこめられ、愛する家族からとつぜん引き離された詩人の慟哭が伝わってくる。愛する人との再会だけを心の支えにして生きている人たちにとって、再会の日がいつになるかわからないという苦痛はどれほどのものだろう。これは一種の拷問とも言える。

アブドゥカディル・ジャラリディン教授は教育者としてだけでなく、詩人、文芸評論家、翻訳者として数多くの本を出版し、その功績により輝かしい賞を授与されているウイグル文学界、教育界の重鎮である。教授は二〇一八年、理由を知らされないままとつぜん自宅で拘束され、消息が途絶えていた。それから二年後の二〇二〇年の夏、教授の詠んだこの詩は口から口へと伝えられ、はるか海を隔てたアメリカ人の元教え子ジョシア・フリーマン氏のもとに届いた〔https://www.nytimes.com/2020/11/23/opinion/uighur-poetry-xinjiang-china.html〕。そしてウイグル語の原文には曲が付けられ歌われ、映像化されて世界中に発信された。

教授は牢獄でこの詩を声にして詠んだのだろう。詩はまるで魂を持った生き物のように教授の口から外に出ると、牢獄にいた優れた記憶力を持つウイグル人たちの中で生きつづけた。そして牢獄の外に出ることのできた誰かが、何らかの手段を使って外国にいる知人にこの愛の歌を伝えた。詩には直接的に政府を批判する文言は一言も含まれていない。だから検閲の網をくぐり抜けることができたのだ。

韻を踏み、ある種のリズムを伴った定型詩は記憶に残りやすい。加えて、ウイグル人にとって詩を覚えることは、日本人が考えるほど難儀ではないと思われる。かつてウイグル人の子供たちは、日常生活の礼儀作法やしつけに結び付く内容の詩を幼いときから教えられ、朗誦しながらそれを覚えた。学校教育の中でも詩の授業が用意され、詩を聴いたり自分で詩を作ったりするという環境に身を置いていた。

これほど詩はウイグルの人々に大事にされてきたのだが、いま、中国ではこの環境が壊されてしまった。新疆ウイグル自治区ではウイグル語教育が完全に廃止され、国営書店ではウイグル語の教科書の取り扱いが中止された。ウイグル人が経営する書店は売り上げの減少や従業員の逮捕で閉店に追い込まれた。

ウイグル語の本を出版していた会社の経営者や編集長は、「ウイグルの古典文学に関する本を出して民族分断を煽った」という罪で逮捕され、従業員たちは、昼間は近郊の村での強制労働、夜は思想改造の勉強会に参加を強制された。

現在、少なく見積もっても百万人を超すウイグル人が収容されている収容所では、母語を使うことを禁じられ、多くの人が苦手とする中国語のみで話すことを強制されている。彼らは「海外にいる親族と連絡をとった」「海外旅行をしたことがある」「知人に敬虔なイスラム教徒がいる」「外国人と接触した」などの理由で拘束され、収容所に送られ、中国から世界に輸出される製品を生み出すための強制労働に従事させられている。

アブドゥカディル・ジャラリディン教授のほかにもペルハット・トルスン Perhat Tursun（一九六九―）、グルニサ・イミン Gulnisa Imin（一九七六―）、アディル・トゥニヤズ Adil Tuniyaz（一九七〇―）、アブドゥレシト・エリ Abdureshit Eli（一九七四―）、チメングル・アウト Chimengul Awut（一九七三―）といった著名な詩人たちや、ウイグル古典文学の研究者、歌手、舞踊家、放送関係者、学者など、ウイグル人社会に大きな影響力を持つ人たちが、民族分断を煽ったという理由で逮捕された。

強制収容所の外でも、「拘束」は行なわれている。無数の監視カメラが設置され、盗聴器が仕掛けられ、監視の網が張り巡らされている。監視カメラは個人の住宅にも設置される場合がある。スマートフォンとソーシャルメディアの使用が義務化され、通話や発言、交友関係、行動記録が瞬時に当局に通報されることになっている。また健康診断の一環と称して血液が採取され、体重・身長の測定が行なわれ、笑顔やしかめ面、横顔など、さまざまな角度からの写真が撮られ、文章を読まされ、その音声が録音されている。これらはすべてＡＩ（人工知能）による顔・音声・歩行認識システムのデータとして使われているのである。現在、新疆に住むイスラム教徒の少数民族（ウイグル族、カザフ族、キルギス族、ウズベク族）の人々は、人類史上前例のない、デジタルと生体認証システムによる監視下におかれている。最先端技術がこれほど悪用されている例を、中国以外の地域で見いだすことはできないだろう。

このような人権弾圧の実態はなかなか明らかにされてこなかったが、国連人権高等弁務官事務所は衛星写真による強制収容所の増加の様子や流出した内部文書、数々の証言から、これらの弾圧が事実であることを認めた。中国は「西側勢力によって仕組まれた茶番」だとして国連に調査報告書を公表しないように求めたが、中国の圧力を押し切るかたちで報告書は公表された。

二〇二二年九月一日付のBBC News Japan https://www.bbc.com/japanese/62747614 の一部を引用する。

調査担当者らは、「人道に対する罪」に相当しうる拷問が行なわれたことを示す「信ぴょう性の高い証拠」を発見したと主張。中国について、不明確な国家安全保障法を使い、少数民族の権利を締め付け、「恣意《しい》的な拘束制度」を確立していると非難している。

「人道に対する罪の可能性」

国連人権高等弁務官事務所が出したこの報告書は、刑務所に拘束された人たちが「性暴力やジェンダーに基づく暴力」などの「不当な処遇パターン」を受けてきたとした。また、強制的な医療行為や「差別的な家族計画や出産制限」の対象にされた人もいたとした。

国連は中国に対し、「恣意的に自由を奪われたすべての個人」を直ちに解放するよう勧告。中国による行為の一部は「人道に対する罪を含む、国際犯罪の遂行」に当たる可能性があると示唆した。

国連は、中国政府に拘束されている人数は不明だとした。ただ人権団体は、中国北東部・新疆地区の収容所には、百万人以上が拘束されていると推定している。

収容所の管理や各家庭に入り込んでの「再教育」業務、つまりスパイ活動に携わるために、百十万人の漢族の国家公務員が新疆に移住してきた。その結果、漢族の春節が大々的に祝われるようになり、イスラム教徒の犠牲祭、断食明けの祭り、新年のノウルズの祭りは催されなくなった。新疆ではこの五年間、ウイグル族の伝統的な歌と踊りの公演の場が減少し、ウイグル人が漢族の伝統芸能である京劇を演じる場が増えた。

第四章で紹介したメシュレプは、かつてはコミュニティーを中心とした伝統行事で、代々伝わる知識や文化がメシュレプの場で次世代に継承されていた。メシュレプでは音楽やダンス、演劇、ゲームなどが行なわれ、ウイグル人の交流の場ともなっていた。しかし、一九九〇年代後半になるとメシュレプは禁止され、二〇〇〇年代に入り再開されるようになったとき、もともとの役割はすでに失われていた。毎月、すべての県や町が「公式」のメシュレプを催すようになり、歌と踊りを通じて中国共産党への忠誠を示すことが重視されるようになった。この「政治的メシュレプ」への参加を怠ると拘束や投獄の対象となった。

二〇一九年二月、メキト県の収穫祭の様子が中国国営テレビで全国放送された。ウイグル人の歌手や舞踊家が、漢族の国家公務員で埋め尽くされたホールで京劇などを演じた。中国国営テレビ局のこの番組は「ウイグル人再教育の最前線にいる漢人部隊」の士気を高めるためにつくられたもので、彼らにとっても全国放送を通じて、自分たちがウイグル人の再教育に成功したことをアピールするチャンスでもあった。七十四分間の公演のうち、ウイグル語が話されたのはわずか二分間だった。

ウイグル人の子供も、京劇の扮装をしてパフォーマンスに参加した。京劇を演じた子供たちの担任だった教師をはじめ、すべての小学校教師は、漢民族の伝統音楽を教えるように強制されている。クムル出身の若いムカム演奏家たちも京劇への転向を発表しはじめた。そしてこのような動きは、強制収容所行きを免れるための自衛手段であるとウイグル人に認識され、その結果、新疆西部のメキトから新疆東部のクムルまで、どんな小さな町でも中国共産党を称える革命歌曲、紅歌《こうか》の歌唱大会が催され、京劇を学ぶセンターが作られるようになった。

一九五〇年代から中国では、中国共産党のイデオロギーを伝えるために歌や演劇が利用されてきた。その時期も紅歌《こうか》は人民の団結、毛沢東への信頼、社会主義運動などをテーマとして歌われていた。しかし、当時と現在とで異なるのは、当時の紅歌《こうか》はウイグル人が歌うときにはウイグル語に翻訳されて歌われていたことである。ウイグル人はウイグル語で「共産党なくして新中国はない」を歌った。しかし今、ウイグル人は強制収容所や村や町の集会で、同じような内容の歌を、中国語で日常的に歌わされている。ウイグル人が中国で生きていくためには、自分たちの文化やアイデンティティを放棄しなければならなくなったのである。

ウイグルの伝統音楽を聴くことは、中国国内ではもうできなくなったし、書店からはウイグル語の本は姿を消した。並べられているのは、中国語を教えるための教科書と、習近平と中国共産党を讃えた詩が掲載されている雑誌だけである。

しかし、中国におけるウイグル文化、文学にとって絶望的とも思えるこのような状況が、将来どのように変化するのか、誰にも予測することはできない。本書を書くためには手元にある本だけでは足りなかったので中国の書店に注文したが、ウイグル語の本だけでなく、中国語に翻訳されたウイグル詩の本も取り扱い中止となっていた。しかし案ずることはなかった。必要なものすべてが手に入ったわけではないが、インターネット上でウイグル語、トルコ語、英語、中国語、アラビア語などの資料を閲覧し利用することができるようになっていたのである。

ウイグルの文化保存の取り組みは、中国以外の国に居住しているウイグル人に託されている。人口が増えたウイグル人コミュニティーでは子供たちのためのウイグル語教室が開かれ、文字遺産を可能な限りデジタル化する取り組みが精力的に行われている。古典の研究書や古語辞典、詩集、小説などが、とぎれることなくインターネット上に公開されている。

本書に「ウイグル詩史」という大仰な表題を付けたが、ウイグルの詩の歴史的な流れの、ほんの表面の部分をすくい取ったに過ぎない。紹介していない詩人の数のほうが圧倒的に多い。それでも、紀元前から途切れることなく受け継がれてきたウイグルの詩がどういうものだったか、おおまかには知っていただくことができるのではないかと思っている。

ウイグルの文化の伝統を受け継いでいるのは文学だけではない。音楽も踊りも長い歴史の中で磨きあげられ整えられてきたものである。それらの貴重な文化遺産を人為的に破壊しようとすること自体、不遜であり傲慢である。そのような試みは決して成功しないであろうことを、固く信じている。

最後になりましたが、本文のデザイン・組版をしていただいた月ヶ瀬悠次郎さん、美しい表紙を作ってくださった玉川祐治さん、丁寧な校閲をしてくださった坂本直子さんに、心からお礼を申し上げます。みなさまのおかげで、本書は読者のかたがたにとって手に取りやすい、そして読みやすく理解しやすいものになったのではないかと思います。

『ウイグル十二ムカーム』が上梓されてから九年のあいだ、変わらず温かい目で私のウイグル文学に関する翻訳作業を見守り、このたびも本書の出版を快く引き受けてくださった集広舎の川端社長に、この場を借りて心からの感謝の気持ちをお伝えしたいと思います。ほんとうにありがとうございました。

二〇二三年三月

萩田　麗子

本書で紹介した詩人たちの詩をYouTubeで聴くことができるように、検索用のローマ字タイトルとアドレスを挙げておく。動画は複数作成されているものもある。

『出会い』アブドゥレヒム・オトキュル
作曲 アブドゥレヒム・ヘイト
Abdurehim Heyit-Karsilasinca
https://www.youtube.com/watch?v=DdChmxqb92c

『足跡』アブドゥレヒム・オトキュル
作曲 ムサジャン・ローズィー Musajan Rozi
iz | Abdirim Otkur | Uyghur Nahxa
https://www.youtube.com/watch?v=daZIepTgsdI

『アチル(咲け、開け)』アブドゥハリク・ウイグル
曲 トルファン民謡
Uyghur folk song - Achil
https://www.youtube.com/watch?v=n4dSXtt7ItI

アルディダ(前で、前に): ニムシェヒト
作曲 アブドゥレヒム・ヘイト
Before_Aldida
https://www.youtube.com/watch?v=72x8lhF6aaY

『知識への愛』ニムシェヒト
作曲 アブドゥレヒム・ヘイト
Bilim Ishqida - Hoshur Qari | Uyghur song
https://www.youtube.com/watch?v=PsKRQieXANQ

『青い狼はどこに』作詞不詳
作曲 アブドゥレヒム・ヘイト
Hani Gokboru Abdurehim Heyit
https://www.youtube.com/watch?v=8n_nFIDCQGo

『帰る道がない』作詩 アブドゥカディル・ジャラリディン
作曲 A・ケリチ/ A.Qelich
DÖNÜŞÜM YOK (YANARIM YOK)
https://www.youtube.com/watch?v=SjAeuB90Ne8

索引

(人)は人名，(地)は地名，(文)は文学関係，(植)は植物名を示す。

ア

カ

サ

タ

ナ

ハ

マ

ヤ

ラ

ワ

参考とした主な資料

第1章

- 小川環樹，『風と雲　中国文学論集』，朝日新聞社，1972.
- 片山章雄，「突厥ビルゲ可汗の即位と碑文史料」，『東洋史研究』，1992, 51(3): 444-463, 京都大学学術情報リポジトリ KURENAI，1992-12-31. https://repository.kulib.kyoto-u.ac.jp/dspace/bitstream/2433/154418/1/jor051_3_444.pdf
- 『楽府詩集』，維基文庫. https://zh.wikisource.org/wiki/%E6%A8%82%E5%BA%9C%E8%A9%A9%E9%9B%86
- 護雅夫，『古代トルコ民族史研究II』，山川出版社，1992.
- 『新纂浄土宗大辞典』．http://jodoshuzensho.jp/daijiten/index.php/%E5%81%88
- 「新唐書 列伝第一百四十二上 回鶻上」，中国哲学書電子化計画．
- https://ctext.org/wiki.pl?if=gb&res=182378&searchu=%E6%95%95%E5%8B%92
- 鈴木宏節，「突厥トニュクク碑文箚記：斥候か逃亡者か」，Osaka University Knowledge Archive, 2008.
- https://ir.library.osaka-u.ac.jp/repo/ouka/all/7840/mrh_042_055A.pdf
- 山口裕之・橋本雄一編，『地球の音楽』，東京外国語大学出版会，2022.
- 『中華世界の再編とユーラシア東部　四～八世紀』，岩波書店，2022.
- 『突厥研究』, 芮伝明訳, 国学網. http://www.guoxue.com/study/oy/tujue/jteqb.htm
- 羅根澤，『羅根澤古典文学論文集』，上海古籍出版社，1985.
- 李国華，「維吾爾文学史」，蘭州大学出版社，1992.
- Turgun Almas, Uyghurlar, World Uyghur Congress, Munich, 2010.
- Orhun abideleri, Internet Archive, 2020-12-25.
- https://archive.org/details/orhun_abideleri/Bilge%20Ka%C4%9Fan%20Abidesi/
- https://archive.org/details/orhun_abideleri/K%C3%BCl%20Tigin%20Abidesi/
- https://archive.org/details/orhun_abideleri/Bilge%20Tonyukuk%20Abidesi/page/n1/mode/2up

- E. Denison Ross & Vilhelm Thomsen, The Tonyukuk Inscription: "Being a Translation of Professor Vilhelm Thomsen's Final Danish Rendering". https://7buruk.blogspot.com/2010/01/tonyukuk-inscription.html

第２章

- 海熱提江・烏斯曼（西脇隆夫訳），「『オグズ・ナーメ』研究における諸問題，名古屋学院大学論集　人文・自然科学篇，第 44 巻第2号，2008-01. http://www2.ngu.ac.jp/uri/jinbun/pdf/jinbun_vol4402_10.pdf
- 笠井幸代，「トカラ語より翻訳された未比定のウイグル語仏典註釈書」，『内陸アジア言語の研究』，21，中央ユーラシア学研究会，2006-07. https://ir.library.osaka-u.ac.jp/repo/ouka/all/16208/sial21-021.pdf
- 「魏書・列伝第九十一・蠕蠕 匈奴宇文莫槐 徒何段就六眷 高車」，中国哲学書電子化計画． https://ctext.org/wiki.pl?if=gb&chapter=865531
- 耿世民，『回鶻文哈密本 弥勒会見記 研究』，中央民族大学出版社，2008.
- 「金光明最勝王経巻第十」，SAT 大蔵経テキストデータベース（No.0665　義浄訳）in vol.16.
- https://21dzk.l.u-tokyo.ac.jp/SAT2018/master30.php
- 塩田昇，「比較詩学の試み―音韻と韻律（その 2）」，『英語英文学研究』，21 巻1号，創価大学英文学会，1996-10-01.
- 「史記・匈奴列伝」，中国哲学書電子化計画　https://ctext.org/shiji/xiong-nu-lie-zhuan/zh
- 『新纂浄土宗大辞典』．http://jodoshuzensho.jp/daijiten/index.php/%E5%81%88
- 「隋書・巻八四列伝第四九・北狄」，中国哲学書電子化計画． https://ctext.org/wiki.pl?if=gb&res=386407
- 『中央ユーラシア史』，山川出版社，2000.
- 中村健太郎，「ウイグル語仏典からモンゴル語仏典へ」，『内陸アジア言語の研究』, 22, Osaka University Knowledge Archive, 2007-7. https://ir.library.osaka-u.ac.jp/repo/ouka/all/19426/sial22-071.pdf
- 長谷川大洋，『オグズ・ナーメ』，創英社・三省堂書店，2006.
- 「無明羅刹集」，SAT 大蔵経テキストデータベース．
- https://21dzk.l.u-tokyo.ac.jp/SAT/ddb-sat2.php?mode=detail&useid=0720_,00,0851&nonum=1&kaeri
- 森安孝夫，「西ウイグル仏教のクロノロジー」，『仏教学研究』62・63（合併号），龍谷仏教学会，2007.

- 楊富学 ,「回鶻文佛教譬喩故事研究」,『普門学報第三六期』, 普門学報出版社 , 2006.
- 李国華,『維吾爾文学史』, 蘭州大学出版社 , 1992.
- Jonathan Ratcliffe, Turfan Oguz Name: Preliminary English Translation, Introduction and Commentary, Academia.
- https://www.academia.edu/5357144/Turfan_Oguz_Name_Preliminary_English_Translation_Introduction_and_Commentary
- Nurdan Besli, Anlambilim Açisindan Eski Uygurca Şirler, Ankara Yıldırım Beyazı Üniversitesi Sosyal Bilimler Enstitüsü. 2019.
- https://acikbilim.yok.gov.tr/bitstream/handle/20.500.12812/702683/yokAcikBilim_10276109.pdf?sequence=-1&isAllowed=y
- Oghuz Name, Milletler Neshriyati, Beyjing, 1980.
- W. Bang・G.R. Rahmeti, Oğuz Kağan Destani, İstanbul Üniversitesi Edebiyat Fakürtesi Türk Dili Semineri Neşriyati, Burhaneddin Basımevi, 1936.

第3章

- アブドゥシュクル・ムハンメド・イミン（間野英二・李昌植訳）,「中世ウイグル文化の百科事典『クタドゥグ・ビリク（福楽智慧）』」,『西南アジア研究』, No.26, 1987.
- 「オスマン帝国末期の株券、今いくら？　算定をめぐり相続人が銀行を告訴」, 塚田真裕訳 , 東京外国語大学 .
- http://www.el.tufs.ac.jp/prmeis/html/pc/News20070222_010712.html
- 小松久雄編著 ,『テュルクを知るための 61 章』, 明石書店, 2016.
- 菅原睦 ,「チャガタイ文学とイラン的伝統」,『総合文化研究 No.5』, 東京外国語大学総合文化研究所, 2002-3-20.
- 『中央アジアを知るための 60 章』, 明石書店, 2010.
- 『中央ユーラシア史』, 山川出版社 , 2000.
- 『中央ユーラシアを知る辞典』, 平凡社 , 2005.
- 麻赫默徳・喀什噶里（新疆維吾爾自治区社会科学院訳）,『突厥語大詞典1・2・3巻』, 民族出版社 , 2002.
- ユースフ・ハース・ハージプ（山田ゆかり訳）『幸福の智慧 クタドゥグ・ビリグ』, 明石書店, 2018.
- 李国華,『維吾爾文学史』, 蘭州大学出版社, 1992.

- Ali Emiri Efendi ve Dunyasi, Pera Müzesi, 2007-1. https://www.peramuzesi.org.tr/sergi/ali-emiri-efendi-ve-dunyasi/64
- Erdem UÇAR, Kutadgu Bilig'in Kronolojik Kaynakçası (1825-2018), JOTS, 3/1, 2019: 139-239.
- https://dergipark.org.tr/tr/download/article-file/624519
- Kitab-ı Divan-ı Lügat-it Türk, cild 1-3,
- https://archive.org/details/KitablDivanlLugatltTurkCild1/Kitab-%C4%B1%20divan-%C4%B1%20lu%CC%88gat-it-Tu%CC%88rk%20cild%201/
- Kutadgu Billg. https://kutadgubilig.appspot.com/
- Mahmud al-Kashghari, (Robert Dankoff, James Kelly ed, & translated.), Compendium of the Turkic Dialects, part 1-3, 1982.
- Mahmud Kashgari, (Kilisli Rıfat.ed.) Kitab-i Divan-i Lugat-it-Turk, 1-3, 1914.
- https://archive.org/details/diwanlughatalturkv13/page/n36/mode/2up
- Mahmud Kashqeri, Turki Tillar Diwani, 1-3, Shinjang Khelq Neshriyati, 1981.
- Robert Dankoff, From Mahmud Kashgari to Evliya Chelebi, The Isis Press, 2008.
- The Encyclopedia of Islam (new edition), Leiden, E. J. Brill, 1986.
- Yûsuf Hâs Hâcib (Hazırlan: Mustafa S Kaçalin), Kutadğu Bilig (metin), T.C. Kültür ve Turızm Bakanlıgı /Kütüphaneler ve Yayımlar Genel Müdürlügü. https://www.academia.edu/8048541/Kutadgu_Bilig_Yusuf_Has_Hacip_Orjinal_Tam_Metin
- Yusup Khas Hajip, Qutadghu Bilik, "Qutadghu bilik"ni neshrge teyyarlash guruppisi (in China), 1983.
- Yusuf khass Hajib, (Robert Dankoff tr.), Wisdom of Royal Glory (Kutadgu Bilig), The University of Chicago Press, 1983.

第４章

- 王媛，「唐代の宮廷に響く異国の旋律 ―四方楽―」，『「エコ・フィロソフィ」研究』，Vol.9, 東洋大学, 2015.
- https://www.toyo.ac.jp/uploaded/attachment/16225.pdf
- 閻建国編，『中華瑰宝維吾爾木卡姆』, 黒竜江人民出版社，2006.

- 「旧唐書・巻二十九・志第九・音楽二」, 中国哲学書電子化計画 . https://ctext.org/wiki.pl?if=gb&chapter=334756
- 黒柳恒男編訳 ,『ペルシアの神話：王書より』, 泰流社 , 1980.
- 黒柳恒男 ,『ペルシア文芸思潮』, 近藤出版社 , 1977.
- 澤田稔 ,「『タズキラ・イ・ホージャガーン』日本語訳注（3)」,『富山大学人文学部紀要』, 第 63 号, 2015-8.
- https://www.hmt.u-toyama.ac.jp/uploads/sawada63.pdf
- ジャーミー（岡田恵美子訳）,『ユスフとズライハ』, 平凡社, 2012.
- 新疆維吾爾自治区十二木卡姆研究学会・新疆維吾爾自治区古典文学研究会編,『維吾爾十二木卡姆（十三巻)』, 中国大百科全書出版社 , 1997.
- 新免康編 ,『越境する新疆・ウイグル』, 勉誠出版 , 1999.
- 「宋史・四百九十・列伝巻二百四十九・外国六」, 維基文庫 .　https://zh.wikisource.org/wiki/%E5%AE%8B%E5%8F%B2/%E5%8D%B7490
- 『中央ユーラシア史』, 山川出版社 , 2000.
- 『中央ユーラシアを知る辞典』, 平凡社 , 2005.
- 「通典・楽六・四方楽」, 中国哲学書電子化計画 . https://ctext.org/tongdian/146/zh
- ニザーミー（岡田恵美子訳）,『ホスローとシーリーン』, 平凡社 , 1977.
- ニザーミー（岡田恵美子訳）,『ライラとマジュヌーン』, 平凡社 , 1981.
- 西脇隆夫 ,「テュルク系諸民族の民間叙事詩について」, 日本口承文芸学会 , 1988-6-5.
- https://ko-sho.org/download/K_012/SFNRJ_K_012-05.pdf
- バーブル（間野英二訳）,『バーブル・ナーマ1』, 平凡社 , 2014.
- バーブル（間野英二訳）.『バーブル・ナーマ2』, 平凡社 , 2014.
- 濱田正美, 「ムッラー・ビラールの『聖戦記』について」,『東洋学報』, 55 巻4号 , 東洋文庫 , 1973-3.
- フィルドゥスィー（黒柳恒男訳）『王書：ペルシア英雄叙事詩』, 平凡社 , 1969.
- 丸山鋼二 ,「新疆におけるイスラム教の定着：東チャガタイ汗国―新疆イスラム教小史③―」, 立教大学国際学部紀要 , 第 20 巻1号 , 2009-7.
- 李国華,『維吾爾文学史』,　蘭州大学出版社 , 1992.
- Abduraop Teklimakaniy, Uyghur On Ikki Mmuqami Tekistliri ustide Tetqiqat, Merkiziy Milletler Universiteti Neshriyati, 2009.
- Adem Öger , Nâzimî, Molla Bilâl bin Mollâ Yûsf, Türk Edebietı, 2014-5-25.

- http://teis.yesevi.edu.tr/madde-detay/nazimi-molla-bilal-bin-molla-yusuf
- Adem Öger, Nizârî, Abdurehim, Türk Edebietı, 2014.-5-24. http://teis.yesevi.edu.tr/madde-detay/nizari-abdurehim
- Andras J. E. Bodrogligeti, Turkic-Iranian Contacts ii. Chaghatay, Encyclopædia Iranica, 2009-2-20.
- https://www.iranicaonline.org/articles/turkic-iranian-contacts-ii-chaghatay
- Azerbaycan Türk Edebiyatı, Türk Dili ve Edebiyatı, https://www.turkedebiyati.org/azerbaycan-turk-edebiyati/
- Besim Atalay, Abşka Lügati veya Çağatay Sözlüğü, Ayyıldız Matbaaı A.S, 1970.
- Gerhard Doerfer, Chaghatay Language and Literature, Encyclopædia Iranica, 2011-10-13.
- https://www.iranicaonline.org/articles/chaghatay-language-and-literature
- Kadi Burhâneddîn, Ahmed, Türk Edebiyatı, https://teis.yesevi.edu.tr/madde-detay/kadi-burhaneddin-ahmed
- Kaya Türkay, Alî şîr Nevâyî'nin Tuyuğlari, https://erdem.gov.tr/tam-metin-pdf/587/tur
- Mağfiret Kemar Yunusoğlu, Molla Blal Nazim ve Unin Dastanlari Heqqide, Ulslararası Araştırmaları Dergisi, Volume 1, 2013-1. https://www.academia.edu/7552679/Molla_Bilal_Naz%C4%B1m_ve_Onun_Destanlar%C4%B1_%C3%9Czerine
- Naciye Karahan Kök, Ktâb-i Gazât der Mülk-i Çin, Fırat Üniversitesi, 2017.
- https://openaccess.firat.edu.tr/xmlui/handle/11508/14784?locale-attribute=tr
- Nathan Light, Inimate Heritage--Creating Uyghur Muqam Song in Shinjiang, LIT VERLAG Dr.W. opf Berlin, 2008.
- Recai Kızıltunç, Türk Edebiyatında Yuyug ve Bazi Problemleri, A. Ü. Türkiyat Araştırmaları Enstitüsü Dergisi, 2008.
- https://dergipark.org.tr/tr/download/article-file/33223
- The encyclopedia of Islam (new edition), Leiden, E. J. Brill, 1986.
- Tuyuğ Nazım (Şiir) Şekli ve Özellikleri, Turkedebiyatı org. https://www.turkedebiyati.org/tuyug.html

第5章

- 「維吾爾族優秀詩人—尼米希依提 (1)」, 知乎専欄, 2021-11-16. https://zhuanlan.zhihu.com/p/431313355
- 「ウイグル語の本棚 アブドゥレヒム・オトキュル」, 2018-8-8. http://uyghur.cocolog-nifty.com/blog/cat44227649/index.html
- 木下恵二 ,「新疆における盛世才政権の民族政策の形成と破綻」,『アジア研究』, Vol.58,No.1・2, 2012.
- https://www.jstage.jst.go.jp/article/asianstudies/58/1.2/58_18/_pdf
- 清水由里子 ,「国民党系ウイグル人の文化・言論活動（1946-1949 年）について」,『日本中央アジア学会報』, 第6号 , 日本中央アジア学会, 2010-3-25. http://www.jacas.jp/jacasbulletin/006/JB006/JB06_009shimizu.pdf
- 『中央ユーラシア史』, 山川出版社 , 2000.
- 『中央ユーラシアを知る辞典』, 平凡社 , 2005.
- 寺山恭輔 ,「1930 年代初頭のソ連の対新疆政策」,『東北アジア研究』, No.6, 東北大学機関リポジトリ TOUR, 2002-3-31,
- 水谷尚子 ,「『革命的東トルキスタン』紙のタタール人記者ムニール・イブラギモヴィチ・イェルズィン回想録」,『社会システム研究』, 第 24 号 , 2012-3. https://www.ritsumei.ac.jp/acd/re/ssrc/result/memoirs/kiyou24/24-10.pdf
- 三田了一訳・註解 ,『聖クラーン』, 世界イスラーム連盟, 1972.
- 李国華,『維吾爾文学史』, 蘭州大学出版社 , 1992.
- Abdukhaliq Uyghur, Achil, Shinjang Khelq Neshriyati, 2008.
- Abdurehim Otkur, Iz, Shinjang Khelq Neshriyati, 1985.
- Abdurehim Otkur, Oyghanghan zemin, Shinjang Khelq Neshriyati, 1989.
- Abdurehim Otkur, A.Otkur Sheirliri, https://elkitab.org/wp-content/uploads/2020/07/AbdurehimOtkuriShierliri_part2.pdf
- Joshua L. Freeman, Print and power in the communist borderlands: The rise of Uyghur national culture,
- https://dash.harvard.edu/bitstream/handle/1/42029533/FREEMAN-DISSERTATION-2019.pdf?sequence=1&isAllowed=y
- Lawrense S. Bacow, The Pursuit of Truth and the Mission of the university, HARVARD office of the President, 2019-3-20.
- http://www.harvard.edu/president/speeches/2019/the-pursuit-of-truth-and-the-mission-of-the-university/

- Khevir Tomur, Baldur oyghanghan adem, Shinjang Khelq Neshriyati, 2009.
- Lutpulla mutellip, Illrargha jawab, Shinjang Khelq Neshriyati, 2008.
- Muhemmet Shahniayz, Kelgusining Shairli, Milletler Neshriyati, 2007.
- Nimshehit , Nimshehit Eserliri, elkitab, 2020-3-26, https://elkitab.org/nimshehit_eserliri-2/
- Nimshehit, Piqirning Iqrari, Edebiyat Gulzary, Uyghur Akademiysi, 2020-9, https://www.akademiye.org/ug/?p=159619
- Pidakar shair-Nimshehit heqqide, Radio Free Asia. https://www.rfa.org/uyghur/erkin-tiniqlar/nimshehit-08162019234213.html
- Raile Abdulvahit Kaşgarli, Abdurehim Otkur, 2020-10-25. http://teis.yesevi.edu.tr/madde-detay/abdurehim-otkur
- Lokman Baran, Lutpulla Mutellip'in hayati, sanati ve eserleri, https://dergipark.org.tr/tr/download/article-file/234358
- Salahuddin Ahmed, A dictionary of Muslim names, New York University Press. 1999.
- Second East Turkisutan Republic (1944-1949), East Turkistan Government in Exile. https://east-turkistan.net/second-east-turkistan-republic-1944-1949/
- The encyclopedia of Islam (new edition), Leiden, E. J. Brill, 1986.

第 6 章

- 荒川優 ,「同治回疆叛乱前史（簡略版）」『言語と文化論集』第 2 号, 神奈川大学大学院 , 1995-11.
- 新免康 ,「19 ～ 20 世紀の南新疆に関わるウイグル族の歴史歌謡について」,『中央大学政策文化総合研究所年報』, 第 24 号 , 2020.
- 『中央ユーラシア史』, 山川出版社 , 2000.
- 『中央ユーラシアを知る辞典』, 平凡社 , 2005.
- 寺山恭輔 ,「1930 年代初頭のソ連の対新疆政策」,『東北アジア研究』, No.6, 東北大学機関リポジトリ TOUR, 2002-3-31,
- 李国華, 『維吾爾文学史』, 蘭州大学出版社 , 1992.
- Abdukhaliq Uyghur, Achil, Shinjang Khelq Neshriyati, 2008.
- Abdurehim Otkur, A.Otkur Sheirliri, https://elkitab.org/wp-content/uploads/2020/07/AbdurehimOtkuriShierliri_part2.pdf

- Adem Öger, Mâni tarzindaki Uygur halk koşaklari üzerine bir değerlendirme, Türk Dünyası İncelemeleri Dergisi / Journal of Turkish World Studies, Cilt: V, 2006. https://dergipark.org.tr/tr/download/article-file/406278
- Alimcan İnayet , Uygur “Yar-Yar” ve “Öleñ” koşaklari üzerine, Uluslararasi Uygur Araştırmaları Dergisi, http://uygurarastirmalari.com/arsiv/2013-2/2013_3.pdf
- Dedim Dedi, Shiir Defteri. https://www.siir-defteri.com/halk-ozanlari/Erzurumlu-Emrah/9
- Nurettin Albayrak, Erzurumlu Emrah, TDV İslâm Ansiklopedisi. https://islamansiklopedisi.org.tr/erzurumlu-emrah
- Rachel Harris, Text and performance in the Hikmat of Khoja Ahmad Yasawi, Rast musicology journal special issue 2019, 7(2). https://dergipark.org.tr/en/download/article-file/1352380
- Kıymık Sakine, Uygur Halk Koşaklarinda Tematik Söz Varliği, Afyon Kocatepe Üniversitesi, 2019.
- https://acikerisim.aku.edu.tr/xmlui/handle/11630/7270
- The Encyclopedia of Islam (new edition), Leiden, E. J. Brill, 1986.
- Uyghur Khelq Qoshaqliriy, Maralbeshi Nahiyilik Khelq Eghiz Edebiyati Uch Toplam Teyyarlashqa Rehberlik Qilish guruppisi. 1989.
- Uchqunjan Omer (ed), Uyghur Kkhelq Tarikhiy Qoshaqliri, Qeshqer Uyghur Neshriyati, 1981.
- Uchqunjan Omer (ed), Uyghur Khelq Tarikhiy Qoshaqliri,Qamusi, Shinjang Universiteti Neshriyati, 2009.
- Uyghur Tilining Ezahliq Lughiti, Milletler Neshriyati, 1994.
- Ýlyas Üstünyer , Tradition of the Ashugh Poetry and Ashughs in Georgia, IBSU Scientific Journal 2009,1(3).
- https://web.archive.org/web/20131102102124/http://www.laurelinekoenig.com/wp-content/uploads/2010/07/Ashugs-in-Georgia.pdf

後書き

- ジェフリー・ケイン（濱野大道訳），『AI 監獄ウイグル』，新潮社 , 2020.
- 福島香織，『ウイグル人に何が起きているのか』，PHP 研究所 , 2019.

- マット・マーフィー ,「中国がウイグル族に「人道に対する罪」の可能性=国連報告書」, BBC NEWS JAPAN, https://www.bbc.com/japanese/62747614
- Amy Anderson & Darren Byler, Eating Hannes : Uyghur Musical Tradition in a Time of Re-education, China Perspectives, 2019-3. https://journals.openedition.org/chinaperspectives/9358
- Joshua L. Freeman, Print and Power in the Communist Borderlands: The Rise of Uyghur National Culture, Harvard University, 2019. https://dash.harvard.edu/bitstream/handle/1/42029533/FREEMAN-DISSERTATION-2019.pdf?sequence=1
- Joshua L. Freeman, China Disappeared My Professor. It Can't Silence His Poetry, The New York Times, https://www.nytimes.com/2020/11/23/opinion/uighur-poetry-xinjiang-china.html
- Yanarim yoq (No road back home), Uyghur Collective, 2020-11-27. https://uyghurcollective.com/community/f/yanarim-yoq

著者 ／ **萩田麗子**（はぎた・れいこ）

1950年、熊本県生まれ。1983年、東京外国語大学大学院修士課程アジア第二言語科修了。1988–1989年、カラチ大学（パキスタン）留学。1994–1995年、新疆大学留学。専攻、古典詩研究。訳書に『ウイグル十二ムカーム』（集広舎、2014年）、『ウイグルの地の弥勒信仰』（集広舎、2021年）など。著書に『ウイグルの荒ぶる魂 —— 闘う詩人アブドゥハリク・ウイグルの生涯』（高木書房、2016年）など。

ウイグル詩史

令和5年（2023年）12月8日　第1刷発行

著者 …………………………… 萩田麗子

発行者 ………………………… 川端幸夫

発行 …………………………… 集広舎
〒812-0035 福岡県福岡市博多区中呉服町5番23号
電話 092-271-3767　FAX 092-272-2946
https://shukousha.com/

装幀 …………………………… 玉川祐治（studio katati）

組版 …………………………… 月ヶ瀬悠次郎

印刷・製本 …………………… シナノ書籍印刷株式会社

ISBN 978-4-86735-046-1 C0098